Hubert Anders

Die Leiche im Keller
Ein Wiener DDR-Krimi
Verena Richters erster Fall

AF289502

Verena Richters erster Fall

Bei Umbauarbeiten im Wiener Palais der alteingesessenen Familie von Eckstein wird eine Leiche entdeckt – eine mysteriöse Spur, die tief in die Vergangenheit zurückführt, in die DDR der 1970er Jahre. Die Privatdetektivin Verena Richter wird beauftragt, die Identität des Toten und die Geschichte hinter seinem Schicksal zu ergründen. Doch der Fall birgt weit mehr als nur ein vergessenes Geheimnis.

Während Verena in die Schatten der Vergangenheit eintaucht, stößt sie auf verstörende Geheimnisse, die bis in höchste Kreise reichen. Mit jedem Fundstück rekonstruiert sie das Leben von drei jungen Frauen, die in die Machenschaften der Stasi und ein gefährliches Netz politischer Intrigen verstrickt waren. Doch was damals wirklich in Wien geschah, bleibt unklar – und Lena von Eckstein, die Auftraggeberin und Erbin des Palais, verfolgt ihre ganz eigenen Interessen.

Verena muss nicht nur den Fall lösen, sondern auch ihre Gefühle für Lena in den Griff bekommen. Bald merkt sie, dass in diesem Spiel aus Macht und Vergangenheit nicht nur die Toten schweigen – auch die Lebenden haben vieles zu verbergen.

Ein packender Krimi über Schuld, politische Intrigen und die dunklen Geheimnisse hinter den Mauern eines alten Wiener Palais.

Hubert Anders

Die Leiche im Keller

Ein Wiener DDR Krimi

Verena Richters
erster Fall

Lektorat: Creative Writing Coach (ChatGPT)

Bibliographische Information der deutschen Nationalbibliothek:

Die deutsche Nationalbibliothek verzeichnet diese Publikation in der Deutschen Nationalbibliografie; detaillierte bibliografische Daten sind im Internet über http://dnb.dnbde abrufbar.

© 2024 Hubert Anders

Verlag: BoD · Books on Demand GmbH, In de Tarpen 42, 22848 Norderstedt

Druck: Libri Plureos GmbH, Friedensallee 273, 22763 Hamburg

ISBN: 978-3-7693-0296-7

Die großen Verbrechen hinterlassen uns sprachlos, die kleinen hinterlassen uns Kriminalromane.

Hubert Anders

Danksagung

Mein besonderer Dank gilt Erika, Gerhard und Lisa, die Rezensenten der ersten Stunde, die das Buch durch ihre Hinweise und Anregungen zu dem gemacht haben, was es geworden ist.

Inhalt

Prolog

Kurz nach 22 Uhr hielt ein schwarzer Kombi vor dem Portal des Palais Eckstein. Die Scheinwerfer warfen lange Schatten über das Kopfsteinpflaster, als der Wagen rückwärts auf den Gehsteig schob. Eine Frau trat aus der Eingangstür und spähte in die Dunkelheit. Drei dunkel gekleidete Männer stiegen aus, der Kofferraum öffnete sich leise. Ohne ein Wort zu verlieren, stemmten sie mit vereinten Kräften einen groben Sack aus dem Wagen und schleppten ihn durch die Einfahrt. Die Frau hielt die Tür auf, der kalte Nachtwind wehte ihr Haar zurück.

Der Sack wurde achtlos auf den Fliesen des Eingangs fallengelassen, ein dumpfer Aufprall hallte im Flur wider. Einer der Männer stellte stumm eine kleine graue Schachtel daneben ab, auf deren Deckel Hammer und Zirkel im Ährenkranz eingeprägt waren, die markanten Symbole der Deutschen Demokratischen Republik. Dann stiegen sie wieder in den Wagen, der Motor heulte auf, und der Kombi verschwand in der Dunkelheit.

„Und jetzt?", fragte die Frau in den leeren Flur hinein. – „Tragen. Hier kann die Leiche nicht liegen bleiben." Die zweite Frau verzog das Gesicht und schob den schweren Sack wortlos über den Boden.

Es dauerte fast eine Stunde, bis die beiden Frauen die Last in den zweiten Keller geschafft hatten. Die Stille des alten Gemäuers schien schwer auf ihnen zu lasten, während sie den Sack in einen dunklen Raum rollten, den sie für diesen Zweck ausgesucht hatten. Ein letzter Blick, dann fiel die schwere Tür wieder ins Schloss. Eine der beiden Frauen drehte den Schlüssel zweimal um und steckte ihn ein.

„Hier ist sie sicher", sagte die andere leise. Ohne ein weiteres Wort verließen die Frauen den Keller und schlossen die Tür hinter sich. Ihre Schritte hallten in der Kälte des Treppenhauses wider, als sie nach oben stiegen, die Schachtel an sich nahmen und in der Nacht verschwanden.

Der Auftrag

Ein Leichenfund

Wien-Zentrum, Gegenwart, ein Junitag

Die schwere, verzierte Eingangstür des Palais von Eckstein lässt sich nur mit einem gewissen Kraftaufwand öffnen. Das Knarren der alten Scharniere hallt durch die Eingangshalle, die in kühles Dämmerlicht getaucht ist. Die Luft im Haus ist kühl, fast klamm, als ob die alten Mauern die Kälte des frühen Morgens noch lange festhalten. Kein freundlicher Ort, denke ich, während ich eintrete. Nicht, dass ich solche Orte nicht erwarten würde.

Lena von Eckstein wartet am Fuß der breiten Marmortreppe auf mich. Ihr Blick ist aufmerksam, als ich näher komme, doch ihre Haltung bleibt distanziert. Kühle Eleganz. Ihr blondes Haar liegt perfekt, ihre grünen Augen sind ruhig, aber wachsam. Sie wirkt, als hätte sie den Morgen lange vorbereitet, damit sie keinen Raum für Überraschungen lässt.

„Frau Richter, ich bin Ihnen dankbar, dass Sie so schnell kommen konnten", sagt sie, ohne den Blick von mir zu nehmen. Die Stimme passt zu ihrem Auftreten: kühl, kontrolliert, keine Emotionen, die sich in den Ton einschleichen.

„Es klang nach einem Fall, der meine Aufmerksamkeit verdient", erwidere ich. Ich halte die Augen auf sie gerichtet, versuche, mehr hinter dem zu sehen, was sie sagt. Ihr Auftreten passt zu dem Haus. Alt, herrschaftlich, repräsentativ – aber hinter all dem könnte sich alles Mögliche verbergen.

„Ich hoffe, dass dem so ist." Sie lächelt kurz, ein flüchtiges, knappes Lächeln, das mehr Routine als echte Freundlichkeit zeigt. „Kommen Sie, ich möchte Ihnen den Fundort zeigen."

Lena dreht sich um, und ich folge ihr die breite Treppe hinab in den Keller. Die Schritte hallen dumpf auf dem kalten Marmor, und mit jedem Schritt wird die Luft kühler. Unten im Keller herrscht eine Feuchtigkeit, die sich in die Haut frisst. Irgendetwas an diesem Ort macht mich aufmerksamer, als es ein einfacher Leichenfund tun sollte.

Die Wände sind feucht, stellenweise schimmelt der Putz. Der Boden ist uneben und feucht, als würde das Haus selbst langsam verfallen. Lena bleibt vor einer massiven Holztür stehen, die von einem bronzenen Knauf gehalten wird. Sie dreht den Knauf und öffnet die Tür mit einem schweren Ruck. Ein dumpfer, modriger Geruch schlägt mir entgegen.

Der Raum dahinter ist klein, das Licht kommt von einer einsamen Glühbirne, die von der Decke hängt. „Hier hat man sie gefunden", sagt Lena und deutet auf den Boden in der Mitte des Raums. „Die Bauarbeiter stießen auf den Leichnam, als sie den Keller für die Einleitung der Fernwärme vorbereiteten. Die Polizei war schnell zur Stelle, aber sie haben den Fall rasch abgeschlossen."

Ich gehe in die Hocke und betrachte den Boden. Der Beton ist rau, stellenweise noch feucht, obwohl die Arbeiten längst abgeschlossen sind. Im Hintergrund streben offensichtlich neue, rot eingepackte Rohre aufwärts. Es ist nichts mehr zu sehen, was auf die Leiche hinweist. Ich frage mich, warum man den Fall so schnell abschließen wollte.

„Ungewöhnlich", sage ich, während ich mich langsam aufrichte. „Dass die Polizei das so schnell als erledigt ansieht."

Lena nickt knapp. „Ja, das fand ich auch. Es ging alles sehr schnell. Vielleicht, weil der Todeszeitpunkt so lange zurückliegt. Der Autopsiebericht sprach von den siebziger Jahren des vorigen Jahrhunderts." Ich blicke Lena an, für sie ist das genauso historische Vergangenheit wie für mich.

Ihre Antwort ist sachlich, neutral, als würde sie nur die offensichtlichen Fakten wiederholen. Aber sie wirkt zu beherrscht. Zu wenig überrascht, zu wenig besorgt. „Haben Sie irgendwelche Unterlagen oder Hinweise, die den Fall vertiefen könnten?", frage ich sie, während ich sie direkt ansehe.

„Nein", sagt sie. Das Lächeln, das jetzt kurz ihre Lippen umspielt, ist zu glatt, als dass ich es ernst nehmen könnte.

Ich gehe noch einmal gedanklich durch, was ich gesehen habe. Lena sagt, die Polizei hätte den Fall „rasch abgeschlossen", aber irgendwas an dieser Geschichte passt nicht. Rasch abgeschlossen ist selten eine gute Nachricht. Es bedeutet meistens, dass jemand nicht weiter graben will.

„Kommen Sie, wir gehen wieder nach oben", sagt Lena. Ihre Stimme ist jetzt fast beiläufig, als wolle sie den Keller so schnell wie möglich hinter sich lassen. Sie wendet sich um, und wir verlassen den Raum.

Der Salon ist in warmes, gedämpftes Licht getaucht, ein fast überwältigender Kontrast zum kalten Keller, aus dem wir gerade gekommen sind. Doch Lena bleibt unberührt, ihre kühle Ausstrahlung unverändert. Sie deutet auf das Sofa, setzt sich mir gegenüber und betrachtet für einen Moment ihre eigenen Hände, bevor sich unsere Blicke wieder treffen.

„Was erwarten Sie von mir?", frage ich sie und lehne mich im Sessel zurück. „Der Fall ist alt, Spuren sind kaum vorhanden."

Lena atmet tief ein, dann erwidert sie leise: „Ich habe Sie ausgewählt, weil ich gehört habe, dass Sie schwierige Fälle lösen. Ich brauche Ihre Diskretion."

Ich nicke und überlege, ob ich noch einmal nach dem Grund für ihre Eile fragen sollte. Doch ihr Blick verrät mir, dass ich nicht viel mehr herausbekommen werde. Noch nicht.

„Bevor ich gehe, möchte ich Sie nur darauf hinweisen, dass mein Honorar unabhängig von einem Erfolg fällig wird", sage ich. Lena zögert keine Sekunde und nickt. „Das ist selbstverständlich."

Bevor ich mich zum Gehen wende, bemerke ich, wie sie eine CD-ROM von einem Sideboard nimmt. „Ich habe es geschafft, an die Polizeibilder des Leichenfundes zu kommen. Ich dachte, das könnte Ihnen helfen."

Ich nehme die CD-ROM entgegen und nicke. „Das wird sicher nützlich sein."

Lena steht auf und begleitet mich zur Tür. „Ich zähle auf Sie, Frau Richter", sagt sie und wirft mir einen letzten Blick zu, bevor ich das Palais verlasse.

Ein ehemaliger Kollege

später

Die Stille in meiner Wohnung lastet drückend auf mir. Es ist wie immer ganz am Anfang eines neuen Falles: Da ist diese Unruhe, bevor ich den ersten konkreten Ansatzpunkt gefunden habe. Die CD-ROM mit den Polizeibildern muss ich erst umkopieren lassen, mein letztes Laufwerk ist defekt. Ich erwarte mir davon aber ohnehin nicht viel. Die Leiche wird mir nicht erzählen, was die Ermittler vielleicht schon herausgefunden haben.

Die Ermittler. Mein Handy liegt vor mir auf dem Tisch. Der Name, den ich schon so oft gewählt habe, schwebt in meinem Kopf. Markus.

Ich atme tief durch, dann tippe ich seine Nummer ein. Zweimal klingelt es, bevor er abhebt.

„Verena", sagt er, mit einem Ton, der Überraschung nicht ganz verbergen kann. „Das ist ja eine Freude."

„Markus", antworte ich, bemüht, meine Stimme neutral zu halten. „Ich hoffe, ich störe nicht."

„Kommt darauf an." Ich höre, wie er sich in seinem Stuhl zurücklehnt. „Worum geht's?"

„Es geht um den Fall Palais Eckstein", sage ich, ohne Umschweife. „Die Leiche im Keller."

Er bleibt einen Moment still, dann höre ich nur seinen leisen Atem am anderen Ende der Leitung. „Palais Eckstein, ja?" Seine Stimme klingt jetzt kühler, distanzierter. „Was interessiert dich daran, Verena?"

„Ich habe einen Auftrag bekommen. Lena von Eckstein will, dass ich herausfinde, wer die Leiche ist." Meine Stimme klingt ruhiger, als ich mich fühle. „Die Polizei hat den Fall abgeschlossen, aber sie glaubt, dass mehr dahintersteckt."

„Verena", sagte er, während sich seine Stimme senkte, als hätte er sich gerade einen schweren Mantel umgelegt. „Ich weiß nicht, ob ich dir dabei helfen kann."

„Markus, bitte." Ich höre selbst den dringlichen Ton in meiner Stimme. „Es geht nur um ein paar Hinweise. Wir waren doch mal Freunde, oder?"

„Freunde", wiederholt er mit einem leichten, bitteren Lachen. „Ja, wir waren mal Freunde. Lass uns das nachmittags besprechen. Ich habe um fünf Zeit. In meinem Büro."

„Danke, Markus." Meine Stimme klingt jetzt erschöpft. „Bis dann."

*

Endlich dreiviertel fünf. Markus' Büro liegt im zweiten Stock eines tristen Verwaltungsgebäudes. Die Wände sind in einem faden Grau gestrichen, und der Geruch von altem Papier und kaltem Kaffee hängt in der Luft wie eine unangenehme Erinnerung. Ich klopfe an die Tür, und als ich eintrete, sehe ich ihn hinter seinem Schreibtisch sitzen, der mit Aktenstapeln und einer halb vollen Kaffeetasse überladen ist.

„Verena", begrüßt er mich, ohne aufzustehen. Seine Augen mustern mich kurz, dann zeigt er auf den Stuhl vor ihm. „Setz dich." Markus hat sich kaum verändert. Er ist groß und schlank, sein Uniformhemd ist bis zum dritten Knopf geöffnet, über dem dunklen Teint seines freundlichen Gesichts steht ein Bürstenhaarschnitt, der – das ist neu – schon leichte Ansätze ins Grau zeigt.

Ich nehme Platz, und sofort liegt diese vertraute Anspannung in der Luft. Es ist eine Weile her, dass wir einander so gegenüber gesessen haben, und die Erinnerungen kommen unaufhaltsam zurück.

„Wie läuft's in deiner Detektei?", fragt er beiläufig, während er eine Akte zur Seite schiebt.

„Es läuft", antworte ich knapp. „Nicht so spannend wie bei der Polizei, aber es hält mich auf Trab."

Er nickt. „Und warum interessiert dich der Fall Eckstein so sehr, dass du mich deshalb anrufst?"

Ich lehne mich zurück, lege die Hände auf die Armlehnen des Stuhls. „Lena von Eckstein glaubt, dass es mehr hinter dem Leichenfund gibt. Sie will, dass ich die Wahrheit herausfinde."

Markus verzieht das Gesicht zu einem skeptischen Ausdruck. „Verena, ich sage es dir nur ungern, aber lass die Finger davon. Es ist nicht dein Fall."

„Was meinst du?" Meine Stimme wird schärfer. „Warum sollte ich die Finger davon lassen?"

„Weil es so entschieden wurde", sagt er, ohne den Blick abzuwenden. „Von oben. Es gibt Dinge, die besser unberührt bleiben. Und dieser Fall ist einer davon."

„Von oben?" Ich kann den Ärger kaum verbergen. „Willst du mir etwa sagen, dass das Ganze vertuscht werden soll?"

„Ich sage dir nur, was man mir gesagt hat." Er hebt beschwichtigend die Hände. „Es ist besser für dich, wenn du dich nicht weiter damit beschäftigst."

„Seit wann spielst du das Spiel nach deren Regeln, Markus? Das bist nicht du." Ich spüre, wie mein Temperament aufwallt. Die Hitze der Enttäuschung und Wut.

Er seufzt tief und reibt sich die Schläfen, als würde er Kopfschmerzen haben. „Verena, die Zeiten ändern sich. Es ist nicht immer alles so einfach, wie du denkst. Manchmal muss man sich anpassen, um zu überleben. Denk dran, was vor zwei Jahren passiert ist."

Nein, ich denke jetzt nicht dran, an die Ereignisse, die mich faktisch gezwungen haben, den Polizeidienst hinter mir zu lassen. Und Markus gleich mit. Ich verscheuche die Gespenster.

„Anpassen?" Ich stehe auf und sehe ihn fest an. „Ist das dein Ernst? Ich dachte, du wärst anders."

Markus schaut auf und für einen kurzen Moment sehe ich eine tiefe Traurigkeit in seinen Augen. „Ich bin anders. Aber ich kann auch nichts ändern, Verena. Nicht in diesem Fall. Bitte, lass es gut sein."

Ich spüre die Enttäuschung in mir aufsteigen, doch ich weiß, dass er etwas verschweigt. „Kann ich kurz das WC benutzen?", frage ich, bemüht, meine Stimme so neutral wie möglich zu halten.

Markus' Gesicht hellt sich für einen Moment auf. „Klar", sagt er mit einem leicht sarkastischen Lächeln. „Manche Dinge ändern sich nie, was?"

Ich verlasse das Büro und gehe den schmalen Korridor entlang zum WC. Während ich das Wasser über meine Hände laufen lasse, denke ich über unser Gespräch nach. Etwas an ihm war jetzt zum Schluss merkwürdig, er konnte es nicht erwarten, dass ich das Büro verlasse.

Als ich zurückkomme, steht Markus immer noch am Fenster und starrt hinaus. Ich trete näher, um ihm die Hand zu geben, und bemerke, dass er etwas vor mir verbirgt. Ein kurzes Zögern, dann sieht er mir in die Augen. „Pass auf dich auf, Verena", sagt er mit einer seltsamen Dringlichkeit in seiner Stimme.

„Immer", antworte ich, während ich die Handtasche aufhebe. Markus war ungewöhnlich nervös, und es bleibt dieses Gefühl, dass er mir mehr sagen wollte, als er durfte.

Als ich das Gebäude verlasse – einst meine Dienststelle, jetzt nur noch ein Schatten meiner Vergangenheit – spüre ich, dass ich einen Hinweis übersehen habe. Irgendetwas hat er mir durch sein Verhalten vermittelt. Aber wo soll ich anfangen zu suchen?

Ein erster Hinweis

Das Wohnzimmer liegt still im Halbdunkel, und die Nacht draußen ist tief und undurchdringlich. Das gedämpfte Licht meiner Stehlampe wirft lange Schatten über den Tisch, und die Zeit scheint sich zu dehnen. Nach einem Tag voller Rätsel fühlt sich mein Kopf wie in Watte gepackt an – dumpf, benommen, doch gleichzeitig kommen meine Gedanken nicht zur Ruhe.

Vor mir, auf dem Couchtisch, liegt meine Handtasche. Etwas daran zieht immer wieder meine Aufmerksamkeit auf sich, als wäre da etwas, das ich übersehen habe. Ich denke an Markus, an sein seltsames Verhalten beim Abschied. Hatte er mir nicht mit diesem fast zu ernsten Blick etwas vermitteln wollen?

Ich greife in die Tasche und durchwühle sie, fast mechanisch, und da ist es – etwas Kleines, Kaltes, das meine Finger streifen. Verwundert ziehe ich es heraus: ein kleiner, unscheinbarer USB-Stick. Kein Hinweis darauf, woher er kommt oder was sich darauf befindet. War das Markus? Hat er ihn mir heimlich zugesteckt, ohne etwas zu sagen? Oder ist es doch ein Stick von mir, den ich schon so lange herumschleppe, dass ich ihn vergessen habe?

Es gibt nur einen Weg, das herauszufinden: Ich setze mich aufrecht hin und schiebe den Stick in den Laptop. Ein leises Klicken, das Summen des Lüfters, dann erscheinen die ersten Dateien auf dem Bildschirm.

„Bericht_73", „SN_Leipzig", „Verhör_P". Es sind eine Menge Dateien, doch jede von ihnen strahlt eine Dringlichkeit aus, die mich sofort gefangen nimmt. Die Namen sind kryptisch, das ist sicher keine meiner eigenen Arbeitsunterlagen. Mein Herz beginnt schneller zu schlagen, als ich den Ordner „Personenakte_SN" öffne.

Das erste Dokument, das sich öffnet, ist ein ausgeblichenes Protokoll, vermutlich ein alter Stasi-Bericht. Ein Name springt mir ins Auge, und mit ihm beginnt sich ein seltsames Gefühl in meiner Magengrube auszubreiten. Wer war sie?

Der Bericht enthält nur vage Informationen – nichts Konkretes, keine persönlichen Details. Aber es genügt, um meine Neugier zu wecken. Warum war dieser Name so wichtig? Und warum ist er mit Leipzig verbunden? Es gibt hier mehr, als auf den ersten Blick ersichtlich ist.

Eine weitere Datei zeigt eine Liste von Namen, die ich überfliege. Noch mehr Namen, die mir nichts sagen. Leipzig, 1974, Stasi. So viel ist klar: Ich habe hier schlagartig eine Fülle von Material bekommen, die die Lösung des Falles jedenfalls deutlich näher rückt als die vage Information von Lena. Die Frage ist: Wo beginnen?

Ich lehne mich zurück und schließe den Laptop. Die Nacht draußen ist tiefschwarz, und mein Kopf beginnt zu schmerzen. Irgendetwas stimmt hier nicht. Ich schaue noch einmal auf den Stick, drehe ihn in der Hand.

Etwas daran fällt mir jetzt auf. Eine winzige Stelle an der Seite des Gehäuses sieht seltsam aus – als hätte jemand etwas abgekratzt. Ich kneife die Augen zusammen, betrachte es genauer. Wer würde so etwas tun? Und warum?

Ich spüre, dass ich etwas übersehen habe. Ich hole die UV-Lampe aus dem Schrank, schalte das Licht im Wohnzimmer aus und leuchte auf den Stick. Die abgewischte Stelle beginnt zu leuchten, langsam tauchen Buchstaben auf: „Elke S."

Ich halte die Luft an. Markus. Seine Handschrift erkenne ich sofort. Elke S.? Elke ist kein häufiger Name. Zurück zum Laptop, den Stick wieder hinein. Wo war noch mal die Liste? Ah, hier: Es muss Elke Schneider sein. Ich habe jetzt einen klaren Anhaltspunkt.

Ich klicke weiter durch die Ordner, blättere durch die kryptischen Dateinamen, und erst allmählich ergibt sich eine zeitliche Reihenfolge. 1973 ist das früheste Jahr, das ich finde. Und es scheint um Elke zu gehen. Warum nicht mit ihr beginnen?

Elke Schneider

Elkes Rekrutierung

Hennigsdorf, Mai 1973

Der Lärm der Pressmaschinen dröhnte durch die Werkhalle, als Elke die ölverschmierten Hände an einem alten Lappen abwischte. Der Vorarbeiter, ein gedrungener Mann mit dichten grauen Haaren, trat an sie heran, die Stirn in Falten gelegt.

„Du sollst ins Büro kommen", brummte er, ohne sie richtig anzusehen. „Gestern wieder die Klappe zu weit offen gehabt?" Elke zuckte mit den Schultern, warf das Tuch beiseite und ging zur Personalgarderobe. Ein flaues Gefühl machte sich in ihrem Magen breit.

Sie wusch sich schnell Hände und Gesicht, dann betrachtete sie sich im schmalen Spiegel neben den Waschbecken. Ihre blonden Haare lagen kurz und ordentlich an, aber der Schweiß des Tages ließ sie dunkler wirken. Die blauen Augen wirkten wach, ein wenig trotzig, wie immer, wenn sie spürte, dass etwas im Anzug war. Ihre schlanke Figur war auch im Blaumann gut zu erkennen, ihr Gesicht wirkte offen, erweckte aber oft den Eindruck, dass hinter dem Lächeln mehr lag. Ja, hübsch war sie wohl, das wusste sie. Aber das war nicht das, was die jungen Männer an ihr unwiderstehlich fanden. Ein Lächeln huschte über ihre Lippen. Sie konnte haben, was sie wollte. Oder wen. Sie zwinkerte sich selbst zu, bevor sie die Garderobe verließ.

Der Gang zum Büro zog sich in die Länge. Mit jedem Schritt dachte sie über die möglichen Gründe nach. Vielleicht hatte sie es mit ihrer Kritik gestern übertrieben? Sie hatte sich über die langatmigen Ausführungen des Parteisekretärs geärgert, die zwar gut klangen, aber das bessere Essen in der Kantine kam jedenfalls auf dem Teller von Arbeiterinnen wie ihr nicht an. Oder der versprochene zweite Werksbus, der immer noch nur auf dem Papier existierte. War das der Grund?

Im Büro saß sie erst einmal eine Weile auf einem harten Stuhl. Die Sekretärin, Mitte fünfzig, tippte auf ihrer Schreibmaschine und würdigte Elke keines Blickes. Der muffige Geruch nach altem Tabak und abgestandenem Kaffee ließ den Raum wie einen Ort des Stillstands wirken.

Endlich öffnete sich die Tür zum Büro des Direktors. Schröder, ein Mann in einem schlecht sitzenden Anzug, stand unsicher in der Tür. „Frau Schneider, kommen Sie bitte herein", sagte er und rang sich ein bemühtes Lächeln ab.

Elke trat ein und sah sofort den Mann, der bereits in einem der Ledersessel saß. Er trug eine graue Uniform, die ihn fast in den Hintergrund verschwinden ließ, aber seine Präsenz war unübersehbar. Stasi. Elke wusste es sofort.

Der Direktor, sichtbar nervös, zeigte auf den Sessel neben dem Offizier. „Herr Weber vom Ministerium möchte ein paar Worte mit Ihnen wechseln." Schröder wirkte unbehaglich, seine Hände spielten nervös mit einem Papierstapel.

Weber blickte sie ruhig an, sein Lächeln kalt und kontrolliert. „Setzen Sie sich", sagte er. Elke setzte sich, verschränkte die Arme und erwiderte seinen Blick. „Stasi?" Ihre Stimme war ruhig, fast gelangweilt. Wegen ihrer vorlauten Art war der jedenfalls nicht hier, sie hatte Orlow erwartet, den mächtigen Parteisekretär des Betriebes.

Weber lächelte schmal und wandte sich dann mit einer knappen Handbewegung an den Direktor. „Wir kommen hier gut zurecht, Schröder. Sie können uns allein lassen." Der Direktor zuckte zusammen. „Ja, natürlich", murmelte er und verließ hastig das Büro. Die Tür schloss sich schwer hinter ihm.

Weber lehnte sich zurück, musterte Elke mit einem durchdringenden Blick. „Schnell von Begriff, das gefällt mir", sagte er ruhig. Er ließ sich Zeit, seine Worte zu wählen, als wollte er die Spannung im Raum auskosten. „Du bist zu klug, um in dieser Fabrik zu versauern, das weißt du selbst."

„Ich habe mich nicht hergewünscht, das wissen Sie vermutlich. Was wollen Sie von mir?" Elkes Stimme war fest, kühl. Sie hatte eigentlich eine kaufmännische Lehre oder Fachschule machen wollen, die Zuweisung an die Lokomotivfabrik hatte sie ihrem Schuldirektor zu verdanken.

„Mehr als das, was dir diese Werkhalle bieten kann." Weber hob eine Augenbraue. „Du langweilst dich hier. Pleuelstangen, Schichtarbeit, Karena, Kohl und Kartoffeln – du bist für mehr gemacht."

Elke ließ sich nichts anmerken. „Und was wäre das für ein 'mehr', das Sie mir bieten können?"

Weber lächelte, sein Blick wurde intensiver. „Es gibt Leute, die auf der Leipziger Messe verhandeln. Sie haben Informationen, die uns interessieren. Und ich habe das Gefühl, dass du das Talent hast, diese Leute – sagen wir – für uns zu gewinnen."

Elke fragte sich, ob sie richtig hörte. Sie wusste, dass es das gab, aber hinter vorgehaltener Hand, unter dem Radar der grauen Männer. Aber dass man sie so offen darauf ansprach? Sie dachte kurz an ihre Mutter, die im Hafen in Rostock arbeitete, immer wieder Westsachen heimbrachte und ihr gegenüber in den letzten Jahren kein Geheimnis mehr daraus gemacht hatte, wie sie an die kam. Eine Alleinerzieherin musste überleben, Elke wertete nicht.

Sie überlegte: Die Aussicht störte sie nicht. Zumindest nicht, solange sie ihr half, aus der Fabrik herauszukommen. Sie hatte ihre Schlosserlehre längst abgeschlossen, hier steckte sie fest. „Und was bekomme ich dafür?" Ihre Stimme klang kühl, distanziert.

„Reisen, Freiheit. Ein Leben, das du dir hier in Hennigsdorf nicht vorstellen kannst." Weber hielt kurz inne, seine blauen Augen fixierten sie. „Und das alles im Dienst des Sozialismus."

Elke dachte kurz nach. Seit Erich Honecker Walter Ulbricht abgelöst hatte, war nichts mehr wie zuvor. Sie konnte sich nur auf ihre Intuition verlassen. Der Mann spielte mit ihr, aber er log nicht. Und die Aussicht, aus der Monotonie auszubrechen, reizte sie. Pleuelstangen oder Leipziger Messe? Das war keine schwere Entscheidung.

„Klingt interessant", sagte sie knapp. „Aber schwierig als Arbeiterin mit den Armen bis zu den Ellbogen im Schmieröl."

Weber taxierte sie. „Ich bin nicht Orlow", antwortete er. „Ich mache Dinge fertig, die ich beginne." Elke beschloss, noch ein wenig auf den Busch zu klopfen. „Meine Schicht endet um sechs, ich nehme an …"

Weber schien das erwartet zu haben. „Ich nehme an, du findest dir auch so wen", winkte er ab. „Aber gute Einstellung." Er stand auf und reichte ihr die Hand. „Willkommen. Wir kümmern uns um den Rest."

Elke spürte die Kälte seiner Finger, als sie die Hand schüttelte. „Und bis dahin?", fragte sie. „Bleib, was du bist."

Weber nickte ihr kurz zu und verließ das Büro.

Elke blieb einen Moment sitzen, starrte auf die Tür, die sich hinter ihm geschlossen hatte. Eine andere Tür war gerade aufgegangen, und Elke würde nicht zögern, hindurchzugehen. Sie verließ das Büro mit einem Ausdruck, der Schröder noch lange mit offenem Mund zurückließ.

Verena: Hmmm, ob sie wohl wirklich verstanden hat, was sie da genau tun soll? Andererseits, wenn du schon als Kind damit konfrontiert bist und keinen Pastor kennst?

Jedenfalls scheint sie sich zu freuen, dass sie aus der Lokomotivfabrik wegkommt, und ein Kind von Traurigkeit war sie wohl sowieso nicht.

Ein neues Leben

Der Sommerwind strich durch das offene Fenster des Transporters, als Elke neben Uwe saß, die Beine übereinandergeschlagen. Ihre blondes Haar wehte ihr immer wieder ins Gesicht, und sie schob die Strähnen mit einer beiläufigen Bewegung beiseite. Uwe warf ihr immer wieder verstohlene Blicke zu, die er schlecht verbarg, und sie erwischte ihn jedes Mal mit einem breiten Grinsen.

„Du solltest dich auf die Straße konzentrieren", neckte sie ihn und stupste ihn mit dem Ellbogen an.

„Kannst du es mir übel nehmen?" Uwe zwinkerte. „Ich hab selten so eine charmante – Genossin – neben mir sitzen."

Elke streckte ihm die Zunge raus. Genossin. SED-Mitglied? Die Vorstellung war fast lächerlich. Das hatte sie nie gebraucht, um im Leben das zu bekommen, was sie wollte.

„Links abbiegen", sagte sie, während sie auf die Karte tippte, die auf seinem Schoß lag. „Dann sind wir fast da. Es sei denn, du willst noch ein paar Runden drehen, nur um die Zeit mit mir zu verlängern."

„Wenn's nach mir ginge …", erwiderte er und lenkte den Wagen um die nächste Kurve. „Aber ich denke, du bist gespannt auf deine neue Wohnung."

Elke lächelte. „Hey, ist das der Turm da drüben?" Sie deutete auf ein zehnstöckiges Gebäude, das allein inmitten von unberührtem Grasland stand.

Ein paar Minuten später erreichten sie den hellen, modernen Plattenbau. Ein weiterer Bauplatz in der Nähe ließ vermuten, dass hier eine größere Siedlung entstehen sollte. Uwe brachte den Transporter zum Stehen und sah sie von der Seite an.

„Da wären wir. Mehr Charme, als ich erwartet hatte, oder?"

„Und wie", antwortete Elke und stieg aus, streckte sich ausgiebig. „Hoffentlich nicht im zehnten Stock ohne Lift."

Er grinste sie an. „Solang die Klospülung funktioniert, beschwer dich nicht."

Sie ließ ihren Blick über das Gebäude schweifen. „Jetzt müssen wir nur noch den Hausmeister finden. Kalowski oder so."

Gemeinsam machten sie sich auf die Suche und fanden ihn bei der Arbeit in einem Blumenbeet. Eine Zigarette hing locker in seinem Mundwinkel, während er sich langsam aufrichtete und den beiden entgegenkam. Ein Schlüsselbund an seiner Hüfte klimperte leise bei jedem Schritt.

„Na, das muss die Neue sein!", rief er, als er sie entdeckte. „Frau Schneider, nicht wahr? Willkommen im Block! Und Sie", fügte er zwinkernd hinzu, „sind der Umzugshelfer oder der neue Mitbewohner?"

Elke schmunzelte und warf Uwe einen schelmischen Blick zu. „Das wäre ihm wohl entgangen", sagte sie mit gespielter Unschuld. „Aber wer weiß?" Ein Lächeln, eine flüchtige Berührung. Gerade genug, Uwe interessiert zu halten. Routine.

Kalowski lachte heiser, als ob er solche Sprüche schon tausendmal gehört hätte. „Hier wir's Ihnen gefallen, junge Dame", sagte er, während er sie und Uwe zum dritten Stock führte. „Helle Wohnung, ordentliche Nachbarn – und falls Sie mal was brauchen, ich bin nicht weit."

Elke folgte ihm in die Wohnung. Sonnenlicht fiel durch die Fenster, und sie schloss kurz die Augen, um den Moment zu genießen. Ihre eigenen vier Wände. Keine Überwachung, keine Verpflichtungen, außer denen, die sie selbst wählen würde. Obwohl ... den Hausmeister würde sie im Auge behalten müssen. Typen wie er waren der Archetyp des kleinen IM, des „inoffiziellen Mitarbeiters", der Westfernsehen oder zu flotte Sprüche meldete. Sie war sich beinahe sicher.

Der Mann führte sie durch die leeren Räume. „Noch ganz frisch", sagte er. „Wie das ganze Gebäude."

Elke nickte. „Nicht schlecht", sagte sie und ging auf den Balkon hinaus, der einen Blick auf die grünen Flächen bot. „Das ist wirklich nett hier."

Der Mann stand noch eine Weile da, betrachtete sie mit einem Ausdruck, der schwer zu deuten war. „Ich bin übrigens der Paule, und wir sind hier im Haus alle per du. Kalowski nennt mich nur das Amt." Sein Blick blieb für einen Moment an Elke haften, fast als wolle er sie einschätzen. „Falls es mal was zu besprechen gibt, ich bin im Parterre. Erste Tür links."

„Gern, Elke", rief sie ihm nach, doch sie bezweifelte, dass er das noch gehört hatte. Sie drehte sich langsam zu Uwe um, der noch in der Tür stand und sie musterte. „Und? Zufrieden?", fragte er, während er die Arme vor der Brust verschränkte.

„Mehr als zufrieden", antwortete sie und trat näher zu ihm. „Es ist ein Neuanfang, und ich habe ein gutes Gefühl dabei." Sie sah ihm in die Augen, spielte mit einer Haarsträhne, die ihr ins Gesicht fiel, und ließ den Moment bewusst in die Länge ziehen.

„Nur", fragte er dann leichthin, „was machen wir jetzt mit dem Krempel im Wagen? Wie kommt der hier rauf?" Elke setzte ein mädchenhaftes Lächeln auf. „An das habe ich überhaupt noch nicht gedacht", flötete sie. Sie schien zu überlegen. „Kannst du mir vielleicht helfen? Oder hast du vielleicht noch einen Freund, dann ginge es leichter." Sie schaute Uwe mit großen Augen an. Ja nicht mehr sagen, das musste jetzt von ihm kommen.

Uwe apportierte brav. „Ich habe einen Bruder hier in der Stadt. Der könnte schon helfen, wenn ich ihm erzähle, was für eine nette junge Genossin ich gerade hergefahren habe."

„Bruder", wiederholte sie. „Soso. Ich hoffe mal, der ist ebenso gut gebaut wie du." Sie ließ ihren Blick langsam von Uwes Gesicht nach unten über seinen Körper streifen. Es war ihm sichtlich peinlich, dass sie seine Reaktion deutlich sehen konnte. Er fing sich aber gleich wieder und tat so, als müsste er nachdenken. „Na ja, ich könnte ihn fragen. Wir wären in einer Stunde hier."

Elke lächelte. „Perfekt. Mach mal, dass du wegkommst, Uwe."

Dann zog sie ihn zu sich, legte ihm die Arme um den Hals und gab ihm einen schnellen, spielerischen Kuss. Als er überrascht die Hände an ihre Hüften legen wollte, wich sie geschickt aus und zwinkerte ihm zu. „Erst die Arbeit, dann das Vergnügen." Uwe lachte und verließ die Wohnung mit einem nervösen Lächeln. Elke ging auf den Balkon, sah ihm nach, wie er in den Lieferwagen stieg und davonfuhr.

Als der Wagen die Straße entlangfuhr und um die Ecke verschwand, blieb Elke noch eine Weile auf dem Balkon stehen. Der Wind fuhr durch ihr Haar, das Rauschen der Bäume füllte die Stille. Sie dachte an das Lager zurück, an die kalte Professionalität der Schulungen, an die Männer, die man ihr als Partner zugewiesen hatte. Dort hatte sie auch die Kontrolle gehabt – aber es war anders gewesen.

Das hier fühlte sich leichter an. Echter. Sie führte die Jungs zwar am Nasenring herum, aber es würde Spaß machen, mit ihnen zu flirten, sich auf die beiden einzulassen, auch ein wenig die Kontrolle abzugeben. Sich schenken und dafür beschenkt werden. Vielleicht, doch wofür gab es schon Garantien?

Sie wandte sich ab. Zeit, den nächsten Schritt zu setzen. Einen perfekten Auftritt ohne Makel war sie sich selbst schuldig. Sie streifte also die Shorts und das T-Shirt achtlos ab, ließ auf dem Weg ins Bad ihren Slip zu Boden gleiten und stieg in die Dusche. Nach einer halben Stunde kehrte sie ins Wohnzimmer zurück, suchte aus dem Handkoffer, den sie mitgebracht hatte, sorgfältig ein Designer-Top und Jeans aus. West natürlich, die Sachen passten ihr perfekt. „Danke, Mama", murmelte sie, als sie sich noch einen Hauch Schminke auftrug, gerade so, dass man es mit dem freien Auge nicht sah. Der Lieferwagen brummte bereits die Zufahrtsstraße heran, als sie wieder auf den Balkon trat und den beiden Jungs winkte.

Naja, mit – wie alt war sie da? – 20 oder 25, vielleicht nimmt frau es da noch leicht. Die Schrammen kommen erst später. Bei den meisten halt.

Aber schauen wir mal, was in diesem neuen Leben sonst noch auf sie wartet. – Das hier, was ist das? Ein Bericht über ihr Einstellungsgespräch in diesem Forschungslabor?

Ein Platz im System

Leipzig, Forschungslabor des VEB Schienenfahrzeugbau, eine Woche später

Die Sonne stand bereits hoch am Himmel, als Elke über das Werksgelände des VEB Schienenfahrzeugbau Leipzig ging. Das Verwaltungsgebäude lag nur wenige Schritte entfernt, und um sie herum summte das Leben. Auf einer freien Fläche standen halbfertige Lokomotiven und Waggons, daneben einige Arbeiter, die sich gerade in ihrer kurzen Pause eine Zigarette anzündeten. Aus den Werkhallen drang das rhythmische Hämmern und Zischen der Maschinen, und irgendwo roch es nach frisch gebrühtem Kaffee.

Elke zog die Schultern zurück und atmete tief durch. Die Heimat war nicht immer grau, dachte sie. Sie wusste, dass dies ein besonderer Ort war – eines der wenigen Forschungslabore für den Schienenfahrzeugbau im ganzen Land. Doch sie wusste auch, dass es in ihrem Fall nicht darauf ankam.

Sie fühlte eine leichte Anspannung, als sie das Verwaltungsgebäude betrat. Nüchtern, aber gut in Schuss. Eine Tür stand offen, und eine Sekretärin mit hochgestecktem Haar sah nur kurz von ihrer Schreibmaschine auf. „Sie sehen aus, als würden Sie etwas suchen. Frau Schneider?" – „Ja, Elke Schneider, ich wurde hierher zugewiesen." Sie kramte in ihrer Tasche. – „Schon gut, Sie sind avisiert. Gehen Sie gleich zum Chef durch. Er heißt übrigens Buchholz. Und per Sie bitte, er duzt nicht."

Elke klopfte kurz an die Tür und öffnete sie, als sie ein knappes „Herein" vernahm.

Der Werksleiter, ein großer Mann mit einem dichten Schnurrbart, saß hinter seinem Schreibtisch und blätterte in einigen Akten. Das Fenster hinter ihm ließ den Raum hell und freundlich wirken. Auf dem Tisch stand eine Tasse Kaffee, und es roch angenehm nach Tabak.

„Setzen Sie sich, Frau Schneider", sagte er, ohne den Blick von den Papieren zu heben.

Elke nahm auf dem Stuhl vor dem Schreibtisch Platz und wartete geduldig. Nach ein paar Augenblicken legte er die Akten beiseite und sah sie über den Rand seiner Brille hinweg an.

„Sie sind also die Neue aus der Lokomotivfabrik, ja?", fragte er, seine Stimme fest, aber nicht unfreundlich.

„Ja, Herr Buchholz. Ich wurde versetzt."

Er musterte sie einen Moment, dann nickte er. „Guter Abschluss als Schlosserin, ordentliche Arbeitsleistung", sagte er knapp. „Sie sind nach Leipzig übersiedelt? In die Neubausiedlung, wie ich sehe. Nicht leicht, dort an Wohnungen zu kommen." Elke wartete ab.

„Sehen Sie, hier im Forschungslabor arbeiten wir anders." Er legte die Brille ab und rieb sich die Augen. „Das hier ist nicht Hennigsdorf. Es gibt weniger Routinearbeiten, mehr spezielle Projekte."

Elke spürte einen Anflug von Nervosität. „Spezielle Projekte?" – „Ja, spezielle Projekte. Nicht ganz so speziell wie Ihres, aber Menschen haben unterschiedliche Begabungen." Gegenseitiges Abtasten. Elke hielt seinem Blick stand. Sie wusste, was sie mittlerweile war, aber sie konnte sehr gut damit umgehen.

Er drückte die Zigarette im Aschenbecher aus. „Unser Staat schützt Ihr Recht auf Arbeit. Wenn Sie etwas im Beruf tun wollen, gehen Sie rüber in die Maschinenpflege, sagen Sie dem Vorarbeiter dort einen schönen Gruß, und was immer Sie sonst tun: Stehen Sie ihm nicht im Weg rum. Wir sind hier nicht in einem Kombinat zur Herstellung von Blechdosen, wir wollen die Fahrzeugtechnik voranbringen." Er schmunzelte leicht. „Tun Sie, was Sie tun müssen. Und sagen Sie Bescheid, wenn Sie länger weg sind. Wir sind hier eine Art Familie, wir wollen uns keine Sorgen um Sie machen."

„Und die Stempelkarte?", fragte Elke unverblümt. Er nickte leicht. „Sie denken mit, das ist ein gutes Zeichen. Susanne draußen erklärt Ihnen das. Haben Sie noch Fragen?" Elke wusste, was erwartet wurde, und stand auf. „Danke für den freundlichen Empfang", sagte sie unverbindlich. Sie wusste in diesem Augenblick um ihre Wirkung als Frau. Schmunzelte Buchholz wieder? Er ließ sich nicht in die Karten blicken.

„Und Schneider?" Wieder dieser Blick. Elke konfrontierte ihn diesmal direkt, ihre Augen begegneten einander, und da war etwas jenseits des formellen Vorstellungsgesprächs. „Keine Unruhe hier im Werk. Ich denke, wir verstehen uns da sehr genau." Ein letzter prüfender Blick, Elke schien bestanden zu haben. „Und ansonsten …" Er legte seinen Finger auf seinen Mund.

„Verstanden und akzeptiert, Chef." Zu ihrer Überraschung stand Buchholz auf und kam hinter seinem Schreibtisch hervor. Sie hatte einen Augenblick den Eindruck, dass da der Mensch in ihm auf sie zukam, während die Hülle des Werksleiters weiter hinter dem Schreibtisch saß und Kaffee trank.

„Willkommen in Leipzig, Kollegin." Er streckte seine Hand aus. Elke nahm sie, das fühlte sich sehr echt an. „Danke, Chef." Sie tauschten einen letzten Blick aus, dann wandte sich Elke ohne ein weiteres Wort um und verließ das Büro.

Am Hinausweg sprach die Sekretärin Elke noch einmal an. „Willkommen auch von mir, Elke. Ich darf doch Elke sagen? Ich bin Susanne Millinger, aber alle rufen mich Susi. Ich bin so eine Art Anlaufstelle für die großen und kleinen Sorgen von allen hier." – „Gern, also dann, auf's du", antwortete Elke ein wenig perplex. – „Gehst du noch mit auf einen Kaffee, Elke? Ein paar Sachen musst du noch wissen, bevor ich dich da unter die Männer lassen kann. Ach, und das mit der Stempelkarte natürlich auch." Ah klar, Susi musste eingeweiht sein, ohne die schien hier wenig zu laufen. Sie lächelte also freundlich zurück. „Gern, Susi."

Unruhe

Durchgemacht

Wien-Simmering, ein Tag später

Zwei Uhr Nachmittag. Genau, was ich wissen wollte. Ich schenke meinem Wecker einen Blick tiefer Verachtung und versuche, mich in den zerwühlten Laken aufzurichten. Wie bin ich eigentlich ins Bett gekommen? Ein paar verschwommene Erinnerungen tauchen auf – der Stick, die Dokumente, der Kaffee, der längst kalt geworden war. Irgendwann muss ich aufgegeben haben.

Ich bleibe noch einen Moment liegen, starre an die Decke. Meine Gedanken sind wie Nebel. Es fühlt sich an, als hätte die Nacht nichts wirklich gebracht, außer mehr Fragen. Gut, diese Elke geht also nach Leipzig. Wozu, ist wohl auch klar. Aber was hat sie mit dieser Leiche zu tun? Und warum stand ihr Name außen auf diesem Stick?

Langsam richte ich mich auf und strecke mich. Mein Wecker zeigt mittlerweile 14:15, dem ist meine Verachtung egal wie immer. Die Blase meldet sich auch zu Wort. Nicht alle auf einmal, bitte. Ich zwinge mich endlich aus dem Bett, finde den Weg, dann in die Küche.

Der kalte Kaffee von letzter Nacht steht noch auf der Spüle. Ich schenke eine Tasse voll und wärme sie in der Mikrowelle. Autsch, bäh. Die Mikrowelle kann nichts dafür, dass er so nicht schmeckt. Dass er zu heiß ist, schon. Ich schütte die Tasse in die Spüle. Später. Ein dumpfes Gefühl der Unzufriedenheit drückt auf meine Brust, als ich mich an den Tisch setze und meinen Kopf in die Hände lege.

Vielleicht sollte ich Markus anrufen. Irgendwo in meinem Hinterkopf weiß ich, dass es nichts bringen wird. Er wird wieder ausweichen, er wird lügen – oder noch schlimmer: Er wird mich einfach abwimmeln. Aber hey – es war sein Stick. Woher sollte der sonst gekommen sein, und so eine Aktion passt zu ihm. Samt dem weggewischten Namen, aber so, dass ich ihn finden musste. Ich hasse mich für die Bilder, die verlässlich auch wieder auftauchen. Nein, das ist vorbei. Vorbei wie vorbei, Verena.

Ich nehme mein Handy und scrolle durch die Kontakte, bleibe kurz zögernd auf seinem Namen hängen. Und dann wähle ich doch seine Nummer. Es klingelt, und mit jedem Ton steigt meine Anspannung. Endlich hebt er ab.

„Verena?" Er klingt überrascht, und vielleicht ein wenig zu kalt. Keine Spur von Wärme in seiner Stimme.

„Markus, der Stick. Du hast mir doch den Stick gegeben, oder?" Es kommt härter heraus, als ich es wollte. Die Anspannung, die Müdigkeit, sie machen mich dünnhäutig.

Er schweigt, für einen Moment zu lang. „Wovon redest du?" Seine Stimme klingt jetzt gereizt. Abwehrend.

„Du weißt genau, wovon ich rede." Meine Stimme wird schärfer, die Kontrolle rutscht mir langsam aus den Fingern. „Hör auf, mich für blöd zu verkaufen. Du hast ihn mir gegeben, und jetzt tust du so, als wäre da nichts."

Markus schnauft durch die Nase, ich kann es fast hören. „Verena, ich hab dir keinen verdammten Stick gegeben, okay? Du bildest dir was ein." Sein Ton ist jetzt kühl, wie eine Mauer, die sich vor mir auftut.

„Ich bilde mir nichts ein", sage ich scharf, aber die Wut beginnt in mir zu brodeln. „Warum machst du das, Markus? Warum kannst du nicht einfach zugeben, dass du mir hilfst? Was hast du davon, mich anzulügen?"

Er schweigt wieder. Dieses Schweigen, das mich zur Weißglut bringt. Dann, fast beiläufig: „Ruf mich bitte nicht mehr an. Ich hab keinen Bock mehr auf deine Paranoia."

Ich spüre, wie die Wut in mir aufkocht, aber ich versuche, ruhig zu bleiben. „Weißt du was, Markus?", sage ich mit angespannter Stimme. „Gut. Ich ziehe das ohne dich durch. Und wenn ich dabei auf die Schnauze fliege, dann weiß ich wenigstens, dass ich das nur mir selber zu verdanken habe."

„Verena …" Er klingt plötzlich anders, aber ich will es nicht hören. Ich lege auf, ohne eine Antwort abzuwarten. Ich starre auf das Handy, und die Worte hallen noch in meinem Kopf nach.

Meine Wut mischt sich mit Enttäuschung. Es ist immer dasselbe mit ihm. Immer. Er stößt mich weg, lässt mich hängen, aber er schafft es doch jedes Mal, dass ich ihn nicht ganz loslassen kann. Die Wut brodelt weiter, ich merke, wie sie mich langsam überwältigt. Vorbei. Siehst du es jetzt endlich ein, Verena?

Das Handy plongt. Was will er noch? Sicher nicht! Ich starre das Gerät an, doch es ist eine Kalendernachricht. „Paul" steht da und drei Herzerl dahinter. Wer hat denn das geschrieben? Der Gedanke an den Chat vor zwei Wochen ist gerade ganz weit weg. Ich atme tief durch und tippe mechanisch eine Nachricht. „Sorry, Paul. Nicht deine Schuld, aber keine gute Idee heute."

Seine Antwort kommt schnell. „Schade. Meld dich, wenn du magst."

Ich schnaube. Du kannst nichts dafür, Paul, denke ich. Aber ich auch nicht. Ich lösche den Kalendereintrag und den Kontakt auch gleich. „Das Glück gibt's tausendmal", die dünne Stimme der Annett Louisan spukt mir kurz durch den Kopf.

Ich muss raus hier. Ich überlege kurz. Das Hegel. Ja, das wird guttun. Einfach irgendwo sitzen, ein Buch aufschlagen und so tun, als würde ich mich für ein paar Stunden nicht um die Welt scheren. Und über Berti lächeln. Muss ich jetzt schon.

Erst noch einen Menschen aus mir machen. 20 Minuten später bin ich so weit. Nicht grandios, aber „kann man lassen", sag ich zu meinem Spiegelbild. 16:30 sagt mein Wecker. Ich strecke ihm die Zunge raus, bevor ich die Wohnung verlasse. Die Tür knallt ein bisschen zu laut, und Markus kann es nicht einmal hören. Schade.

Im Café Hegel

Am Abend

Ich merke, wie ich in der entspannten Atmosphäre des Hegel langsam runterkomme. Ich blättere seit einer Weile in einem Bildband über Leipzig, aber meine Gedanken gleiten immer wieder zu der jungen Frau ab, die ich in den Akten gefunden habe – Elke Schneider. In diesem Moment ist die tote Frau im Keller, wer immer sie ist, weit weg. Es ist das Bild von ihr auf ihrem Balkon, wie sie ihrer „Zielperson" für die Nacht nachsieht. So euphorisch, so voller naiver Unschuld und Lebenslust. Ein leichtes Lächeln auf den Lippen, halb Belustigung, halb Wehmut. Wusste sie schon, wie flüchtig solche Momente sind? Vielleicht war es ihr auch einfach egal. Wie alt war sie da? 20, 25 vielleicht?

Ich blättere weiter, versuche mich auf die nächste Seite zu konzentrieren, die eine Aufnahme von Leipzig bei Sonnenaufgang zeigt. Die Stadt wirkt in den Bildern so ruhig, so gelassen – das perfekte Setting für jemanden wie Elke, die vielleicht einfach nur ein kleines Stück Freiheit wollte. Doch die Gedanken an sie vermischen sich mit meinem eigenen Leben, der Erinnerung an viele – zu viele – solche Momente, an die Bruchstücke, die davon übrig geblieben sind. Mit einem davon habe ich heute Nachmittag telefoniert. Ach, was soll's. Ich schließe das Buch, atme tief durch.

„Braucht die Seele noch einen?" Berti – der immer alles sieht, aber nie fragt. Er steht plötzlich neben mir, den leeren Schwenker in der Hand, und schaut mich an, als könnte er die Wehmut in meinem Gesicht lesen.

„Nein, danke, Robert, aber noch einen Kaffee. Schwarz wie die Nacht und meine Seele, aber frag nicht bitte." Ich versuche ein Lächeln, aber es fällt mir schwer. Es ist, als hätte er direkt in meine Gedanken gesehen.

„Kommt sofort", sagt er, ohne weiter nachzubohren, und verschwindet Richtung Theke. Muss ich mir Sorgen machen, dass da heute kein „Ich hab hier um halb zwölf Schluss"-Spruch kam? Kein „Einfach Berti"-Blick? Ein Spiel, nichts weiter, aber …

Ich lege den Bildband beiseite, lasse meinen Blick durch das Hegel schweifen. Es ist später Abend, das Café ist gut besucht, aber nicht voll. An den anderen Tischen wird gelesen, hier und da gespielt – die vertraute Mischung aus Büchern und Brettspielen, die das Hegel zu einem zweiten Wohnzimmer für viele gemacht hat. Ich mag es, hier zu sitzen. Der Lärm ist gedämpft, alles läuft in seinem eigenen ruhigen Rhythmus. Manchmal reicht das schon, um den Kopf freizukriegen.

Ich stehe auf, will zur Kassa gehen, um zu zahlen, doch das Mädchen ist gerade nicht da. Während ich warte, wandert mein Blick erneut durch den Raum – über die Bücherregale, die leisen Gespräche, die Lampe in der Ecke – und dann sehe ich sie. Lena.

Sie sitzt im Halbdunkel an einem der hinteren Tische, das Licht einer kleinen Tischlampe wirft weiche Konturen über ihr Gesicht. Ihr Lächeln ist konzentriert, während sie mit einer Dame Schach spielt, deren Rücken zu mir gewandt ist. Lenas schlanke Finger bewegen sich vorsichtig über das Schachbrett, ihr Blick dabei ruhig, fast spielerisch.

Ich stocke. Ist das wirklich Lena? Die Frau, die mich engagiert hat? Mein erster Impuls ist, einfach zu gehen. Aber bevor ich mich entscheiden kann, hebt sie den Kopf, und hat mich auch schon entdeckt. Ihre Augen bleiben an mir hängen, nur für einen kurzen Moment. Ein leichtes Zucken in ihrem Mundwinkel, dann ein Lächeln, das wärmer wird, offener.

Sie neigt leicht den Kopf, als würde sie mich still fragen: „Kommst du herüber?" Ohne viel nachzudenken, mache ich einen Schritt in ihre Richtung, zögere aber dann doch wieder.

Die Dame, mit der sie spielt, scheint gerade ihren letzten Zug gemacht zu haben. Lena schaut aufs Brett, ihr Lächeln vertieft sich – Schachmatt. Ihre Gegnerin schüttelt leicht den Kopf, erhebt sich und verabschiedet sich freundlich, bevor sie den Tisch verlässt.

Lena bleibt allein zurück, schaut zu mir, dann auf den freien Stuhl gegenüber ihr. Sie hebt die Hand, eine einladende Geste. Es wäre seltsam, jetzt einfach zu verschwinden.

Ich gehe hinüber.

„Frau von Eckstein?" Ich lächle leicht und versuche, den Überraschungsmoment zu überspielen. „So ein Zufall, sind Sie öfter hier?"

Lena hebt den Kopf, ihr Blick ruhig und freundlich, fast spielerisch. „Ja, es gibt nicht mehr so viele Orte, an denen man Schach spielen kann." Sie deutet auf den freien Stuhl gegenüber ihr. „Setzen Sie sich doch. Oder …" Sie zögert für einen Moment, während ich mir etwas linkisch den Stuhl heranziehe und Platz nehme.

„Wollen wir uns der allgemeinen Gepflogenheit hier anschließen und uns du sagen? Ich bin Lena, würde mich freuen."

Ich blinzle kurz, ein wenig überrumpelt, aber dann rücke ich mir den Stuhl zurecht und reiche ihr die Hand. „Verena", sage ich, ein schwaches Lächeln auf den Lippen. Aber ja, es passt für mich. Ich setze mich ihr gegenüber.

Es folgt eine Stille, die spürbar in der Luft hängt. Das Gespräch versiegt so abrupt, dass es fast schmerzt. Ich lehne mich leicht zurück, meine Finger ruhen auf dem Tisch, doch es fühlt sich an, als wäre plötzlich etwas Unsichtbares zwischen uns. Keine von uns sagt etwas, und das Schweigen wird so dicht, dass ich den Blick abwenden muss.

Ich lasse meine Augen durch das Café wandern, um der Stille zu entkommen. Die gedämpften Gespräche an den anderen Tischen, das sanfte Klicken von Schachfiguren, die über ein Brett gleiten. Ich habe seit Kindertagen in solchen Momenten ein verbales Blackout, es gibt da nichts, was ich „nicht herausbringen" könnte. Ich warte also ab.

„Du willst mir jetzt nicht direkt erzählen, was ich dich nicht gefragt habe: Du hast noch nicht viel, was?" Lenas Stimme durchbricht die Stille mit einer Leichtigkeit, die mich überrascht. Sie lächelt, und ich merke, wie die Spannung aus mir weicht.

„Nun, ähm", sage ich, noch leicht verunsichert. „Seit gestern …"

Bevor ich den Satz zu Ende bringen kann, legt Lena sanft ihre Hand auf meine. Die Geste ist leicht, kaum spürbar, und doch schickt sie eine Welle durch mich. Es ist nicht die Berührung an sich, sondern das, was sie signalisiert – Nähe, Verständnis, vielleicht sogar ein bisschen mehr. Aber der Gedanke wird von meiner eigenen Unsicherheit übertönt, bevor er wirklich greifbar wird.

„Ich wollte dich nicht drängen", sagt sie sanft, und ihre Haltung verändert sich. Sie ist wieder ganz Dame, ruhig, kontrolliert. Der Augenblick ist vorbei, als wäre er nie da gewesen. „Hast du eine Idee, wie du das angehen wirst?"

Ich überlege, wie ich antworten soll. „Das nicht", gebe ich schließlich zu, „aber ich habe einen …" Ich zögere, aber warum eigentlich? Es ist doch sowieso egal. „Ich habe einen Ex-Lover bei der Polizei. Er hat mir ein paar Dinge aus der Untersuchung erzählt. Bevor der Fall niedergeschlagen wurde."

Ich beobachte sie genau, suche in ihrem Gesicht nach einer Reaktion. Lena bleibt vollkommen ruhig, ihr Blick ist unergründlich. Nichts. Keine Überraschung, kein Zucken im Augenwinkel. Gar nichts.

„So viel kann ich sagen: Irgendwie führt das Ganze in die DDR der siebziger Jahre."

Lena wirkt einen Moment nachdenklich, bevor sie leise sagt: „DDR, interessant." Ihr Ton ist neutral, fast zu neutral. Als wüsste sie mehr, als sie preisgeben will. Doch es bleibt ein leichter Schatten des Unbehagens in ihrem Ausdruck, als hätte sie kurz innegehalten, bevor sie weiterspricht.

„Nimm dir die Zeit, die du brauchst", sagt sie schließlich beiläufig. Dann, mit einem Lächeln: „Spielst du eigentlich Schach?"

Ich schüttle den Kopf. „Ich weiß, dass ich die Figuren am Kopf nehmen muss. Reicht das?"

Lena lacht, und ihr Lachen ist so warm und ungezwungen, dass es mich beinahe aus der Fassung bringt. Sie wirft einen Blick auf die Wanduhr in der Ecke, dann zurück zu mir. „Es ist ja ohnehin schon spät, und Berti will sicher auch irgendwann nach Hause." Sie lehnt sich leicht vor, ihre Augen auf meine gerichtet. „Ist es eine Beleidigung, wenn ich dich bitte, heute mein Gast zu sein?"

Ich blinzle überrascht. Für einen Moment verstehe ich nicht ganz, was sie meint, aber dann dämmert es mir. Natürlich. Das Essen, der Kaffee, der Cognac – alles auf ihre Rechnung. Eine Geste der Höflichkeit, nicht mehr. Nichts Persönliches.

„Ähm, nein, danke", stottere ich. „Ich nehme das gerne an."

Lena sagt nichts weiter, und es fühlt sich an, als wäre das Gespräch nun wirklich zu Ende. Ich erhebe mich langsam, greife nach meiner Tasche. Zu meiner Überraschung steht Lena ebenfalls auf. Sie tritt an mich heran und umarmt mich leicht, eine flüchtige, „nur" freundschaftliche Geste, aber sie überrumpelt mich trotzdem.

„Mach's gut, Verena", sagt sie leise. „Wir werden einander sicher bald wieder begegnen."

Ihre Hand streift erneut die meine, nur einen winzigen Moment, bevor sie sich zurückzieht. „Ja, sicher", bringe ich heraus, immer noch leicht aus der Fassung. Die Worte kommen stockend über meine Lippen.

Ich winke ihr zu, versuche ein Lächeln aufzusetzen, das weniger unsicher wirkt, als ich mich fühle, und mache mich auf den Weg zur Tür. Mein Abgang ist vielleicht nicht perfekt, aber zumindest stilvoll. Oder so ähnlich.

Mitternacht

Als ich aus dem Café Hegel trete, weht mir die kühle Nachtluft entgegen. Ich bleibe einen Moment stehen, atme tief ein. Verdammt, was war das gerade?

Das erste, was ich draußen sehe, sind die Rücklichter des Busses, der mich zur U-Bahn bringen sollte. Natürlich. Ein kurzer Blick auf den Aushang, der letzte Bus. Kein Grund zur Panik. Die fünfzehn Minuten zu Fuß werden mir gut tun. Ich beginne zu gehen, die Stille der leeren Straßen umfängt mich. Die Kühle der Nacht tut meinem erhitzten Kopf gut, doch innerlich bleibt alles unruhig.

Die U-Bahnstation ist bald erreicht, und ich sinke erschöpft auf eine der Bänke im Waggon. Die Bewegung der Bahn lullt mich ein. Nur kurz die Augen schließen …

Plötzlich spüre ich eine sanfte Berührung an meiner Schulter. Ich schrecke hoch und blicke in das Gesicht eines uniformierten Beamten. „Endstation", sagt er ruhig, als wäre er es gewohnt, Fahrgäste aufzuwecken.

„Oh … Entschuldigung." Hastig steige ich aus. Zum Glück bin ich an der richtigen Station. Trotzdem peinlich. Ein paar Minuten bis nach Hause.

Ich schließe die Tür hinter mir, lasse den Schlüsselbund achtlos auf den Tisch fallen. Eigentlich sollte ich einfach ins Bett gehen, aber irgendetwas hält mich wach. Ich ziehe mir rasch die bequeme Jogginghose und den alten Sweater über, während ich meinen Blick durch das Zimmer schweifen lasse.

Der Gedanke, jetzt gleich an die Decke zu starren, Schäfchen zu zählen oder … ich lächle kurz. Nein, auch das nicht. Stattdessen zieht es mich zum Schreibtisch.

Ich setze mich hin, öffne den Laptop. Wo war ich stehengeblieben? Ich starre auf den Bildschirm, blättere durch die Dateien. Mein Blick bleibt an einem Namen hängen, der mir bisher nicht aufgefallen war: Gitti Novak. Wer ist das? Irgendetwas macht mich neugierig. Na gut, warum nicht einfach Gitti Novak?

Ich klicke die Datei an, und die Bilder einer lang vergangenen Zeit, eines entfernten Landes entfalten sich wieder vor mir.

Begegnungen

Im Zentrum der Macht

Berlin-Wandlitz, März 1974

Die Villa, in der die Besprechung stattfand, stand in Wandlitz, dem Zentrum der Macht der DDR. Ein Ort, an dem die Nomenklatura hermetisch abgeriegelt Hecke an Hecke, Gartenzwerg an Gartenzwerg lebte, an dem aber Entscheidungen gefällt wurden, die über das Schicksal von Millionen bestimmten. Die Protzerei der Einrichtung – schwere Vorhänge, überladene Kronleuchter, dicke Teppiche, die den Lärm gedämpft und die Luft erstickt wirken ließen – konnte nicht über fehlenden Geschmack und mangelnde Pflege hinwegtäuschen. Das Ganze wirkte wie eine grotesk überdimensionierte Schrebergartenhütte, in der ein Mann, der vermutlich nie über Rostock hinausgekommen war, seine Visionen von Luxus und Weltläufigkeit verwirklicht hatte. Doch das bizarre Anwesen gehörte keinem gewöhnlichen Spießer, sondern einem der mächtigsten Männer im Zentralkomitee der Einheitspartei SED: dem Minister für wirtschaftliche Angelegenheiten persönlich.

David Cormier konnte während der gesamten Besprechung das Gefühl des Unbehagens nicht ganz abschütteln. Er fühlte sich von all der Protzerei mit Talmi ebenso erschlagen wie von der grobschlächtigen, relativ inhaltsleeren Verhandlungsführung. Und vom Auftritt der Gitti Novak, einer eleganten, dunkelhaarigen Frau in ihren Dreißigern, deren herzlicher, bisweilen etwas derber Wiener Charme nicht darüber hinwegtäuschen konnte, dass sie es als Tochter eines Diplomaten gewohnt war, überall durchzukommen. David fragte sich, ob der einen Hauch zu nachlässige Stil ihrer Kleidung – Rock, Bluse, Blazer, halbhohe Pumps – ein absichtlicher Akzent war oder einfach das, was er von seiner ehemaligen Geliebten nur zu gut kannte: eine Mischung aus Instinkt und Gleichgültigkeit.

Es ging um ein Geschäft mit westdeutschen Computerteilen, David war als Vertreter des Herstellers in Bielefeld anwesend, Gitti vertrat eine kleine Handelsfirma aus Wien, die man zwischenschalten musste, um den Weg über die innerdeutsche Grenze am bestehenden US-Embargo vorbei zu ermöglichen. Das Treffen sollte den Abschluss besiegeln, das Zentralkomitee musste beschließen, die Teile nicht bei einem internationalen Konzern zu kaufen, sondern bei „Hanna Beran Import und Export, Wien-Heiligenstadt", einer Firma, deren Betriebsvermögen aus nicht viel mehr als einem Küchentisch bestand, wie man auch hierorts bereits herausgefunden hatte. Gitti, die Tochter des tschechischen Botschafters in Wien, war Partnerin und eine alte Freundin von Hanna, die einerseits den Deal über ihren Ex-Geliebten David eingefädelt hatte, andererseits über das entsprechende Entree und gute Kontakte in den osteuropäischen Volksrepubliken verfügte.

Immerhin: Gitti passte viel besser in diese Umgebung als David und hatte es schließlich geschafft, die hochrangigen Funktionäre mit ihrer pragmatischen Art zu überzeugen. Die Verhandlungen waren gut gelaufen, wofür David Gitti insgeheim dankbar war. Seine Vorgesetzten wollten einen Auftrag sehen und verloren langsam die Geduld. Dass er dabei allerdings gleichzeitig zusehen musste, wie sich die Frau, die er immerhin einmal geliebt hatte, den Machthabern des Arbeiter- und Bauernstaates förmlich an den Hals warf, hinterließ ihn in einem inneren Zwiespalt, den er momentan nicht auflösen konnte und der sich immer unangenehmer in seinem Magen bemerkbar machte.

Der Minister, ein Mann mit Gesichtszügen, die seine Herkunft aus dem Proletariat nicht verbergen konnten, und einer entsprechend überzogenen Autorität, die sich vor allem durch ein lautes, aber schwer verständliches Sächsisch ausdrückte, erhob seine Stimme. „Meine Dame", er fixierte dabei Gitti Novak mit einem unverschämten, fast obszönen Blick, „Meine Herren, ich danke Ihnen für Ihr Kommen und die konstruktiven Beiträge. Ich denke, die anwesenden Mitglieder des ZK konnten sich davon überzeugen, dass uns unsere Partner in Westdeutschland hier einen sehr konkreten und praktikablen Weg aufgezeigt haben, die Schwierigkeiten zu meistern, vor die uns der Klassenfeind gestellt hat. Ich denke, dass wir im Interesse des weiteren Aufbaus unserer sozialistischen Gesellschaft …"

Er sprach noch weitere zehn Minuten, bevor er zum für David entscheidenden Satz kam. „… werden wir hier vor Ort und Stelle die vorliegende Punktation des Beschaffungsvertrages paraphieren und damit den Weg für eine konstruktive und womöglich dauerhafte Partnerschaft auch mit unseren neuen Wiener Freunden besiegeln." Er öffnete die vor ihm liegende Mappe, unterzeichnete die darin liegenden Dokumente mit großer Geste und gab sie an zwei weitere anwesende ZK-Mitglieder weiter, die ohne jedes Interesse ebenfalls unterschrieben. „Frau Novak, damit haben Sie das Notwendige, um Ihre Veranlassungen treffen zu können." Er entnahm eine Gleichschrift der Mappe und reichte sie Gitti. „Ich bedaure, dass wir Frau Beran heute hier nicht begrüßen durften, aber", er musterte Gitti wieder von oben bis unten, „es ist Ihnen gelungen, uns zu überzeugen. Auf eine gute Zusammenarbeit." Er reichte Gitti die Hand. „Wir haben zu danken, Herr Minister", hauchte sie und schaffte es sogar, einen Anflug von Röte in ihr Gesicht zu zaubern.

„Ich bin zuversichtlich, dass wir die noch vorhandenen Schwierigkeiten überwinden können. Die Besprechung ist geschlossen. Ich habe noch Erfrischungen für einen kleinen Umtrunk vorbereiten lassen, ich hoffe, Sie alle können es mit ihren Reiseplänen vereinbaren, noch eine Weile meine Gäste zu sein." Die anwesenden Funktionäre applaudierten artig, David und Gitti taten es ihnen gleich. „Gern", sagte David in den Raum, was aber im allgemeinen Sesselrücken bereits unterging.

David nickte, als Gitti ihm einen kurzen, fast triumphierenden Blick zuwarf. Sie war in ihrem Element, wusste genau, wie sie sich in dieser Umgebung bewegen musste. Äußerlich unauffällig – der dunkelblaue Rock, die cremefarbene Bluse, der abgelegte Blazer – doch ihre Präsenz dominierte den Raum. Gitti verstand es, die Männer um sie herum zu beruhigen, ihre Worte so zu wählen, dass sie sich verstanden fühlten und gleichzeitig ihr überlegen. Eine Kunst, die sie meisterlich beherrschte, ohne je selbst viel preiszugeben.

Als die Runde in den Salon wechselte, spürte David, wie sich die Atmosphäre veränderte. Die förmliche Steifheit der Verhandlungen wich einer fast beunruhigenden Lockerheit. Die Männer begannen, ihre Krawatten zu lockern, die Gläser mit Schnaps und Wein zu füllen, die Hemdsärmel hochzukrempeln. Was gerade noch ein nüchterner Austausch gewesen war, verwandelte sich in ein enthemmtes Treiben, das ihm zunehmend unangenehm wurde. Diese Männer, die sich eben noch als Elite des Systems präsentiert hatten, gaben sich jetzt einem Verhalten hin, das ihn abstieß.

Und Gitti? Sie blühte in dieser Atmosphäre auf. Sie lachte laut über die derben Witze, nahm ohne Zögern jedes Glas an, das ihr gereicht wurde, und wurde schnell zum Mittelpunkt der Runde. Mit halb ironischen, halb koketten Bemerkungen ließ sie sich von den Männern hofieren und genoss sichtlich die Aufmerksamkeit, die sie bekam.

David beobachtete sie mit wachsender Beklommenheit. Er kannte Gitti gut, vielleicht zu gut. Vor Jahren hatten sie eine Beziehung gehabt, und damals hatte er ihre Entschlossenheit und Selbstsicherheit bewundert. Doch nun sah er eine andere Seite: Gitti hatte eine einfache, fast derbe Art, sich vom Leben zu nehmen, was sie wollte, eine Gier, die immer unter der Oberfläche lauerte. Sie liebte es, Männer um sich zu haben, Männer, die sie begehrten, die sie erobern wollten.

Was ihn früher an ihr angezogen hatte, schien ihm jetzt wie eine billige Farce. Gitti machte sich den Männern gegenüber zu bereitwillig zugänglich – nicht aus Notwendigkeit, sondern vielleicht aus Kalkül, vielleicht auch aus Langeweile. Die Funktionäre, die ihre Nähe suchten, respektierten sie nicht. Sie benutzten ihre Offenheit, um ihre eigene Unsicherheit zu verbergen. Und Gitti spielte dieses Spiel mit, vielleicht ohne es überhaupt zu merken.

Je länger der Abend dauerte, desto größer wurde Davids Abscheu. Die Männer wurden lauter, vulgärer, ihre Gesten dreister. Gitti ließ sich darauf ein, lachte über ihre schlüpfrigen Bemerkungen, ließ es geschehen, dass sie angefasst und begrapscht wurde. Es war, als würde sie die letzten Reste ihrer Würde aufgeben – vor seinen Augen, ohne dass er etwas dagegen tun konnte. Diese Frau, die er einst geliebt hatte, war in seinen Augen nur noch ein Schatten ihrer selbst.

Als Gitti schließlich aufstand, um mit mehreren der Funktionäre in die angrenzenden Schlafräume zu verschwinden, konnte David seine Gefühle nur noch mühsam kontrollieren. Er hätte hier die Gelegenheit gehabt, informelle Kontakte zu knüpfen, doch der Anblick, wie sich Gitti diesen Männern präsentierte, nahm ihm jede Motivation.

Einer der älteren Funktionäre, ein Mitglied des Zentralkomitees, trat an David heran. Der Mann war bereits leicht betrunken, doch seine Augen zeugten noch von klarem Verstand. Mit einem Hauch von Mitgefühl, als hätte er Davids innere Qual bemerkt, bot er ihm an, ihn in seinem Dienstwagen zurück ins Hotel zu fahren. David zögerte nicht. Mit einem knappen Nicken nahm er das Angebot an, und sie verließen die Villa in einer großen schwarzen Limousine.

Die Fahrt über die dunklen Straßen verlief schweigsam. David erschrak regelrecht, als der Mann ihn noch einmal ansprach: „Mir fiel auf, dass Sie vorhin etwas abseits standen. Stehen Sie auch nicht auf Frauen?" - David zögerte. „Doch, aber Frau Novak ist meine Ex-Geliebte." - „Ach so, dann." Der Wagen hielt an einem unscheinbaren Haus inmitten von Feldern. „Mein Fahrer bringt Sie. Alles Gute, Herr Cormier."

David starrte aus dem Fenster, die Dunkelheit zog an ihm vorbei, doch sie bot ihm keine Erleichterung. Sie schien alles zu verschlingen – die Erinnerungen an diesen Abend, die Gedanken an Gitti, die Wut auf sich selbst. Es war, als hätte die Nacht ihn verschluckt, und das Schweigen, das den Wagen umgab, war das einzige, was ihn noch von der Welt draußen trennte.

> *Ich ribble mir die Augen. David Cormier, soso. Ist der nur eine Randfigur, oder hat der eine Bedeutung?*
>
> *Ah, hier, da kommt er auch vor: na da schau an, da ist ja auch unsere Elke wieder ...*

Die erste Begegnung

Leipzig, März 1974

David Cormier ließ sich schwer in den Barhocker sinken. Es war ein langer Tag auf der Leipziger Messe gewesen, und die Anspannung saß ihm tief in den Knochen. Verhandlungen hatten sich in die Länge gezogen, er war müde, doch hatte er keine Lust auf einen Abend im Plattenbauhotel, in dem er wohnte, weil die Reiseabteilung wieder mal zu spät gebucht hatte. Daher suchte er in der Bar des Hotel Astoria einen Moment der Ruhe – oder vielleicht etwas mehr, wie es gelegentlich der Fall war, wenn er hier abstieg.

Die Bar war gediegen, in warmes, gedämpftes Licht getaucht, polierte Holzvertäfelungen. Die spezifische Eleganz des Ostens, dachte David, an einer Stelle etwas zu viel, dafür an der anderen etwas zu wenig. Es war ein Ort, an dem sich Messegäste abends trafen, Geschäftspartner genauso wie Frauen, die ganz genau wussten, was sie hier suchten – und auch, was die Männer hier suchten. Die Leipziger Messe war bekannt für mehr als nur Geschäftskontakte.

David ließ seinen Blick durch den Raum schweifen. Einige Geschäftsleute saßen in kleinen Gruppen, diskutierten, lachten laut, und dazwischen die Frauen, die sich an der Bar oder allein an Tischen platziert hatten – nicht alle in offensichtlicher Erwartung, aber er erkannte die Zeichen. Sein Blick blieb schließlich an einer Frau hängen, die allein mit einem Glas Rotwein am anderen Ende der Bar saß. Sie stach durch ihre jugendliche Ausstrahlung aus der Menge heraus, doch es war etwas in ihrer Haltung, das ihn fesselte – die Art, wie sie das Glas zwischen ihren Fingern drehte, und der selbstbewusste, bisweilen schon leicht trotzige Ausdruck, der sich auf ihrem Gesicht zeigte.

Elke Schneider hatte ihn bereits bemerkt, als er die Bar betreten hatte. Sie kannte diese Art Mann – Geschäftsreisender, gut gekleidet, der Blick müde von langen Verhandlungen und der unausgesprochenen Suche nach einer Ablenkung, die über ein Glas Bourbon hinausging. Und doch war etwas anders an ihm. Er schien weniger auf eine schnelle Begegnung aus zu sein. Vielleicht eine ganze Nacht, hoffte sie. Sie blickte um sich, andere hatten ihn wohl auch schon bemerkt. Also nichts anbrennen lassen. Sie nahm ihr Glas, ging langsam, beiläufig auf seinen Platz zu. Sie achtete auf seine Augen. Wenn er kein Interesse hatte, würde sie einfach vorbeigehen. Doch sein Blick begegnete dem ihren, ein unmerkliches Lächeln huschte über sein Gesicht.

„Schwerer Tag?", fragte sie leise, als sie sich auf den Hocker neben ihm setzte. Ihre Stimme war ruhig, fast beiläufig, doch sie hatte die Fähigkeit, Interesse zu wecken, ohne zu viel zu verraten. David hob den Blick, überrascht von ihrer Direktheit, doch er war an die Dynamik dieses Ortes gewöhnt.

„Ja, könnte man so sagen", antwortete er und nahm einen weiteren Schluck von seinem Bourbon. Er musterte sie einen Moment länger. „Sind Sie auch hier wegen der Messe?"

Elke nickte leicht. „Geschäftlich, ja. Die Abende hier sind eine willkommene Abwechslung." Sie drehte das Weinglas sanft in ihrer Hand, und ihr Blick traf wieder den seinen.

„Abwechslung?" David hob eine Augenbraue. „Klingt, als hätten Sie mehr im Sinn als nur einen Drink."

Ein sanftes Lächeln spielte um Elkes Lippen. „Vielleicht", erwiderte sie, ihre Stimme unverändert ruhig, aber da war eine leichte Schärfe darin. „Einen unverbindlichen Abend. Keine großen Versprechen."

David lehnte sich leicht zurück. Das war klar und direkt – er hatte es erwartet. „Unverbindlich", wiederholte er nachdenklich, während er sie weiter musterte. Die Codes waren ausgetauscht, doch irgendetwas an ihr ließ ihn glauben, dass es mehr als nur ein Job für sie war. „David", stellte er sich schließlich vor.

„Elke", antwortete sie kurz und setzte das Glas an ihre Lippen. „Na dann, Cheers, Elke, und aufs Du." – „Na sdorovje", antwortete sie kokett. Sie tranken, schwiegen eine Weile.

„Hundert, wenn du danach heimfahren willst", sagte sie schließlich, mehr in den Raum als zu ihm.

„Will ich?" – „Vierhundert bis morgen früh, mit Zimmer", sagte sie dann ruhig, ohne den Blick von ihm abzuwenden. „West, versteht sich."

David nickte: „Mit Zimmer." Er griff in seine Brieftasche, zog einen Hunderter heraus und legte ihn vor ihr auf den Tisch. „Damit wir beide wissen, woran wir sind". Elke nahm den Schein, ihre Finger streiften leicht die seinen. „Zimmer 437. Gib mir zwanzig Minuten." Ihr Lächeln war kaum mehr als ein Hauch, und bevor sie sich abwandte, hielt sie noch kurz inne, sah ihm direkt in die Augen – als wollte sie sicherstellen, dass er sie verstanden hatte.

Sie machte sich auf den Weg zur Rezeption. Ihre Absätze klackten auf dem Marmorboden des Hotelkorridors, die Atmosphäre still und kühl. Die Flure des Astoria waren gedämpft beleuchtet, die Einrichtung elegant. Das Hotel strahlte diesen eigenartigen Luxus aus, der in der DDR überall dort zu finden war, wo man Westlern gegenüber zu glänzen suchte. Ein Rest bürgerlicher Noblesse aus der Zwischenkriegszeit, eingezwängt in den steifen Rahmen sorgfältig aus Mangel und Talmi inszenierter Geschmacklosigkeit. Trotzdem blieb es der Ort, an dem sich Geschäftsleute und besondere Gäste zur Messe einquartierten – und wo Frauen wie Elke regelmäßig verkehrten, um den besonderen „Service" zu bieten.

Renate, die Rezeptionistin, bemerkte Elke sofort, als sie den Tresen erreichte. Sie mochte in ihren Vierzigern sein, mit streng zurückgebundenem Haar und der tief auf der Nase sitzenden Brille blickte sie Elke kühl an, doch ihre Augen verrieten eine gewisse Vertrautheit. Sie war schon lange hier im Dienst, nicht immer auf derselben Seite der Rezeption, und kannte die Regeln dieses Ortes besser als jeder andere.

„Frau Schneider", sagte Renate trocken, während sie ein Gästebuch beiseite schob. „Sie benötigen wieder ein Zimmer, sehe ich. Früh dran heute, nicht wahr?"

Elke lächelte schmal. „Spiel dich nicht so auf, Renate. Unser Aufpasser ist gerade pinkeln." Die beiden kannten einander schon eine Weile, sie hatten auch einmal auf einen Kaffee miteinander geplaudert, daher das Du.

Renates Mundwinkel zuckten. „Wie immer genau im Zeitplan", erwiderte sie und griff hinter den Tresen nach einem Schlüssel. „Füll mir bitte den Meldeschein aus." Ihre Stimme klang jetzt milder, als hätte sie ihre Rolle kurz abgelegt. Ein feines Schauspiel, das sie schon seit Jahren gemeinsam aufführten.

Elke nahm den Füller, füllte die Felder hastig aus, während Renate mit professioneller Routine auf die Rückkehr des „Aufpassers" achtete – ein Stasi-Mann, der offiziell über die Sicherheit der Messegäste wachte, aber gleichzeitig genau wusste, wie die Geschäfte in diesem Hotel liefen. Er war Teil des Systems, wie alle anderen hier. Niemand sprach es aus, aber jeder wusste Bescheid.

Nachdem sie das Formular zurückgeschoben hatte, schob Elke unauffällig einen Zehnmarkschein darunter. Renate schob ihn wortlos in ihre Jackentasche, die Bewegungen präzise und diskret, bevor sie Elke den Zimmerschlüssel reichte. „West, ich hab nichts anderes", lächelte Elke. „Kauf dir was Schönes." Ihre Finger berührten sich kurz, ein stilles Einverständnis: „Toi, toi, toi, Schätzchen." Sie beneidete Elke nicht, sie war froh, dass für sie diese Zeit vorbei war.

Elke nickte, nahm den Schlüssel und ihren kleinen Koffer, der bei vielleicht einem Dutzend anderer solcher Koffer in einer Ecke der Halle stand, und drehte sich wortlos um. Sie ließ die Rezeptionistin hinter sich und spürte noch kurz die Blicke des zurückkehrenden Stasi-Mannes, der sie mit halbherzigem Desinteresse beobachtete.

Der Aufzug öffnete sich mit einem leisen Quietschen, und Elke betrat die enge Kabine, ihre Hand auf der kühlen Messingleiste ruhend. Die Kabine hob sich sanft, das Geräusch des Motors erweckte wenig Vertrauen und war von merkwürdigem Schleifen und Rasseln begleitet. Als sie den vierten Stock erreichte, trat sie hinaus in den Gang, wo das gedämpfte Licht eine merkwürdige Atmosphäre von Leere schuf. Rasch und zielstrebig ging sie mit ihrem Koffer in der Hand durch die Doppelreihe von identisch aussehenden Türen. Eine Reisende, nach außen hin.

Elke betrat das Zimmer 437. Die Tür fiel mit einem leisen Klicken hinter ihr ins Schloss. Sie hielt einen Moment inne, spürte den kühlen Luftzug, der durch das Fenster hereinwehte, und ließ ihren Blick durch den Raum gleiten. Die Einrichtung war klassisch – schweres Holz, gedämpftes Licht, bodenlange Vorhänge, ein französisches Fenster, das den Blick auf die nächtlichen Lichter Leipzigs freigab.

Doch Elke hatte keine Zeit, das Ambiente zu genießen. Sie hatte einen Job zu erledigen. Sie legte das unauffällig elegante Ensemble ab, das sie in der Bar getragen hatte, ging ins Bad und arbeitete rasch und konzentriert an ihrer Erscheinung. Sie war routiniert, es waren westliche Produkte, bald war sie mit dem zufrieden, was sie aus dem überdimensionalen Spiegel anblickte.

Ein Blick in den Koffer, ein paar Handgriffe: Feine Dessous, Seidenstrümpfe, ein elegantes, aber bequemes Kleid – tiefblau, aus weichem Samt, der sanft um ihre Figur fiel. Wer eine Nacht buchte, bekam diese Extras dazu, für eine Stunde hätte es das Kostüm tun müssen. Noch das Haar ein wenig aufbürsten, noch ein Hauch Parfum, dezent mit einer Zedernnote.

Ein letzter prüfender Blick in den Spiegel. Ihre Augen strahlten, ihre jugendliche Frische harmonierte mit der Eleganz ihrer Kleidung. Die Nervosität wich allmählich einer anderen Art von Spannung – der Erwartung auf das, was kommen würde.

*

Elke öffnete die Tür, trat zur Seite und ließ David eintreten. Er trat wortlos ein, hängte sein Jackett an die Lehne eines Stuhls und ließ seinen Blick durch den Raum wandern. Erwartbare Umgebung, erwartbarer Ablauf, ein „Zimmer" wie jedes andere, eine Frau wie viele zuvor.

Für Elke war es diesmal anders. „Zimmer 437", hatte sie gesagt, als sie ihn in der Bar verabschiedet hatte, aber jetzt, als sie ihm gegenüberstand, war das kein „Zimmer" mehr. Sie hatte diesen Ablauf unzählige Male durchlebt, aber heute … Etwas an ihm weckte in ihr ein leises Verlangen, das sie nicht gewohnt war. Es war nicht die übliche, flüchtige Anziehung. Was kommen würde, sollte kontrollierte Routine sein – und trotzdem spürte sie, wie ihr Herz schneller schlug.

„Mein Herr?", sagte sie, ging in einen tiefen Knicks, raffte ihr Kleid gekonnt. Ihr Blick zunächst gesenkt, dann langsam aufschauend, in einen Augenaufschlag übergehend. Eine einstudierte Pose? Oder mehr, für ihn?

Immerhin, er verstand, berührte sie mit einer Hand unterm Kinn, hob ihren Kopf langsam, zwang sie, in seine Augen zu sehen. Sie schauderte, als sie sein „Entzückend, wirklich entzückend" vernahm. Doch dann …

Er brach den Augenkontakt, ließ sie einfach, wo sie war, ging weiter ins Zimmer. Er war gefasst, distanziert. Es war ihm egal, dachte Elke. Natürlich. Sie hatte es gewusst. Das hier war ein Job. Nicht mehr. Doch als sie ihm den Rücken zukehrte, um nach den vorbereiteten Gläsern Sekt zu greifen, spürte sie, wie seine Augen ihr folgten. Sie schob das für den Augenblick beiseite, griff nach den Gläsern, reichte ihm eines. „Cheers", sagte sie jetzt. „Auf eine aufregende Nacht." Die Plattheit dieser Worte war ihr fast unerträglich, als er das „Cheers" erwiderte. Er nahm einen Schluck und stellte sein Glas achtlos beiseite. Elke tat es ihm gleich.

„Fühl dich wie zu Hause", sagte sie, ohne ihn direkt anzusehen. Ihre Stimme klang fast beiläufig, aber ihre Hände zitterten leicht, als sie die Seidenschleife ihres Kleides löste. Sie spürte die Kühle des Raumes auf ihrer Haut, während der Stoff sanft an ihren Schultern hinabglitt. Es war Routine. So sollte es jedenfalls sein.

Sie drehte sich zu ihm um, das Kleid fiel in einer weichen Welle auf den Boden. Ihre Beine, umhüllt von seidigen Strümpfen, bewegten sich sicher über den Teppich, aber ihre Gedanken wirbelten durcheinander. Sie wollte ihm nahekommen, ihn berühren, ihn spüren – nicht nur für den Job, sondern für sich selbst.

Elke musste sich zusammenreißen. Es durfte nicht anders sein. Nicht diesmal.

David ließ sich langsam auf die Bettkante sinken, beobachtete sie mit einem neutralen Blick, der ihr in diesem Augenblick einen Stich gab. Kein Funke von echter Leidenschaft, keine Emotion, die über das hinausging, was er erwartet hatte. Es war ein Spiel für ihn, das wusste sie. Es sollte auch für sie ein Spiel bleiben. Konzentration, Elke!

„Komm her", sagte er leise, beinahe beiläufig. Er hob die Hand, eine Geste, die mehr von der Gewohnheit eines Mannes sprach, der wusste, dass er die Kontrolle hatte, als von echtem Begehren. Elke trat näher, ihre Bewegungen sanft, doch in ihrem Inneren kämpfte sie. Sie wollte ihn – nicht so, wie sie andere Männer gewollt hatte, nicht als Teil des Spiels, sondern wirklich. Doch sie durfte sich das nicht eingestehen. Vielleicht würde sie es später bereuen, aber jetzt war nicht der Moment, um nachzugeben.

Ihre Hände glitten über seine Schultern, sanft und doch bestimmend, als sie sich zu ihm beugte und ihre Lippen einen flüchtigen Kuss auf seine Stirn hauchten. Er griff nach ihren Hüften, zog sie zu sich, und für einen Moment waren sie einander so nahe, dass sie seinen Atem auf ihrer Haut spüren konnte. Es war ein vertrautes Gefühl – und doch auch fremd.

„Du bist schön", sagte David mit einer leisen Stimme. Es klang leer. So leer, dass sie es nicht einmal als Kompliment nehmen konnte. Eine hohle Phrase. Hatte er sie überhaupt schon richtig angesehen? Bemerkt, wie sie sich für ihn hergerichtet hatte? Wie viel sie aufgewendet hatte, ihm zu gefallen?

Elke zwang sich zu einem Lächeln, aber in ihr wuchs eine Unruhe. Es war nicht nur der Job. Sie wollte es nicht nur für das Geld tun. Etwas in ihr schrie danach, ihn aus seiner Lethargie zu reißen, auch in ihm den Funken einer Leidenschaft zu entfachen. Aber sie konnte doch nicht einfach … Szenen blitzten kurz auf. Szenen, in denen sie genau das getan hatte, früher, noch als junge Schlosserin. Einen Mann, der oft kaum wusste, was er tat, einfach mitgerissen. Doch sie konnte das doch hier nicht tun, nicht so einfach …

Konnte sie nicht? Ein Gedanke setzte sich in ihr fest: Warum etwas mit großer Konzentration vorspielen, was man auch einfach empfinden konnte? Warum sich nicht einfach darauf einlassen? Die Frau in ihr fragte nicht mehr lange, sie übernahm einfach. Und es gelang ihr, David einfach mitzureißen, heraus aus seiner Lethargie. Es sollte eine Nacht werden, wie er sie noch nie zuvor erlebt hatte und in ihrer Erstmaligkeit wohl auch nicht mehr erleben würde.

> *hach!*

Der Morgen danach

Am nächsten Morgen

David erwachte früh, das erste graue Licht des Morgens schlich sich durch die schweren Vorhänge des Hotelzimmers. Er lag einen Moment still da, spürte die Wärme des Körpers neben sich und hörte den gleichmäßigen Atem des schlafenden Mädchens. Elke, ja, so hieß sie. Ihr Gesicht war entspannt, fast unschuldig, als wäre die letzte Nacht nur ein flüchtiger Traum gewesen.

Für einen kurzen Augenblick überlegte er, sie zu wecken, die Wange, die sanft auf das Kissen gedrückt war, zu berühren. Doch er entschied sich dagegen, ließ die Hand sinken und stand leise auf, um sie nicht zu stören.

David erledigte seine Morgentoilette mechanisch. Er dachte kurz darüber nach, was da in der Nacht gewesen war. Bei Frauen wie ihr kannte er sich aus, aber diesmal war irgendetwas anders. War sie ihm wirklich nur professionell begegnet? Vielleicht war sie auch nur einfach gut. Verdammt gut. Einen Augenblick dachte er an Gitti Novak zurück, vor ein paar Wochen. Ein Anflug von Schmerz durchzog sein Gesicht, als er den Gegensatz erkannte: Diese junge Frau mochte in der vergangenen Nacht mehr aufgegeben haben, als sie vielleicht beabsichtigt hatte. Aber ihre Würde, die hatte sie nicht aufgegeben.

David schüttelte diesen Gedanken ab. Er brauchte jetzt noch ein Frühstück, und seine Gedanken schweiften bereits zum heutigen Tag auf der Messe, als er sich konzentriert fertig rasierte. Er zog sich an, blickte noch einmal zu Elke hinüber, die sich im Schlaf leicht bewegt hatte, und holte das vorbereitete Kuvert aus seiner Jackentasche. Behutsam legte er es auf den kleinen Tisch neben dem Bett.

Schon auf dem Weg zur Tür zögerte er kurz, als wäre da noch etwas, das er hätte sagen wollen. Er verharrte einen Augenblick, bevor er entschlossen zum Tisch zurückkehrte, einen Stift nahm und auf das Kuvert schrieb: „Heute Abend? D."

Er stand einen Moment lang still und betrachtete die Szene – sie, das Bett, der Raum. Ja, heute Abend: Etwas Besseres würde er sehr wahrscheinlich nicht finden.

Er verließ das Zimmer, die Tür fiel leise ins Schloss.

*

Elke erwachte zwei Stunden später, als die Sonne schon höher aufs Firmament geklettert war. Der Raum lag in dieser speziellen Stimmung, die nach einer intensiven Nacht immer folgte.

Sie drehte sich zur Seite, spürte die Kühle des Bettes neben sich und die Abwesenheit. David war längst gegangen. Seine Seite war kalt. Sie hatte es erwartet, aber ein leises Stechen in ihrer Brust ließ sich nicht verleugnen. Kein wirklicher Schmerz – aber was war das, was sich wie ein zarter Schleier über die bleierne Müdigkeit, die Schwere ihrer Glieder legte, die die Nacht gefordert hatte?

Sie bemerkte das Kuvert auf dem kleinen Tisch. Es lag ordentlich gefaltet da, beinahe penibel platziert. Langsam setzte sie sich auf, schwang die Beine aus dem Bett und griff nach dem Kuvert. Es war genau das, was sie erwartet hatte: die Scheine, ordentlich zusammengelegt. Sie wollte es schon in ihre Tasche stecken, da bemerkte sie die Notiz auf dem Umschlag.

„Heute Abend? D." Er wollte sie wiedersehen? Warum schlug ihr Herz schneller? Doch andererseits: Kein „Danke", kein Herz, keine Erklärung – nur eine beiläufige Frage. Für einen Moment starrte sie die Zeilen an, ließ sie in ihrem Kopf widerhallen. Was hatte sie erwartet? Irgendetwas in ihr hatte gehofft, dass er mehr gesehen hatte – das, was die Frau in ihr ihm gegeben hatte, nicht gesagt. Aber hatte sie ihn erreicht? Vielleicht war es ja nur genauso wie bei vielen anderen. Eine Wiederholung kam schon vor, gerade in der Messezeit. Manche wollten einfach wieder, was ihnen gefallen hatte. Nicht mehr und nicht weniger.

Und wenn? Sie starrte auf das Bündel Westmark. Und wenn, genau. War sie nicht genau dafür hier? Und trotzdem, irgendetwas an dieser Nacht war anders gewesen. Für sie zumindest.

Elke ließ das Kuvert sinken. „Verlieben Sie sich nicht, Sie verlieren die Kontrolle." Die Stimme der kalten Frau im kalten Camp hallte in ihrem Kopf. Sie atmete tief durch und zwang sich, ihre Gefühle wegzuschieben. Es war Zeit, wieder in ihre Rolle zu schlüpfen. Ihre Aufgabe im System zu Ende bringen. Für Werner würde ihr schon etwas einfallen, ihr Führungsoffizier erwartete wöchentliche Berichte.

Sie stand rasch auf. Professioneller Modus. Sie öffnete als Erstes das Fenster weit, war froh, dass sie die Gerüche der Nacht kaum mehr wahrnahm, die sie ins Freie entließ, um Platz für den morgendlichen Duft der Großstadt zu machen, und ging ins Bad. Das heiße Wasser prasselte über ihren Körper, und sie sah, wie der Dampf den Spiegel beschlug. Für einen kurzen Moment ließ sie sich in den warmen Nebel fallen, aber nur, um wieder zu sich selbst zu finden. Elke musste die Fassade wieder aufbauen, die sie brauchte, um den Tag zu überstehen. Oder zumindest den Weg durch die Lobby, vorbei am Auge der Stasi.

Zurück im Zimmer, hatte sie sich bald wieder dem Bild angepasst, das die Außenwelt von ihr erwartete. Sie zog eine schlichte Bluse und einen klassischen Rock an, straffte ihr Haar, trug ein dezentes Make-up auf und überprüfte ihr Spiegelbild. Da war wieder die kühle, unberührbare Fassade – die Frau, die geschäftlich reiste. Die Frau, die wusste, was sie tat. Die Frau, die die Kontrolle hatte.

Sie packte ihre wenigen Sachen zusammen, warf einen letzten Blick auf das Zimmer und das wieder geordnete Bett. Eine Frau hatte allein hier geschlafen. Fassade. Das war nicht der Moment, um an Gefühlen festzuhalten. Es war nur ein Job, sagte sie sich. Nur ein weiterer Job.

Als sie aus dem Aufzug stieg und die Lobby betrat, spürte sie die Blicke des Stasi-Mannes auf sich. Er saß wie immer an seinem Platz, sein Gesicht ausdruckslos, aber seine Augen aufmerksam. Es war Messezeit, viele Westler waren im Hotel. Die Frauen sollten spüren, dass sie unter Beobachtung standen, dass ihr Auftreten den höheren Zielen des Sozialismus diente und nicht billiger Gewinnsucht, dass die Form streng zu wahren war.

Renate, die Rezeptionistin, blickte auf, als Elke den Tresen erreichte. Ihre Augen waren wachsam, aber sie hielt ihre Miene höflich-neutral. „Guten Morgen, Frau Schneider. Alles in Ordnung mit dem Zimmer?" fragte Renate in einem Ton, der nichts verriet.

„Ja, danke", erwiderte Elke ruhig. „Ich bin nur etwas spät eingeschlafen." Ihre Stimme war kontrolliert, sachlich, so wie es erwartet wurde.

Ein leichtes, wissendes Lächeln spielte um Renates Mundwinkel, doch sie sagte nichts weiter. „Das freut mich, Frau Schneider." Sie nahm den Schlüssel entgegen. „Einen schönen Tag wünsche ich Ihnen."

Elke nickte knapp, doch sie spürte noch die Blicke des Stasi-Manns, der sie wortlos beobachtete. Er würde nichts tun. Sie war perfekt im Rahmen. Und das war alles, was zählte.

Draußen empfing sie die klare, frische Luft, und der Kontrast zur stickigen Atmosphäre des Hotels war in diesem Augenblick befreiend. Sie machte sich auf den Weg zur Tram, ihre Schritte fest, ihre Haltung aufrecht – als wäre nichts gewesen. Doch in ihrem Inneren schwirrten die Erinnerungen der Nacht wie Geister umher. „Heute Abend?" – die Worte klangen immer noch in ihrem Kopf nach.

Sie würde heute Abend wieder da sein. So oder so. Der Schaffner riss sie aus ihren Gedanken, der mit rauer Stimme ihre Fahrkarte verlangte.

> *Da hat sich die Elke wohl in den falschen verguckt, mehr als Lange-*
> *weile war das für diesen David wohl nicht. Sie scheinen sich noch ein*
> *paarmal getroffen zu haben, genug, die Herren in Grau auf den Plan*
> *zu rufen …*

Die Stasi wird aufmerksam

Leipzig, März 1974

Der Konferenzraum in der Stasi-Leitung Leipzig war genauso kalt und abweisend wie das Gebäude selbst. Graue Wände, kahle Neonröhren, die ein flackerndes, steriles Licht über den Tisch warfen, und Fenster, die eher Schießscharten glichen und den Blick auf den grauen Himmel freigaben. Ein langer Tisch dominierte den Raum, um den sich mehrere Offiziere versammelt hatten. Auf jedem Platz lagen identische braune Mappen, penibel ausgerichtet, mit einem roten „Vertraulich"-Stempel versehen. Es war bedrückend still im Raum, das einzige Geräusch stammte vom gleichmäßigen Ticken einer altmodischen Pendeluhr, die die Sekunden ohne Erbarmen herunterzählte.

Major Vogel, ein Mann in den Vierzigern mit strengen Gesichtszügen und eisgrauem Haar, saß an der Stirnseite des Tisches. Sein Gesichtsausdruck war undurchdringlich, während er einen der Berichte durchblätterte, den ein jüngerer Leutnant eben erst vorgetragen hatte. Die übrigen Offiziere warteten in geduldiger Anspannung, als Vogel schließlich den Blick hob und den Leutnant fixierte, der vor dem Tisch stand.

„Leutnant Müller", begann Vogel mit einem Tonfall, der weder Lob noch Tadel erkennen ließ, „Ihr Bericht ist gründlich und gut vorbereitet. Sie erwähnen, dass Genossin Elke Schneider sich mehrfach mit einem westlichen Geschäftsmann getroffen hat. Sie sehen darin einen Verdacht auf geplante Republikflucht."

Der Leutnant, ein junger Mann Anfang zwanzig, der sichtbar nervös war, nickte eifrig. „Jawohl, Major. Solche wiederholten Treffen mit einem Westler sind …" Er schluckte und fuhr dann fort: „… höchst verdächtig. Es könnte gut sein, dass sie versucht, sich abzusetzen."

Vogel lehnte sich zurück, verschränkte die Arme und musterte den Leutnant über den Rand seiner Lesebrille hinweg. „Das könnte sein, ja. Aber haben Sie in Betracht gezogen, dass es sich bei diesem Kontakt um eine gezielte Operation handeln könnte? Eine Operation, deren Einzelheiten Ihnen nicht bekannt sind?" Vogels Tonfall war kühl, fast schon gelangweilt, als ob er eine rhetorische Frage stellte, deren Antwort längst feststand.

Der Leutnant wurde blass und stammelte: „Ich … äh … habe das nicht ausgeschlossen, Major, aber ich war der Meinung, dass …"

„Schon gut, Leutnant", unterbrach Vogel ihn schroff. „Ihr Bericht zeigt, dass Sie wachsam sind. Das ist gut." Er legte den Bericht zur Seite und nickte. „Sie können gehen. Genießen Sie den freien Nachmittag. Ihre Arbeit wird zur Kenntnis genommen."

Der Leutnant salutierte hastig, sichtbar erleichtert, und verließ den Raum so schnell, wie es die gebotene Etikette gerade noch zuließ. Als die Tür hinter ihm ins Schloss fiel, breitete sich ein kurzes Schweigen im Raum aus, bis Vogel einen dicken Aktenordner vor sich aufzuschlagen begann.

„Kameraden", begann er und warf einen prüfenden Blick in die Runde. „Ich habe hier einen Bericht aus Berlin vorliegen. Es geht um den Kontakt zwischen diesem Geschäftsmann, David Cormier, und IM Schneider. Wie einige von Ihnen bereits wissen, handelt es sich bei Cormier um einen hochkarätigen Kontakt im Bereich der Handelsbeziehungen für Schlüsselindustrien. Die Einzelheiten sind verschlossen, aber es ist klar, dass jegliche Intervention unsererseits … problematisch wäre."

Ein Murmeln ging durch die Reihen der Offiziere, doch keiner wagte es, direkt zu widersprechen. Vogel ließ die Akte zuklappen und wandte sich dann an Werner, der in der Mitte des Tisches saß, die Hände gefaltet, die Augen ruhig und aufmerksam.

„Oberleutnant Werner", sprach Vogel und lehnte sich in seinem Stuhl zurück. „Sie sind der Führungsoffizier von IM Schneider. Wie schätzen Sie die Situation ein?"

Werner, ein Mann von Mitte dreißig mit nüchternem Auftreten, erhob sich. „Major", begann er ruhig, „ich kenne IM Schneider seit ihrer Rekrutierung. Sie mag vielleicht in gewissem Maße verliebt sein, doch ihre politische Zuverlässigkeit steht für mich außer Frage. Sie ist fest in der sozialistischen Gesellschaft verankert. Ihre Disziplin und ihr Pflichtbewusstsein sind tadellos. Was den Kontakt mit Cormier betrifft, so glaube ich nicht, dass es dabei um Republikflucht geht. Weder sie noch Cormier haben das notwendige Wissen oder die Fähigkeiten, um das Grenzregime zu überwinden. Und unsere Truppen an der Grenze schlafen auch nicht in der Pendeluhr, nicht einmal zu Messezeiten."

Vogels Gesichtszüge blieben unverändert, doch er nickte langsam. „Das ist eine klare Einschätzung. Gibt es dazu abweichende Meinungen?"

Einige Offiziere tauschten Blicke, doch niemand äußerte sich. Das Schweigen war Zustimmung genug. Vogel nahm Werners Bericht entgegen, blätterte ihn kurz durch und legte ihn dann zu den anderen Akten.

„Gut", sagte Vogel schließlich. „Dann sehen wir von einer Intervention ab. Der Kontakt mit Cormier bleibt bestehen. Oberleutnant Werner, Sie werden die Situation weiter beobachten und dafür sorgen, dass Genossin

Schneider ihrer Aufgabe nachkommt. Nutzen Sie die Gelegenheit, um den Kontakt zu vertiefen, ohne Verdacht zu erregen."

Werner nickte, ein Hauch von Erleichterung in seinen Augen, doch sein Gesichtsausdruck blieb unbewegt. „Jawohl, Major. Ich werde die Sache im Auge behalten."

Vogel nickte zufrieden. „Dann ist die Sache entschieden. Ich danke Ihnen, Kameraden."

Die Besprechung löste sich auf, und die Offiziere verließen nach und nach den Raum. Werner blieb noch kurz stehen, sammelte seine Unterlagen zusammen und verließ den Raum als letzter. Als er die Tür hinter sich schloss, konnte er nicht anders, als kurz durchzuatmen. Die Entscheidung war gefallen, und es lag nun an ihm, dafür zu sorgen, dass alles nach Plan verlief. Nach seinem Plan.

Vogel saß noch eine Weile in dem nun leeren Raum, blätterte gedankenverloren durch die Akten und nahm schließlich die Brille ab, um sich die müden Augen zu reiben. Er murmelte leise vor sich hin: „Zentralkomitee. Da halten wir die Füße still." Dann legte er die Brille beiseite, erhob sich und ging zu einem kleinen Wandschrank. Er holte eine Flasche Wodka heraus, schenkte sich ein Glas ein und stürzte es in einem Zug hinunter. Die Pendeluhr tickte unerbittlich weiter, als er den Raum schließlich verließ und das Licht ausschaltete.

Ein Spiel – oder mehr?

Der dritte Kontakt

Wien-Simmering, Gegenwart, eine Woche später

Zwei Uhr Nachmittag. Genau, was ich wissen wollte. Ich schenke meinem Wecker einen Blick tiefer Verachtung und versuche, mich in den zerwühlten Laken aufzurichten. Wie bin ich eigentlich ins Bett gekommen? Ein paar verschwommene Erinnerungen tauchen auf …

Nein, nicht was Sie denken. Nicht an den Stick. Es war ein Hotel, am anderen Ende der Stadt, wo „er" sich mit seiner Freundin getroffen hat. Er, der Ehemann meiner Kundin. Sie meinte, sie bleiben nie lang. Mag sein, aber lang ist ein relativer Begriff. Drei Stunden auf dem Gehsteig gegenüber können sich hinziehen, wenn die Nacht kühl ist. Und man abschätzen muss, ob man es sich leisten kann, schnell ins nächste Nachtcafé pinkeln zu gehen. Oder „er" dann weg ist und die Operation ins Wasser gefallen ist. Wasser … Verena, deine Witze waren auch schon mal besser.

Ich bleibe noch einen Moment liegen, starre an die Decke. Meine Gedanken sind klar: Ein Bericht ist zu schreiben, Bilder zu sortieren, der Fall zu dokumentieren und abzuschließen. Die Gattin wird sich freuen. Oder auch nicht. Egal. Jedenfalls aber mein Konto, die nächste Miete kommt bald. Ich stehe schwer auf. Ein Blick in die Küche zeigt mir: Da gibt es nicht einmal kalten Kaffee. Frischen auch nicht, die Packung ist leer. Gut, später.

Ich setze mich an meinen Schreibtisch, schließe die Kamera an den Laptop an und lasse die Bilder übertragen. Ein paar Klicks, und ich hab das, was ich brauche. Früher war das anders. Damals stand ich stundenlang im Labor, um den Duft von Entwickler und Fixierer einzuatmen, während ich das Bild langsam auf dem Papier zum Leben erweckte. Ich weiß nicht, warum, aber ich vermisse diese Zeiten. Es hatte etwas Intimes, Handwerkliches. Irgendwie echter.

Ich starte das Programm und bearbeite die Fotos, setze den Bericht auf. Fakten, keine Schnörkel. Während ich schreibe, kommen die Gedanken fast von selbst. Markus. Wir beide, mitten in der Nacht, unsere Finger riechen nach Chemikalien, während wir darauf warten, dass die Bilder trocknen. War das unser bester Moment? Ein kurzes Lächeln huscht über mein Gesicht. Damals, im Labor … Vorbei, Verena.

Ich schüttle den Kopf und tippe weiter. Der Bericht ist schnell fertig. Die Bilder? Klar und deutlich. Die Beweise sind da. Ein simpler Auftrag, erledigt. Wieder eine Ehe, die an den Fakten zerbricht. Und ich? Zu einer Ehe hat es nie gereicht. Dafür war die Trennung schnell erledigt. Zum Glück ist das hier meine Wohnung, er musste gehen. Noch die Rechnung dazu, alles in ein nettes E-Mail (da hab ich eine Vorlage), und ab. Hoffentlich zahlt sie bald. Ich schließe mit dem Fall gedanklich ab.

Mein Handy vibriert. Paul. Schon wieder. Er will sich treffen, Kaffee trinken, was auch immer. Ich seufze. Paul ist nett. Aber zu nett. Ich hatte ihn schon gelöscht, aber das reicht wohl nicht. Und ich habe gerade keine Geduld für nett. Ich tippe ein paar Worte: „Sorry, Paul. Bin gerade mitten in einem Fall. Vielleicht irgendwann." Aber das fühlt sich falsch an. Zu höflich. Zu viele Schlupflöcher für weitere Nachrichten.

Also entscheide ich mich. Blockieren. Ein Klick und Paul ist Geschichte. Kein schlechtes Gewissen. Nur ein leises, befreiendes Gefühl. „Tut mir leid, Paul", murmle ich. „Ich bin nicht deine Rettungsinsel." Und du meine auch nicht. Tja.

Ich lege das Handy weg und stütze meinen Kopf in die Hände. Was jetzt? Lenas Bild drängt sich in meine Gedanken. Ihr Lächeln, ihre Blicke. Es ist, als ob sie sich einfach nicht aus meinem Kopf vertreiben lässt. Vielleicht will ich das auch gar nicht. Eine Frau? Tief im Bauch meldet sich da etwas zu Wort. Ruhe, ich muss nachdenken.

Warum nicht einfach anrufen? Lena und ich sind doch keine distanzierten Geschäftspartnerinnen. Sie hat mich gebeten, mich zu melden. Ich nehme das Handy in die Hand und scrolle durch die letzten Nachrichten, bevor ich auf den kleinen Hörer tippe.

Es dauert nicht lange. Nach dem zweiten Klingeln höre ich ihre vertraute Stimme. „Verena, ich dachte schon, du hast mich vergessen", sagt sie. Ihre Stimme ist warm, ein leichtes Lächeln schwingt mit. „Wie läuft's mit deinem Fall?"

„Unserem Fall geht es ganz gut", antworte ich. „Ich dachte, es wäre vielleicht Zeit für ein kleines Update, es ist ja auch dein Fall. Hast du demnächst mal Zeit?"

„Morgen Abend?" Sie zögert kurz, und ich kann spüren, dass es ihr wichtig wäre. Wichtiger, als der Fall allein hergibt. Ich habe nichts Besonderes vor. „Ja, morgen Abend, ich bringe dir auch einen Bericht mit, den können wir dann durchgehen." Rettungsinsel. Lena scheint zu überlegen. „Ja, sicher, ich möchte ja erfahren, wie es dir geht." Mir? Mir bleibt keine Zeit, über das „dir" nachzudenken. „Vielleicht könntest du dich ein bisschen hübsch machen? Wir könnten das Ganze ein wenig … angenehmer gestalten."

„Hübsch machen?" Ich lache leise. Rettungsinsel geplatzt. „Für ein Arbeitsgespräch?" – „Es geht nicht nur um Arbeit", erwidert sie. „Ich will, dass wir uns beide wohlfühlen. Und ich denke, das wirst du auch wollen."

Wohlfühlen. Da ist wieder dieses Gefühl. Ich sollte jetzt klarstellen, dass
… „Gut", sage ich schließlich und lasse es unkommentiert. „Dann bis
morgen Abend." Klarstellen, soso.

Als ich auflege, bleibe ich noch eine Weile sitzen und starre auf mein
Handy. Lena bringt mich durcheinander. Sie hat etwas an sich, das mich
unsicher macht – aber auch neugierig. Und das Bauchgefühl, das ist auch
wieder da und kribbelt. Wann habe ich das das letzte Mal erlebt? Ich gehe
wieder in die Küche, in den Notfallkasten. Schokolade, nicht Cognac. Sie
ist schon alt, so viele Notfälle gab es im letzten Jahr nicht. Aber es ist
Schokolade.

Am Nachmittag des nächsten Tages

Ich stehe im Schlafzimmer und starre auf den Kleiderschrank. Wohlfühlen? Ihr gefallen? Wird das jetzt ein Arbeitsgespräch in angenehmer Atmosphäre? Oder ist da mehr? Vielleicht rede ich mir das ja auch nur ein.
Doch diese Berührung im Café? Ich versuche mir die Szene noch einmal
bewusst zu machen. So beiläufig, und doch so – stimmig? Ist sie eigentlich jemals unsicher?

Ich muss wieder an Markus denken. „Und jetzt? Heim?" Da war es elf in
der Nacht, wir sind wieder mal über einem Fall picken geblieben. Ich
habe ihn damals nachdenklich angeschaut. „Bei mir oder bei dir? Wo ist
näher?" Flirt? Na ja, immerhin waren es dann fast sieben Jahre. Und so
viel sonstige Gelegenheit, meine umwerfenden Flirtkünste auszuleben,
gab es nicht. Bis jetzt zumindest. Was heißt das, ihr gefallen?

Ich seufze und lasse vorerst einmal die Kleider Kleider sein. Ich setze
mich an meinen Laptop und versuche, ein Zwischendossier und eine Fra-
genliste vorzubereiten. Es fällt mir schwer, mich zu konzentrieren, da sich
das Bild der hübschen, aristokratischen Lena immer wieder in meinen
Verstand drängt. Ihr gefallen? Nach einer Stunde drücke ich auf „Dru-
cken" und klappe den Deckel meines Notebooks zu. Mein Drucker ver-
langt energisch nach einer neuen Tintenpatrone, bevor er die zwei mage-
ren Seiten endlich ausspuckt. Mein Drucker mag mich nicht, das weiß ich
schon lang.

Ich schaue auf die Uhr, es ist schon nach fünf, ich sollte langsam in die
Gänge kommen. Ich lasse meine Kleidung beim Ausziehen auf den Boden fallen und gehe in die Dusche. Irgendwas muss ich mit meinem Haar
machen, denke ich, während warmes Wasser und Seife an meinem Körper herunterrinnt. Offen? Oder aufgesteckt? Ich denke den Gedanken
nicht fertig, während ich schon meinen Föhn aus der Lade krame und beginne, mein braunes Haar auszuföhnen. Markus würde der Neid fressen,
so viel Aufwand habe ich für ihn nie getrieben. Ich verscheuche die alten

Geschichten wieder aus meinem Verstand. Vermutlich hätte er es sowieso nicht bemerkt.

Zurück ins Schlafzimmer: Ich ziehe ein Kleid hervor, das ich schon seit einer Ewigkeit nicht mehr getragen habe. Es ist mir ein wenig weit. Wenigstens bleibe ich schlank, wenn ich schon kaum dazu komme, richtig zu essen. Wann war ich eigentlich das letzte Mal richtig aus?

Schließlich entscheide ich mich für das dunkelblaue, elegante Kleid, das ich sonst nur zu wirklich besonderen Anlässen trage. Oder tragen wollte, es hat noch das Etikett dran. Es ist schlicht, aber es hat immer noch diese Wirkung, wegen der ich es mir spontan gekauft habe – es betont meine Figur, ohne aufdringlich zu sein. Das wird schon passen, sage ich mir und ziehe es über. Dunkle Seidenstrümpfe dazu, das Kleid ist ein wenig ausgestellt und endet über dem Knie. Ich werde ein wenig übermütig, hole mir meine hohen Schuhe, gehe zurück ins Schlafzimmer und drehe mich ein paarmal vor dem Spiegel.

Als Nächstes schminken. Einen Blick in meinen Badezimmerschrank später: Neuer Plan. Ich muss erst noch einkaufen. Ich schlüpfe in flache Pumps, laufe hinunter zum Drogeriemarkt, wo das Mädchen gerade schließen will. „Ein Notfall, ich mach schnell", rufe ich ihr zu, als sie mir verdutzt nachschaut. Es bleibt ihr nichts anderes übrig, als an der Kasse stehenzubleiben, bis ich wieder zurück bin. Doch als sie mich so sieht, schon ausgehfertig und mit den frischen Schminksachen in der Hand, muss sie lachen. „Danke, dass du gewartet hast, es ist wirklich wichtig", sage ich zu ihr, lege ihr einen Geldschein auf die Kasse und bin schon weg, bevor sie die paar Euro Wechselgeld zusammengekramt hat. „Danke, und toi toi toi", ruft sie mir nach. Was mache ich da eigentlich, frage ich mich im Lift nach oben.

Egal, es ist schon nach sechs Uhr, nicht mehr viel Zeit. Schminken, Frisur noch einmal richten, rein in die Schuhe, Taxi rufen. Ja, ich leiste mir das jetzt, so mag ich nicht zweimal mit U-Bahn und Tram umsteigen müssen. Zehn Minuten später sitze ich endlich im Wagen. Ich ersuche den Fahrer brüsk, einfach den Mund zu halten, als auch er noch mit mir anbandeln will. Danke, aber nein danke.

Ein Abend zu zweit

Wien-Zentrum, Am Abend desselben Tages

Ich bleibe einen Moment lang vor dem Palais stehen, nehme die eindrucksvolle Fassade in mich auf. Es ist, als ob ich mich in eine andere Welt bewege, eine, in der ich nicht genau weiß, was mich erwartet. Doch ich straffe die Schultern, atme tief durch und gehe die paar Stufen hinauf zur Tür.

Eine junge Frau in einer schlichten Hauslivree öffnet mir, ihr Blick ist freundlich, aber ausdruckslos. „Guten Abend, Frau Richter, Sie werden schon erwartet", sagt sie, ihre Stimme ist melodiös. Ich nicke ihr zu, trete ein. Meine Schritte hallen leise auf dem Marmorboden wider, während ich Lena im Foyer erblicke, die mich mit einem Lächeln empfängt, das mir fast den Atem raubt. Sie sieht umwerfend aus in ihrer eleganten, weinroten, fast bodenlangen Robe. Ich fühle mich in meinem kurzen Kleid momentan wie eine junge Comtesse, die zu einer reifen adeligen Ehefrau geladen ist. Willkommen im 21. Jahrhundert, Verena. Ich muss über den Gedanken selbst schmunzeln, Lena ist gleich alt wie ich.

„Du siehst fantastisch aus, Verena", sagt sie, ihre Stimme weich, beinahe verführerisch, als sie mich mit einer Umarmung begrüßt. Ihre Berührung ist warm, vertraut, aber durchaus im gesellschaftlichen Rahmen. Ich frage mich, ob ich mir nur einbilde, dass da mehr sein könnte. Ich lächle zurück, bemüht, meine Nervosität zu verbergen.

„Danke, Lena. Du auch", antworte ich, und sie nimmt meine Hand, führt mich in den prächtigen Speisesaal. Der Tisch ist perfekt gedeckt, das Kerzenlicht wirft sanfte Schatten an die Wände. „Marie, gib uns noch ein paar Minuten zum ersten Gang." Marie nickt und verschwindet. Irgendwas ist an dieser jungen Frau auch – anders – aber ich kann es noch nicht greifen. Egal, ich konzentriere mich wieder auf Lena.

Die beobachtet mich über den Tisch hinweg, ihre grünen Augen funkeln im sanften Licht. „Ich freue mich, dass du meiner Einladung gefolgt bist", sagt sie, hebt ihr Glas, und ich tue es ihr nach, obwohl meine Gedanken noch immer um das kreisen, was zwischen uns unausgesprochen in der Luft liegt.

„Auf einen besonderen Abend", wiederhole ich und trinke einen Schluck. Der Wein ist exquisit, doch ich kann mich nicht wirklich darauf konzentrieren. Was will Lena von mir?

Der erste Gang wird serviert, und ich merke, dass Lena mich aufmerksam beobachtet, während wir essen. Als Marie den ersten Gang abserviert hat, nutze ich die Gelegenheit, erzähle Lena von meinen Recherchen, von den Fortschritten, die ich gemacht habe. „Ich habe einige interessante Verbindungen gefunden", sage ich, und meine Stimme klingt fast geschäftsmäßig, wie ein Schutzschild gegen die Unsicherheit in mir.

Lena hört mir ruhig zu, ihre Miene bleibt ausdruckslos, während ich spreche. „Vor allem diese Elke Schneider scheint eine zentrale Figur zu sein", füge ich hinzu, und endlich nickt sie.

„Da bist du ja schon weit gekommen", sagt sie, fast nachdenklich. „Ich wusste, dass du die Richtige für diesen Auftrag bist." Ihre Worte sind ein Kompliment, doch irgendetwas in ihrem Tonfall lässt mich innehalten. Sie will mehr sagen, das spüre ich.

Ich nehme noch einen Schluck aus meinem Weinglas, betrachte sie aufmerksam. Sie lässt den Blick über den Tisch wandern, als würde sie etwas in der Ferne sehen, das nur sie wahrnimmt. „Aber weißt du", beginnt sie, und ihre Stimme hat einen nachdenklichen Unterton, „diese Gitti Novak … Ich glaube, ihre Rolle ist größer, als wir dachten. Sie war nicht nur ein Betthaserl für die Genossen in Wandlitz. Da steckt mehr dahinter, da bin ich mir sicher. Immerhin war sie die Tochter des damaligen tschechischen Botschafters, und …"

Oha, denke ich bei mir, das weiß ich schon, aber warum weiß das Lena? Ich mache mir eine geistige Notiz. Doch Lena spricht nicht weiter, hält ein wenig zu offensichtlich inne, so als wäre ihr klar geworden, dass sie mir schon zu viel erzählt hat. Hat das etwas mit einer Person zu tun, die ihr nahesteht? Marie? Ich setze an, nachzufragen, aber etwas Verletzliches in Lenas Blick lässt mich zögern.

Eine deutlich greifbare, fast schmerzliche Stille hängt eine Weile im Raum, dann wechselt Lena das Thema, ihr Ausdruck verändert sich, sie ist wieder ganz sie selbst. „Aber jetzt genug davon", sagt sie, und ihr Lächeln ist warm, beinahe einladend. „Verena, du bist so fokussiert auf diese Geschichte. Manchmal frage ich mich, ob du dir selbst genug Raum lässt."

Ihre Worte treffen mich, als hätte sie einen wunden Punkt gefunden, den ich selbst nicht wahrhaben will. Bevor ich jedoch antworten kann, steht sie auf, kommt um den Tisch herum und setzt sich auf die Kante meines Stuhls. Ihre Nähe lässt mein Herz schneller schlagen, und ich spüre, wie eine Welle von Wärme durch mich hindurchgeht.

„Warum lassen wir heute Abend nicht einfach mal los, Verena?" Ihre Stimme ist leise, fast ein Flüstern, und ich merke, wie sich meine Selbstbeherrschung langsam auflöst. Etwas in mir will nachgeben, will sehen, was passiert, wenn ich einfach loslasse. Sie streicht mir nur ein wenig durchs Haar, so wie wenn ich ein Teenager wäre, dem das Temperament gerade durchgegangen ist. „Jetzt genießen wir erst einmal den Rest des Abendessens, vielleicht können wir uns dabei auch persönlich ein wenig näher kennenlernen." Sie steht wieder auf, läutet auf dem Weg zurück eine kleine Glocke, die auf dem Tisch steht, und setzt sich wieder. Ein paar Augenblicke später serviert Marie den zweiten Gang, ein raffiniertes Lachsfilet in einer Sauce, die mir himmlisch schmeckt, ohne dass ich eine einzige Zutat hätte nennen können.

Während des Essens lockt mir Lena geschickt meine ganze Lebensgeschichte heraus. Ich bin erst ein wenig zögerlich, doch ich finde mein Leben so banal, dass ich nicht denke, etwas zu verbergen zu haben. Sie fragt mich über meine Gefühle zu Markus (keine mehr, lüge ich) und ob ich eine aktuelle Beziehung habe. Den Gedanken finde ich gerade so abwegig, dass ich laut lachen muss. „Ich nehme das als Nein", antwortet Lena sanft und strahlt mich mit warmen Augen an. Ihr Blick geht mir durch und durch. „Und du lebst hier im Kreis deiner Familie?", schaffe ich noch nachzufragen. „Familie ist ein dehnbarer Begriff: Meine Mutter Hanna hat ihre eigene Wohnung hier im Haus, aber sonst gibt es hier nur mehr Marie." Gut, ich wollte es wissen. Mein Verstand schweigt dazu, der hat wohl schon zu viel von dem hervorragenden Chablis.

Nach der grandiosen Nachspeise, einem Kunstwerk aus Eis, Mousse und Früchten, steht Lena auf, kommt auf meine Tischseite und streckt mir die Hand entgegen. „Komm, ich möchte dir etwas zeigen." Ich zögere einen Moment, dann ergreife ich ihre Hand. Sie führt mich in eine gemütliche Ecke des Zimmers, wo ein Plattenspieler steht. „Das hier ist etwas ganz Besonderes", sagt sie, und ihre Stimme hat diesen sanften, beruhigenden Klang, der mich in einen Zustand der Erwartung versetzt.

Sie legt eine Schallplatte auf, und sanfte Jazzklänge füllen den Raum. Es ist eine Musik, die ich noch nie gehört habe, doch sie berührt etwas in mir, weckt eine Sehnsucht, die ich nicht benennen kann. Lena tritt zu mir, reicht mir ein Glas Cognac und lächelt. „Cheers, Verena", sagt sie. „Cheers", gebe ich zurück. Ich habe längst den Überblick verloren, wie viel Alkohol ich schon getrunken habe, es ist jedenfalls mehr als das ganze Jahr davor. Ich fühle mich wie auf Wolken schwebend.

„Tanz mit mir", sagt sie plötzlich, und bevor ich mich versehe, hat sie mich an der Hand genommen, führt mich in die Mitte des Raumes. Ich spüre die Wärme ihres Körpers, die Sanftheit ihrer Berührungen, während wir uns im Takt der Musik bewegen. Mein Herz schlägt schneller, doch meine Zweifel beginnen zu schwinden, als ob die Musik und Lenas Nähe all meine Ängste wegwischen könnten. Ihr exquisites Parfum füllt meinen Kopf, ihre immer intensiveren Berührungen fühlen sich gut an, mein Verstand raunt mir noch zu, dass ich niemandem etwas schuldig bin und meinen Gefühlen ruhig nachgeben darf, bevor er sich für den Abend verabschiedet.

Unsere Bewegungen werden langsamer, und ich merke, wie sie sich mir nähert, ihr Gesicht so nah an meinem, dass ich ihren Atem auf meiner Haut spüren kann. Etwas in mir weiß, was als Nächstes kommt, doch ich wehre mich nicht. Lenas Lippen nähern sich meinen, sanft und doch voller Intensität, und ich schließe die Augen.

Mitten in diesem Moment, als ich ihren Atem auf meiner Haut spüre, erwische ich mich dabei, Tage zu zählen. Bei zwölf merke ich, dass das hier … keine Rolle spielt. Mein Kopf wird frei, endlich, mein Körper gibt sich Lena hin, nimmt die Berührung an, erwidert sie. Intuition. Gefühl. Verlangen. Frau sein.

Der Rest des Abends wird zu einem verschwommenen Traum, in dem nur noch Lenas Wärme, ihre Berührungen und das Gefühl der Verbundenheit existieren. Irgendwann taucht Marie in meiner Erinnerung auf, Lenas „Frau Richter bleibt heute über Nacht bei uns. Bereite bitte alles vor." Und Maries dunkle, tiefgründige Augen, bevor sie geht.

Als ich am nächsten Morgen spät erwache, bin ich allein. Ich setze mich auf, brauche eine Weile, bis die Erinnerung an den Abend Stück für Stück wieder in meinen Verstand findet. Ich schaue genauer, auf einem kleinen Tischchen liegt eine einzelne gelbe Rose, darunter ein Kuvert, das nach ihrem Parfum riecht. Ich reibe mir den Sand aus den Augen, bevor ich es öffne und ihre Nachricht lese:

„Danke für den schönen Abend, Verena. Leider lässt sich meine Geschäftsreise nicht verschieben. Wenn du das liest, sitze ich wohl schon im Flugzeug nach Nizza. Marie wird dir noch ein Frühstück machen. Bleib, wie du bist, und wenn du magst, stell dir die Rose rot vor." Ich bleibe eine Weile im Bett sitzen, unfähig, mich zu bewegen, bis ich bemerke, dass mir Tränen über die Wangen laufen. Ich weiß nicht, warum, aber ich habe keine Kraft, sie wegzuwischen. Worte können die Achterbahn der Gefühle kaum beschreiben, auf die mich dieser Brief schickt.

Ich komme wieder zu mir, als Marie mich wohl zum dritten Mal anspricht. „Guten Morgen, Frau Richter, soll ich Ihnen noch ein Frühstück richten?" Es ist ein sonderbares Gefühl, fast nackt und mit tränenverschmiertem Gesicht in einem Bett zu sitzen und von einer jungen Frau in tadelloser Livree angesprochen zu werden. Doch Marie scheint mit der Situation gut umgehen zu können, sie gibt mir das Gefühl, dass das ganz normal ist.

„Nein, danke, Marie, ich bringe jetzt keinen Bissen runter", sage ich. „Zeigen Sie mir lieber, wo ich mich ein bisschen herrichten kann, so kann ich nicht auf die Straße gehen." „Sehr wohl, Frau Richter", sagt sie geschäftsmäßig und führt mich in ein geräumiges Badezimmer. Sie hat mir bereits Handtücher und eine Auswahl an Shampoos und Seifen ausgelegt, auch mein Parfum ist dabei. Ich lächle Marie dankbar an. „Woher kennen Sie mein Lieblingsparfum?", frage ich sie, und schon als die Worte meinen Mund verlassen haben, merke ich, wie dämlich diese Frage ist. „Das kannte ich in dem Augenblick, als Sie hier eingetroffen sind, Frau Richter." Was frage ich auch, denke ich mir. Marie sieht mich weiter an. Ich mache also weiter mit meiner Dämlichkeit und frage noch: „Und was soll ich mir jetzt zu der ganzen Sache hier denken?" Maries Ausdruck verändert sich. „Vielleicht hilft es Ihnen, wenn ich Ihnen sage, dass Lena zu Rosen ein sehr intimes Verhältnis hat?", sagt sie nur. „Sie finden dann den Weg hinaus?", fragt sie, wartet meine Antwort nicht ab, dreht sich um und geht. Ich grüble noch die ganze Heimfahrt, ob das wirklich das erste Mal war, dass Marie Lena mir gegenüber „Lena" und nicht „Frau von Eckstein" genannt hat.

Allein oder verliebt?

Früher Abend. Ich komme gerade von meinem langen Spaziergang zurück, den ich unternommen habe, um meinen Kopf freizubekommen. Die frische Luft hat mir gutgetan. Meine Gedanken kreisen immer noch um Lena, um das, was in der letzten Nacht geschehen ist. Ich ziehe meine Jacke aus, lasse sie achtlos auf den Sessel fallen und schlüpfe aus meinen Schuhen. Ein leises Seufzen entweicht mir, als ich mich auf das Sofa vor meinem Fernseher fallen lasse.

Ich greife nach der Fernbedienung, beginne durch die Kanäle zu zappen, doch nichts kann mein Interesse wecken. Eine halbe Stunde vergeht, in der ich nur von einem Programm zum nächsten springe, doch meine Gedanken sind immer bei Lena. Ich bin ein sehr offener Mensch, aber eine Beziehung zwischen Frauen „eh okay" zu finden und mitten in einer zu stecken, das sind doch zwei paar Schuhe. Wobei, so genau weiß ich ja noch gar nicht, ob ich stecke. Es fühlt sich mehr wie ein Schweben an. Kann man „in einer Beziehung schweben?" Die Polizistin in mir schüttelt gerade den Kopf, sie wüsste überhaupt nicht, wo außer in einem Flugzeug man schweben kann. Phantasielos, denk ich mir.

Schließlich gebe ich auf, schalte den Fernseher aus und lasse die Fernbedienung auf den Tisch fallen. Es ist still in der Wohnung. Mehr aus Langeweile als aus echtem Bedürfnis koche ich mir eine Kanne Tee, wende geradezu manische Sorgfalt darauf auf, ihn „genau richtig" zuzubereiten, einen Ceylon mit sehr vielen Buchstaben darauf (FBOPFEXSP, das Mädchen im Teeshop wusste auch nicht, was das heißt, mein bescheidenes Fachwissen endet bei FOP). Ich stelle mir die Kanne und eine schöne Tasse hin und versuche zu genießen. Nach einer Stunde ist er trotzdem kalt. Man hätte auch versuchen können, das Teelicht im Stövchen anzuzünden. Die Polizistin lacht schon wieder spöttisch. Ruhe bitte.

Ein Bad! In der Badewanne ist es jedenfalls schön warm. Ich würdige den Tee keines Blickes mehr, gehe ins Schlafzimmer, ziehe die Kleidung aus und lasse sie achtlos auf den Boden fallen. Mein Blick bleibt am Musikspieler auf der Kommode hängen, den ich schon länger nicht mehr benutzt habe. Markus hatte mir damals gezeigt, wie ich ihn mit der kleinen Stereoanlage im Badezimmer verbinden kann, damit ich Musik hören kann, während ich bade. Der Gedanke an ihn bringt ein Lächeln auf meine Lippen, Erinnerungen an längst vergangene Tage, als er noch hier in diesem Bett neben mir geschlafen hat. Ich verscheuche den Gedanken, ich brauche nicht noch mehr Komplikationen.

Ich tappe nackt ins Badezimmer, die Kälte der Fliesen durchdringt meine Füße. Ich drücke ein bisschen auf dem Musikspieler und der Stereoanlage herum, während das Wasser einläuft. Tatsächlich: die Verbindung steht. Da schaust jetzt, Frau Polizistin. ich lasse mich endlich in die Wanne gleiten.

„Komm schon, Lena, was war das noch mal … Swing? Dixieland?" murmle ich vor mich hin, während ich durch die Playlists scrolle. Nach ein paar Versuchen ertönt plötzlich eine Melodie, die Lena mir gestern vorgespielt hat. Ein Jazzstück, das mich zurück in die Nacht katapultiert, in der wir uns näher gekommen sind. Ein leises Aufatmen entfährt mir, als ich den Musikspieler zur Seite lege und endlich im heißen Wasser die Augen schließen kann. Die Wärme umhüllt mich, vertreibt das Frösteln, während die vertrauten Klänge des Jazz mich sanft einhüllen, mich zurück an diesen Abend führen.Es ist, als ob ihre Hände wieder über meine Haut gleiten, als ob ihr Lächeln mich umgibt. Die Grenze zwischen gestern und heute, zwischen Realität und Erinnerung, beginnt zu verschwimmen, ich verliere mich langsam in Gefühlen, die immer intensiver werden, bevor sie nach einem Augenblick, in dem Zeit und Raum stillzustehen scheinen, wieder langsam verebben.

Mein Atem geht wieder ruhig, die Musik hat aufgehört, und ich finde mich in bereits merklich ausgekühltem Wasser wieder. Seufzend setze ich mich in der Wanne auf, spüre das unangenehme Kältegefühl auf meiner Haut und versuche, auf die Beine zu kommen. Das Badezimmer ist immer noch kalt, und ein weiteres Mal schwöre ich mir, die kaputte Heizung endlich reparieren zu lassen. Schnell ab ins Bett, dort ist es wieder warm. Ich schlafe mit einem Lächeln auf den Lippen ein. Glaube ich, zumindest klingt das gut.

Doch um zwei Uhr morgens wache ich plötzlich auf. Ein unangenehmes Drücken in meiner Blase zwingt mich, ins Badezimmer zu gehen. Als ich wieder ins Bett schlüpfen will, merke ich, wie meine Gedanken sofort wieder zu Lena wandern. Ich spüre die Unsicherheit in mir aufsteigen, die Fragen, die keine Ruhe finden. Was macht Lena gerade in Nizza? Denkt sie überhaupt noch an mich? War ich nur ein flüchtiges Spiel? Und wenn ja, warum hat sie mit mir gespielt? Oder empfindet sie doch ehrlich für mich? Zwei Uhr nachts ist der ideale Zeitpunkt, über solche Sachen nachzudenken. Man schläft dann verlässlich nicht mehr ein.

Ich beschließe also, nicht weiter an die Decke zu starren, sondern mich abzulenken. Gitti Novak wartet noch auf meine Aufmerksamkeit. Vielleicht ist es genau das, was ich jetzt brauche – einen klaren Fokus, etwas, das meine Gedanken auf eine andere Bahn lenkt. Ich mache mir frischen Tee und setze mich mit der dampfenden Tasse an meinen Laptop.

Als ich den USB-Stick einstecke, breiten sich die alten Bilder und Geschichten der siebziger Jahre wieder vor mir aus. Ich tauche ein in die Welt des Kalten Krieges, in das Leben der jungen Frau in Leipzig, und in die noch unklare Rolle der Import-Export-Firma in Wien. Stück für Stück setzen sich neue Puzzleteile zusammen, und ich beginne zu verstehen, dass Gitti Novak eine viel größere Rolle in dieser Geschichte gespielt hat, als ich bisher dachte.

Die Grenze zwischen damals und heute verschwimmt allmählich, und ich verliere mich in den Erinnerungen und den ungelösten Geheimnissen. Es ist, als ob ich durch ein Fenster in eine andere Zeit blicke, die Welt von damals lebendig wird.

Kraftlinien

Im Garten der Botschaft

Wien, Mai 1974

Die Sonne neigte sich dem Horizont entgegen und tauchte den Garten der tschechischen Botschaft in Wien in ein warmes, goldenes Licht. Die üppigen Pflanzen, die den Garten umrahmten, raschelten sanft im Abendwind, während der kleine Springbrunnen leise vor sich hin plätscherte. Gitti Novak flätzte entspannt auf einer Hollywoodschaukel, ihre Beine in dem kurzen Sommerkleid, das sie trug, lässig auf einen niedrigen Schemel gelegt. Sie wippte leicht hin und her, das klirrende Geräusch der Ketten mischte sich mit dem Rauschen der Blätter und dem leisen Knistern ihrer Zigarette, einer Sorte in einer schicken, dunkelroten Verpackung, die man in Wien kaum bekam. Ihr Weinglas stand neben ihr auf einem kleinen Beistelltischchen, fast vergessen, während sie tief den Rauch einatmete.

Ihr Vater, Seine Exzellenz Karel Novak, akkreditierter Botschafter der Tschechoslowakischen Sozialistischen Republik in Österreich, als solcher Leiter der Konsularabteilung und Träger des Ordens des Weißen Löwen, saß in einem schweren Sessel aus Teakholz und rauchte genüsslich eine mächtige Zigarre. Er war ein Mann um die sechzig, von stattlicher Statur, mit einem kräftigen Bauchansatz, den er unter maßgeschneiderten Anzügen zu verbergen suchte. Sein dichtes, grau meliertes Haar war sorgfältig nach hinten gekämmt, und ein schalkhaftes Lächeln spielte oft um seine Lippen. In seinen hellblauen Augen lag eine Mischung aus Abgeklärtheit und einem Hauch von Ironie – die Augen eines Mannes, der in seinem Leben vieles gesehen und erlebt hatte.

Er nahm einen tiefen Zug von seiner Zigarre, bevor er sprach. „Also, Gitti", begann er mit einem Tonfall, der gleichzeitig neugierig und amüsiert klang, „was treibt dich ausgerechnet nach Wandlitz? Ich dachte, du hättest genug vom Sozialismus der DDR gesehen."

Gitti lachte leise, ein melodischer Klang, der von der Mauer des Hauses zurückgeworfen wurde. Sie blies den Rauch in die warme Abendluft und ließ die Asche nonchalant auf den Rasen fallen. „Ach, Papa, du weißt doch, dass ich immer für Überraschungen gut bin", antwortete sie, während sie sich mit einem nachlässigen Schwung nach vorne beugte, um das Weinglas zu ergreifen. Sie nahm einen Schluck, setzte das Glas wieder ab und ließ sich in die Kissen der Schaukel zurücksinken. „Aber ich muss dich daran erinnern: Alles, was ich dir erzähle, bleibt streng vertraulich.

Sonst lande ich womöglich in Bautzen, und ob deine Macht im sozialistischen Bruderland ausreicht, mich von dort wieder loszueisen, darauf würde ich es nicht ankommen lassen."

Karel hob eine Augenbraue, drehte die Zigarre langsam in den Fingern und zog genüsslich daran. „Vertraulich, hm? Nun, du weißt, dass ich ein Grab sein kann, wenn es darauf ankommt. Aber du machst mich neugierig, Gitti. Wandlitz ist kein Ort für harmlose Spielereien. Wer treibt sich dort herum, der dich so interessiert?"

Gitti lehnte sich in ihrer Schaukel zurück, schwang darin leicht hin und her und musterte ihren Vater durch den Schleier des Zigarettenrauchs. Ihr Vater war ein Mann, der viel wusste, und in seinem Amt war er daran gewöhnt, die unausgesprochenen Dinge zu verstehen, die zwischen den Zeilen lagen. Doch sie wusste auch, dass er hinter seiner abgeklärten Fassade immer noch der Vater war, der sich um sie sorgte – selbst wenn er das nie offen zugab.

„Die Großen des Sozialismus, Papa", begann sie schließlich mit einem ironischen Unterton und grinste ihn erwartungsvoll an. „Danke für die aufschlussreiche Erklärung, Kind", seufzte Karel. „Aber was außer Rotkäppchensekt schlürfen und internationale Verbindungen vertiefen treibst du dort jetzt genau?" Er hob eine Augenbraue und ließ den Satz in der Luft hängen. „Nichts gegen dich, geliebte Tochter, aber bei 17 Millionen Einwohnern, davon die Hälfte weiblich …" Er ließ den Rest unausgesprochen, doch das leichte Lächeln auf seinen Lippen verriet seine Gedanken.

Gitti zündete sich ihrerseits eine frische Zigarette an und streckte ihm die Zunge heraus. „Danke für die Blumen, Exzellenz", ätzte sie zurück. „Aber es geht dort am Rande auch um Geschäfte, die vielversprechend sind. Und lukrativ."

Ihr Vater nahm einen tiefen Schluck von seinem Whisky und stellte das Glas mit einem leisen Klirren auf den Tisch. „Geschäfte also", murmelte er, während er seine Tochter prüfend ansah. „Und ich nehme an, dass du da nicht nur mit Rhabarberkompott und Baueimern für den sozialistischen Wohnungsbau handelst."

Gitti grinste und hob ihr Glas in einer scherzhaften Geste des Anstoßens. „Du kennst mich, Papa. Ein bisschen spannender ist es schon. Aber wie gesagt, alles, was ich dir jetzt erzähle, bleibt zwischen uns." Karel sah sie nur an, das absolute Vertrauen zwischen ihnen bedurfte eigentlich keiner Worte. Gitti nahm einen letzten Zug von ihrer Zigarette, bevor sie sie elegant in einem Aschenbecher ausdrückte. „Nichts, was du verstehen würdest, Paps: Es geht um Computer."

„Da musst du seit deiner Gymnasialzeit aber einiges dazugelernt haben." Er schüttelte den Kopf, schmunzelnd. „Wenn ich mich erinnere, wie wir beide damals mit dem Rechenschieber gekämpft haben."

Gitti schnaubte und warf ihm einen amüsierten Blick zu. „Wir haben beide einen Weg gefunden, ohne Rechenschieber zu überleben, nicht wahr? Nein, es geht um Computerteile." Gitti wurde plötzlich sehr konzentriert. „Hergestellt werden die Teile in Bielefeld. Die Sozialisten brauchen sie unbedingt, weil sie sonst mit ihrer eigenen Automatisierung nicht weiterkommen, nur leider – es gibt ein US-Embargo, das den Bielefeldern verbietet, sie direkt an die DDR zu verkaufen. Und dazwischen steht deine Tochter." Karel hob die Augenbraue, seine Neugier geweckt. „Steht oder liegt, je nachdem halt." Er zögerte einen Moment, musterte sie dann aufmerksam. „Klingt aufregend. Aber was kannst du dazu beitragen, mein Kind?"

Gitti warf sich in eine übertriebene Pose, ihre Beine lässig übereinandergeschlagen, ihr Blick herausfordernd. „Atmosphäre." Sie grinste breit, fast herausfordernd, und wartete darauf, dass die Worte bei ihrem Vater sacken würden. Karel, der seine Tochter gut genug kannte, um auf mehr zu warten, schwieg abwartend.

Als Gitti sah, dass ihr pubertärer Anfall nicht die gewünschte Wirkung hatte, setzte sie ernster fort: „Man braucht eine Firma in einem neutralen Land, um die Teile am US-Embargo vorbei nach Ostdeutschland zu verschieben."

Karel pfiff leise durch die Zähne und lehnte sich zurück. „Ja, so was kann in Bautzen enden, wenn es schiefgeht." Sein Blick wurde für einen Moment fast besorgt. „Und was genau ist deine offizielle Rolle dabei?"

„Ich bin da über einen Ex-Lover von mir reingekommen. Der ist mittlerweile internationaler Verkäufer für die große deutsche Computerfirma in Bielefeld und soll die Abwicklung organisieren. Ich arbeite für die Vermittlerfirma in Wien."

„Vermittlerfirma in Wien?" Karels Blick verengte sich leicht. „Ja, Vermittlerfirma. Aber mehr kann ich dir momentan dazu nicht sagen, sonst müsste ich dich erschießen." Sie grinste ihren Vater dabei unverschämt an. Karel runzelte die Stirn, er schien sich an etwas zu erinnern. „Du sprichst aber nicht zufällig von dieser", er schien wieder nachzudenken. „Hanna Beran, jetzt habe ich es wieder. Sie hat vor ein paar Tagen bei unseren Handelsattaché einen ziemlichen Eindruck hinterlassen."

Gitti stoppte die Schaukel abrupt. Sie ahmte mit ihrer linken Hand eine Pistole nach, schlug sich auf den Daumen und sagte dazu „peng." Karel schmunzelte. „Irgendwas mit zwei Güterwaggons und einem Akkreditiv und Transit, mein Mann wusste nicht, was sie eigentlich will, hätte ich dir erzählen können, wenn du nicht …" Gitti schaute ihrem Vater jetzt direkt ins Gesicht. „Er braucht das nicht verstehen, er soll es nur abstempeln, Paps. Das hat mit der sozialistischen Republik aller Tschechen nichts zu tun." „Und Slowaken, mein Kind, vergiss mir die Slowaken nicht", antwortete Karel grinsend. Er nickte leicht. „Vielleicht erkläre ich ihm bei

Gelegenheit, dass er damit den Arbeitern und Bauern im Norden behilflich ist, wie wäre das?"

Er hob abwehrend die Hände, als Gitti sich anschickte, aus der Schaukel aufzustehen und ihn zu umarmen. „Erschießen reicht, Folter ist nicht nötig, Kind. Ich stell ihn dir auch gern mal vor, wenn es dir Vergnügen macht." Vater und Tochter tauschten einen wissenden Blick aus „Aber sag: Hast du dich auch ein wenig amüsieren können in Wandlitz? Oder fällt das auch unter dein Betriebsgeheimnis?"

Gitti grinste, setzte sich wieder auf die Schaukel und ließ sie leicht hin- und herschwingen. „Eine der Fähigkeiten, die du mir mitgegeben hast, Paps, ist es, aus jeder Situation etwas zu machen. Und glaub mir, zu solchen Anlässen gibt es nicht nur Spreewaldgurken und Rotkäppchensekt."

Karel musterte seine Tochter prüfend, bevor er beiläufig fragte: „Und gab's da auch irgendwen dabei, der noch nicht über sechzig ist und meine Statur hat?"

Gitti zog eine Schnute und schüttelte dann den Kopf. „Statur ist optional, da sind auch ein paar Asketen dabei. Aber ansonsten, wenn man von diesem Langweiler absieht, der auf unserer Seite mit von der Partie war, nein. Aber du weißt, wie das ist, Paps, man kann nicht alles haben." – „Nur dass ich das richtig verstehe: Der Langweiler, dein Ex-Lover und der Computerverkäufer aus Bielefeld sind ein und dieselbe Person?" Karel schaute seine Tochter mit Unschuldsmiene an und wartete auf die Explosion.

Gitti tat ihm den Gefallen nicht, sie machte nur „pffft". Sie warf einen Blick auf ihre Uhr und stellte abrupt fest: „Ui, Paps, es ist spät, ich hab heute noch was vor." Sie stand leichtfüßig auf, beugte sich zu ihrem Vater hinüber und gab ihm einen schnellen Kuss auf die Wange, bevor sie sich Richtung Haus wandte.

Karel sah ihr noch eine Weile nach, seine Gedanken abschweifend. „Baba, und fall nicht", murmelte er leise vor sich hin. Doch dann schob er seine Sorgen beiseite. Sie hat fast 35 Jahre überlebt, dachte er sich, sie wird weiter auf die Füße fallen. Er griff nach der Whiskyflasche, schenkte sich ein großes Glas ein und machte sich daran, die ausgegangene Zigarre wieder in Gang zu bringen.

> *Gitti Novak war wohl das, was man auch heute noch „ein Früchterl"*
> *nennt. Und seine Exzellenz ist auch nicht gerade zu beneiden. Dafür*
> *aber Gitti um einen solchen Vater.*
>
> *Und Hanna Boran nutzt wohl lieber Gittis Begabungen und teilt den*
> *Gewinn mit ihr, als selber in Wandlitz und anderswo „zu stehen oder*
> *zu liegen, je nachdem".*

Eine neue Hoffnung

Elke saß auf der abgenutzten Couch in ihrem kleinen, spärlich eingerichteten Wohnzimmer. Seit Uwe und sein Bruder ihre paar Möbel hier hereingestellt hatten, hatte sie sich nicht mehr sonderlich darum gekümmert, nur einen Fernseher hatte sie sich noch über Paule organisiert. Der Schwarzweißschirm flimmerte, ein unerträglich gut gelaunter Mann erklärte gerade die sensationellen Verbesserungen bei der neuen Serie des Trabant. Sie hörte kaum zu, die Zeit floss zäh, als ob jede Minute absichtlich gedehnt wurde, um ihre Geduld zu testen. Wieder und wieder las sie den Brief, den ihr Renate heute Morgen im Hotel zugesteckt hatte. „Willst du mich vielleicht ein paar Tage in Wien besuchen? Wir könnten eine nette Zeit verleben, Spesen natürlich auf mich, und ein paar hübsche Sachen für dich finden wir sicher auch. Ich hoffe, du kannst das möglich machen. In Liebe, dein David."

Elke hatte nach ihrer ersten Euphorie rasch erkannt, dass ihr dieser Brief, so nett er auch geschrieben war, beim Visaamt nur ein müdes Lächeln einbringen würde. Aber was stand da? „In Liebe, dein David?" Hatte sie sein Innerstes schließlich – endlich, endlich – doch erreicht? Ihr Herz schlug jedes mal schneller, wenn sie diesen Satz las. Wieder und wieder.

Sie hatte über einen toten Briefkasten einen Kontakt zu Werner angefragt. Ihr war klar, dass der Weg nur über Werner führen konnte. Und sie wusste, dass das ein hartes Stück Arbeit werden würde. Werner war eiskalt, neigte dazu, sie einfach niederzumachen, gab ihr oft das Gefühl der Minderwertigkeit. Aber: „In Liebe, dein David." Das zählte.

Ein leises Klopfen an der Tür ließ sie zusammenzucken. Sie war so in ihre Gedanken vertieft gewesen, dass das Geräusch wie ein Donnerschlag wirkte. Schnell griff sie nach dem Morgenmantel, der über der Armlehne hing, und zog ihn sich über, bevor sie zur Tür ging und einen Spalt öffnete. „Wer ist da?", fragte sie leise.

„Ich bin's, Paule." Die raue, aber vertraute Stimme klang durch den Spalt. Elke entspannte sich ein wenig und öffnete die Tür weiter. Vor ihr stand der alte Hausmeister, ein Mann mit einem gebeugten Rücken und tiefen Falten im Gesicht. Seine Augen waren neugierig, wie immer, wenn er einen Grund fand, bei den Mietern zu klingeln.

„Was gibt's, Paule?", fragte sie und versuchte, die Ungeduld aus ihrer Stimme zu verbannen.

„Du hast ein Telefonat, Elke. In meiner Wohnung. 'ne Dame will dich sprechen."

Elke runzelte die Stirn, aber sie nickte nur und folgte dem Mann den dunklen, engen Flur hinunter zu seiner Wohnung. Es war nicht das erste Mal, dass sie Anrufe über das einzige Telefon im Gebäude erhielt, doch sie mochte die Situation nicht sonderlich. Als sie das winzige Vorzimmer der Hausmeisterwohnung betraten, stand der alte Mann wie ein Wächter an ihrer Seite, während sie zum Telefon griff.

„Danke, Paule", sagte sie, „ich mach's kurz."

„Na, na, lass dir ruhig Zeit", murmelte er und blieb trotzdem in Hörweite stehen.

Elke ignorierte seine neugierigen Blicke und nahm den Hörer auf. „Ja, hier Schneider", sagte sie, während sie versuchte, die Nervosität in ihrer Stimme zu unterdrücken.

„Hallo, Elke", klang die Stimme einer Frau, „Ich wollte nur sagen, dass die blaue Bluse, die Sie bei mir bestellt haben, abholbereit ist. Ich denke, es wäre gut, wenn Sie in einer Stunde bei mir vorbeikommen. Sie wissen ja, der Laden an der Ecke, neben der alten Fabrik."

Elke erkannte die codierte Nachricht sofort. Sie würde sich in einer Stunde in einer Arbeiterkneipe am Stadtrand treffen müssen. „Danke, das passt gut. Ich werde pünktlich da sein."

Sie legte auf und bemerkte, dass Paule sie mit einem halb neugierigen, halb verschwörerischen Blick musterte. Sie schenkte ihm ein sarkastisches Lächeln. „Das brauchst du jetzt der Stasi nicht weitererzählen, Paule, das war Mielke persönlich."

Der alte Mann lachte, seine Augen blitzten amüsiert auf. „Ach, Elke, du und deine Späße." Wenn hier etwas Berichtenswertes gelaufen war, dann hatte er es jedenfalls nicht verstanden. Elke war für ihn sowieso schon immer ein Rätsel gewesen, ein bisschen zu geheimnisvoll für eine einfache Maschinenschlosserin. Aber er mochte sie, und wenn er etwas gelernt hatte, dann, wann es besser war, nicht so genau hinzusehen.

„Pass auf dich auf, ja?"

„Immer, Paule." Sie warf ihm ein knappes Lächeln zu, bevor sie die Wohnung verließ und zurück in ihre eigene ging. Die Unruhe, die sie zuvor gespürt hatte, war einem klaren Ziel gewichen. Sie musste sich auf das Treffen vorbereiten.

*

Elke betrat die Kneipe und wurde sofort von einer Wand aus Zigarettenqualm und dem lauten Lärm dröhnender Gespräche empfangen. Sie bahnte sich einen Weg durch die dicht gedrängte Menge, vorbei an Männern in blauen Arbeitsmonturen, die an ihren Tischen billige Zigaretten rauchten und Bier tranken. Eine alte Jukebox plärrte irgendwo in der Ecke: *„Du hast den Farbfilm vergessen ..."* Die Stimme von Nina Hagen – provokant und ein wenig trotzig.

Elke zog eine Augenbraue hoch. Diese neuen Lieder, dachte sie. Zu ihrer Lehrzeit hätte so ein Song wohl kaum das Tageslicht gesehen. Aber die Zeiten änderten sich, sogar in der DDR. *Du hast den Farbfilm vergessen*, wiederholte sie in Gedanken und lächelte kurz. Fast ironisch, dass gerade das in dieser Kneipe lief – so harmlos und doch subversiv.

Sie ließ sich auf einen freien Stuhl in einer dunklen Ecke sinken und bestellte eine Karena-Limonade. Die Blicke der Männer auf sie waren ihr längst vertraut. Obwohl sie sich bemüht hatte, so auszusehen wie ein Arbeitermädchen, das nach Schicht noch auf einen Absacker geht, stach sie aus der Menge heraus, sie konnte das nicht ändern. Als einer von ihnen, offensichtlich schon stark angetrunken, sich übermütig zu ihr beugte, reagierte sie blitzschnell. Ihr Knie traf ihn dort, wo es am meisten wehtat, und er sank mit einem erstickten Keuchen zurück auf seinen Platz. Routine.

Elke musterte die Kneipe weiter, während sie auf Werner wartete. Schließlich erblickte sie ihn, wie er durch den dichten Qualm auf sie zusteuerte. Mit seinem grauen Anzug und der autoritären Haltung hob er sich von den Arbeitern ab. Er wirkte wie ein Beamter, der sich in diese Welt verirrt hatte, doch sie wusste, dass er hier mehr als nur zu Hause war.

Werner setzte sich wortlos ihr gegenüber, nahm sich Zeit, ehe er sie ansah. Seine Augen glitzerten kalt, als er schließlich das Wort ergriff. „Also, Schneider", begann er, während er sich lässig zurücklehnte. „Du hast mich hierherkommen lassen. Dann erzähl mal, was so wichtig ist, dass du mich von meinem Schreibtisch wegholst."

Elke spürte, wie ihr Magen sich zusammenzog. Sie öffnete ihre Tasche und zog Davids Brief heraus. Mit zittrigen Fingern reichte sie ihm das Papier. „Es geht um David", sagte sie vorsichtig, „ich habe diesen Brief bekommen. Er will, dass ich ihn in Wien besuche."

Werner zog eine Augenbraue hoch, nahm den Brief und überflog ihn flüchtig. Dann ließ er das Papier auf den Tisch fallen, als wäre es nichts weiter als ein wertloses Stück Müll. „Einladung nach Wien, hm?" Er lehnte sich zurück und verschränkte die Arme vor der Brust. „Und du denkst, dass dir das ein Visum bringt? Dass man dich einfach so in den Westen lassen wird, nur weil irgendein Westheld sich nach ein bisschen … Unterhaltung sehnt?"

Elke spürte, wie ihre Wangen heiß wurden. „Ich dachte, vielleicht …", begann sie, doch Werner unterbrach sie sofort.

„Ach, Schneider", er klang beinahe belustigt, „du bist naiver, als ich dachte. Ein Visum, nur wegen ein paar netter Worte? Glaubst du wirklich, dass das so einfach ist? Du wirst nicht nach Wien reisen, um deinen - Liebhaber zu sehen, das sollte dir klar sein."

Elke schluckte, ihr Herz klopfte schneller. Sie wusste, dass er recht hatte, aber sie konnte es nicht einfach aufgeben. „Aber ich könnte ihn für uns gewinnen", versuchte sie es erneut. „Ich könnte ihn dazu bringen, für uns zu arbeiten, Informationen zu liefern. Es wäre eine Chance, mehr aus ihm herauszuholen."

Werner schnaubte verächtlich. „Und wie willst du das anstellen? Ein bisschen Bettgeflüster, ein bisschen Hüftschwung, und er wechselt die Seiten? Glaubst du wirklich, dass du in Wien mehr herausfindest, als wir hier schon längst wissen?"

Elke biss sich auf die Lippe. Ihre Argumente fühlten sich plötzlich hohl an. Doch sie wollte nicht aufgeben. Nicht jetzt.

Werner betrachtete sie eine Weile schweigend, als würde er ihre Gedanken lesen. Schließlich beugte er sich nach vorn, seine Stimme wurde leiser, aber schärfer. „Hör zu, Schneider. Ich könnte dir dieses Visum beschaffen. Aber du weißt, was das bedeutet. Du gehst nicht nach Wien, um ein paar romantische Tage zu verbringen. Du gehst dorthin, um zu arbeiten. Um uns Informationen zu bringen. Und wenn du versagst", er hielt kurz inne, „dann gibt es für dich keinen Weg zurück. Keine Schichten mehr im Labor, keine Westzigaretten, keine Strumpfhosen. Munitionsfabrik, Bergbau, Atomkraftwerk. Es gibt viele nette Beschäftigungen in unserer Republik. Du wirst dich noch nach den Nächten im Astoria sehnen, verstehst du?"

Elke nickte langsam. Sie verstand. Sie hatte keine Wahl, wenn sie nach Wien wollte.

Werner nahm einen letzten Schluck von seinem Bier und legte ein paar Scheine auf den Tisch. „Ich bezahle." Dann stand er auf, blickte sie ein letztes Mal kühl an. „Ich werde sehen, was ich tun kann. Aber enttäusche mich nicht, Schneider."

Mit diesen Worten drehte er sich um und verließ die Kneipe, seine Schritte hallten schwer auf den alten Holzdielen wider. Elke sah ihm nach, wie er durch den dichten Rauch der Kneipe verschwand.

Sie blieb noch eine Weile sitzen, starrte auf die schale Karena-Limonade vor ihr. Ihr Magen fühlte sich flau an, aber gleichzeitig war da auch eine gewisse Entschlossenheit. Sie hatte getan, was sie konnte. Jetzt musste sie abwarten.

Wenig später machte sie sich auf den Heimweg. Leipzig lag ruhig unter dem dunstigen Nachthimmel, doch Elke spürte, dass etwas in Bewegung geraten war. Sie wusste, dass sie bald nach Wien reisen würde – sie wusste es einfach! Wie das werden würde? Sie hatte keine genaue Vorstellung ,aber das störte sie in diesem Augenblick nicht.

Das ist die Liebe, die dumme Liebe … (singt leise)

Noch eine neue Hoffnung

In einem schäbigen, schwarzen Moskwitsch saß Werner, den Blick starr aus dem Seitenfenster auf die Straße neben dem Wagen gerichtet. Der Abend war kühl, die untergehende Sonne versteckte sich hinter einem dichten Wolkenband, das den Himmel grau färbte. Ein unangenehm kalter Wind wehte durch die Gassen, brachte den Staub zum Tanzen und ließ die Stadt stiller erscheinen, als sie war. Es war der Moment nach der Hektik des Tages, bevor die Nacht hereinbrach und ihre Schatten legte.

„Büro", knurrte Werner schließlich. Der Fahrer startete wortlos den Motor, der Wagen ruckelte vorwärts, während Werners Gedanken noch bei dem Gespräch mit der IM Schneider in der Kneipe waren. Sie ahnte nichts, dachte er, und genau das machte sie so nützlich. Ein Bauer auf dem Schachbrett. Werner starrte aus dem Fenster, als suche er etwas.

Tatsächlich war das in der Kneipe eben eine überraschende Wendung gewesen. Er war damals, als Leutnant Müller den ersten Verdacht gegen Cormier und Schneider gehegt hatte, dem Grund nachgegangen, warum Vogel den Fall so untypisch niedergeschlagen hatte. Die Sache mit dem Computerdeal war nicht so schwer herauszufinden gewesen, er kannte noch genügend Leute in Berlin. Doch dann spießte es sich: Was konnte er mit dieser Information anfangen, was seiner Sache nützte? Seiner Sache? Ein warmes Gefühl erfüllte ihn, als er wieder einmal an „seine Sache" dachte. Wiebke, ein paar glückliche Tage in Hamburg. Seine Aufgabe als verdeckter „Beschützer" einer Sportmannschaft hatte ihm genug Zeit gelassen, eine Kneipe in Hamburg aufzusuchen. Wiebke! Ein paar Nächte, seine erste Frau, ein kurzer Rausch des Glückes. „Bleib einfach, was soll schon passieren?", hatte sie beim Abschied gesagt, schon in Sichtweite seiner ebenso verdeckten Kollegen, die ein paar Meter weiter im Wagen auf ihn warteten. „Ich kann nicht." Er hatte sich umgedreht und war gegangen, zum Wagen, wo ihn eisige Mienen erwarteten.

Auch wenn man ihm einen direkten Vorhalt erspart hatte: Er wusste, warum er sich jetzt in Leipzig befand und nur ein paar weibliche IMs mit ihren „spezifisch weiblichen Methoden" zu führen hatte. Er wusste, dass sie ihm nur meist erfundene Geschichten lieferten, damit er etwas in seinen Ordner zu legen hatte. Auch wenn er sie von Zeit zu Zeit fertigmachte, wie eben Elke, wusste er: Er lenkte sich nur selbst ab. Er wollte nach Hamburg. Zu dieser Frau. Alles andere würde sich finden. So wie die kleine Karte, die er ein paar Tage nach seiner Rückkehr in seiner Jacke entdeckt hatte: „Für den Fall, dass du den Mut nicht gleich aufgebracht hast: Ich warte auf dich. In Liebe, W." Und eine Telefonnummer.

Und jetzt? Ging da gerade eine Türe auf? Was konnte er mit Elkes Wunsch, nach Wien zu fahren, anfangen? Hamburg hatte wegen des Bielefeld-Auftrages schon bei ihm auf den Busch geklopft, doch bis jetzt hatte ihm die Idee gefehlt. Nun, hier, war sie. Jetzt den Stier an den Hörnern packen.

„Halt", rief er unvermittelt, als der Wagen an einer alten, abgenutzten Telefonzelle vorbeifuhr. Ein simpler Ort für eine simple Nachricht. Werner öffnete die Tür, trat hinaus in den kühlen Abend und ging mit gleichmäßigen Schritten auf die Telefonzelle zu. Ein leichtes Knarzen der Tür verriet, dass sie der sozialistischen Gesellschaft schon viele Jahre diente. Werner war die Bedienung des altmodischen Apparates vertraut, mit flinken Fingern kramte er ein paar Münzen aus der Tasche, warf sie in den Münzschlitz und wählte eine Nummer, die er im Kopf längst auswendig kannte.

Zweimal klingelte es, dann meldete sich eine Stimme am anderen Ende der Leitung: „Von Braun."

„Hier ist Werner", sagte er ruhig. „Ich habe einen Weg gefunden, unser Problem zu lösen."

„Welches Problem?", fragte von Braun, seine Stimme klang plötzlich wacher.

„Die Materialverfrachtung von der Lutter an die Spree. Wir müssen den Fluss von der Donau zur Moldau unterbrechen – auf elegante Weise." Werners Stimme blieb kalt, sachlich, fast geschäftsmäßig. Er wusste, die Codes für Bielefeld, Wien, Prag und Berlin würden verstanden werden.

„Und wie wollen Sie das anstellen?"

„Eine Sonde. Sehr rezentes, schlankes Design, formal ansprechend, kontaktfreudig. Mit einer klaren Zielprogrammierung. Und das beste: Die Zielperson hat sie schon auf der Leipziger Messe mehrfach getestet und lebhaftes Interesse bekundet."

„Da hat Ihr Kombinat ganze Arbeit geleistet. Kann er auch mit ihr umgehen?"

„Sie soll ja autark agieren, ich bin da sehr zuversichtlich. Er hat einen Export schon angefragt. Notfalls haben wir auch eine Servicestelle an der Donau, auf die wir zurückgreifen können."

„Hervorragend. Wann ist diese Sonde verfügbar?"

„Sofort, wenn Sie wünschen. Ein, zwei Wochen für die Exportpapiere."

„Na dann, Werner, schicken Sie die Sonde los. Wir zählen auf Sie. Und wenn das klappt, könnte eine Einladung an die Elbe für Sie drin sein."

„In Ordnung, von Braun. Freundschaft."

„Tschüss."

Er trat aus der Telefonzelle und blickte in den Himmel. Die Sonne, die kurz hinter den Wolken hervorblitzte, tauchte die Szenerie in ein sanftes, warmes Abendlicht. Der Wind hatte nachgelassen, und die Straßen wirkten plötzlich freundlicher, als wollten sie die Illusion eines friedlichen Abends aufrechterhalten. Werner lehnte sich an ein rostiges Geländer, das einen verhungerten Park vom Gehsteig abgrenzte. „Wenn das klappte", dachte er, und einen Augenblick zog ein träumerischer Zug über sein sonst so verschlossenes Gesicht.

Er dachte wieder an Hamburg. Hätte ihn in diesem Augenblick jemand gesehen, hätte er sich über die Ungleichzeitigkeit des verträumten Ausdruckes mit seiner korrekten „Nicht-Uniform" gewundert. Der Augenblick ging vorbei, Werner straffte seine Schultern und ging entschlossen zum Wagen zurück.

Werners Fahrer wurde aus seinen eigenen Betrachtungen gerissen, als er seinen Chef wieder auf sich zukommen sah. Er schob seine Überlegungen beiseite, die sich um eine Möglichkeit drehten, ihm seine ständige üble Laune und seine bärbeißige Art heimzuzahlen. Der Fahrer fühlte sich behandelt wie ein Schuhabstreifer. Dass er es war, der den schäbigen, kaum gewarteten Moskwitsch mit viel Gefühl für die uralte Technik, Improvisationstalent und ein paar nützlichen Kontakten überhaupt am Laufen hielt, das setzte Werner offenbar einfach voraus. Das Wort „danke" oder auch nur ein „gut gemacht", wenn die verdammte Karre auch bei Nebel oder Frost noch lief … das kannte Werner nicht. Es reichte ihm, jeder neue Chef würde besser sein als dieses – Scheusal in Grau, wie er Werner insgeheim nannte.

„Ins Büro", befahl er. Der Wagen setzte sich wieder in Bewegung. Während der Moskwitsch durch die Straßen Leipzigs fuhr, zündete sich Werner eine weitere Zigarette an und blies den Rauch langsam durch den offenen Fensterschlitz hinaus in den Abend. Bald würde Elke Schneider in Wien sein. Sie würde tun, was er von ihr verlangte, und dabei keinen Schimmer haben, dass sie in Wirklichkeit nur einem einzigen Zweck diente. Er wollte Wiebke wiedersehen. Und mit ihr im Westen neu beginnen.

Er dachte an Elke zurück. Hegte sie vielleicht ähnliche Gedanken? Hatte Müller vielleicht recht gehabt? Wenn, konnte er es gut verstehen. Hauptsache, sie funktionierte, was sie danach machte, war ihm gleichgültig. Er lächelte: Er würde die Dokumente so großzügig ausstellen, dass sie zumindest in Europa damit weiterkommen würde. Ein Dienstpass, ja. Österreich war eine gute Begründung dafür.

Als er seinen Fahrer mit dem gewohnt bärbeißigen „für heute gut, morgen um acht" entließ und auf den Eingang des Bürogebäudes zusteuerte, entging ihm, dass ihm dieser noch lange nachschaue und ihn dann sein erster Weg zu einer anderen Telefonzelle führte. Es war aber keine Hamburger Firma, die er anrief, sondern ein lokaler Anschluss in Leipzig.

Ah darum will er Elke nach Wien expedieren. Wiebke, soso. Und ein Feigling, wie so viele Männer.

Aber wenigstens kann Elke mit dem Dienstpass von seiner Sentimentalität profitieren. So etwas ist fast wie ein Diplomatenpass, in der Pra-

> xis kriegt man damit eine bevorzugte Abfertigung ohne viele Fragen. Früher hat diese eigenen Fahrspuren an den Grenzen gegeben, wo CD und SP stand ...
>
> Aber seltsam: Selbst wenn die in einem Stück in Wien ankommt: Was soll die dort tun, um zwei Güterwaggons nach Pankow aufzuhalten? Und ich verstehe auch nicht, warum Vogel ihm das durchgehen hat lassen. - Wusste er das überhaupt? Schlamperei? Ich dachte, das gibt es nur hier in Wien ...
>
> Und wen ruft der Fahrer da an?

Bielefeld

Bielefeld, Juni 1974

Der Konferenzraum war kühl, sachlich und steril – ein Raum, der Ordnung und Effizienz widerspiegelte, ganz im Stil des Unternehmens. David Cormier saß am Ende des langen Holztisches, seine Aktenmappen ordentlich vor sich, die Hände gefaltet, die Schultern leicht angespannt. Dies war nicht sein Raum, nicht seine Stadt. Er war hierher beordert worden, um dem Vorstand der deutschen Firma Bericht zu erstatten, bei der er angestellt war. Der Herr Vorsitzende hatte zum Rapport gerufen, und David konnte den unausgesprochenen Unmut in der Luft förmlich spüren.

Die Westdeutschen waren nicht zufrieden. Ja, man hatte nach Wien geliefert, ja, man hatte die notwendigen Papiere ausgestellt, die die Grundlage des Back-to-back-Akkreditives und der Transportpapiere bildeten, mit dem die „Hanna Beran Importe und Exporte" den Weitertransport auf Schiene bringen und die Zahlung durch Ostberlin sicherstellen sollte. Aber das war alles Wochen her. Die Ware hing in Wien fest, und die Verantwortung lag – natürlich – bei ihm. Zumindest sah das der Vorstand so, und darauf kam es an. Nicht darauf, was Gitti Novak zuwege brachte oder auch nicht. Der Vorstand wollte Ergebnisse sehen, und sie erwarteten, dass David diese lieferte. Das war Teil seines Jobs.

Apropos Gitti Novak. Dass diese schillernde Frau, nebenbei seine Ex-Geliebte, hier mit von der Partie war, war zu erwarten gewesen. Sie hatte ihn ja von Anfang an als Türöffner verwendet, um mit seinen Brotgebern ins Geschäft zu kommen. Doch dass Hanna Beran, der eigentliche Kopf der Wiener Firma, anwesend war, überraschte ihn. Diese aalglatte Frau war ihm unheimlich, die da am unteren Kopfende des Tisches saß. Ihre Erscheinung war elegant, ihre Haltung gerade. Sie folgte scheinbar unbewegt der Verhandlung.

Gitti Novak saß ihm gegenüber. Sie wirkte gelassen, fast unbeteiligt, wie jemand, der sich an die Herausforderung gewöhnt hatte, sich durch jede unbehagliche Situation zu lavieren. Gitti war gerade am Vortrag und hatte sich langsam „warm geredet", wie David das insgeheim nannte.

„Natürlich haben wir in Wien intensiv daran gearbeitet, die Transaktionen zu beschleunigen," fuhr Gitti fort und setzte ein leichtes Lächeln auf. „Es gibt gewisse … Herausforderungen, die wir nicht vorhersehen konnten. Aber Sie wissen ja, meine Herren, manchmal braucht es nur ein bisschen Geduld und den spezifischen Charme meiner Wiener Heimat, um die richtigen Türen zu öffnen."

Ein kurzes Murmeln ging durch die Reihen der Vorstandsmitglieder, doch ihre Mienen blieben hart und abwartend. Der Vorsitzende, ein Mann mit streng geschnittenen Gesichtszügen und kaltem Blick, schien ihr zu signalisieren, dass er wenig Geduld für „Wiener Charme" hatte. Gitti ließ sich nicht beirren und sprach weiter.

„Die Ware ist bereits in Wien angekommen, die Logistik ist auf Abruf bereit", fuhr sie fort. „Es fehlen nur noch ein paar Formulare, um den Transit durch die Tschechoslowakei abzuwickeln. Sie wissen ja, ein wenig – Motivation – kann manchmal Wunder wirken."

Der Vorsitzende, der ihre Worte mit versteinerter Miene aufnahm, lehnte sich zurück, seine Finger spielten mit einem Kugelschreiber. „Motivation", murmelte er leise, als würde er das Wort für sich abwägen. Dann hob er seinen Blick und musterte Gitti mit einem Hauch von Verachtung. „Darüber wurde mir schon berichtet, Frau Novak", sagte er mit einem leisen, schneidenden Unterton. „Dass Sie Ihre … Begabungen sehr zielgerichtet und mit hohem persönlichen Engagement einsetzen."

Gitti hielt inne, für einen Moment aus dem Konzept gebracht, aber sie fing sich schnell wieder. Sie schob ein nervöses Lächeln über ihr Gesicht, doch der Raum blieb kalt. David, der die wachsende Anspannung spürte, wollte das Blatt wenden, doch bevor er etwas sagen konnte, erklang eine neue Stimme im Raum.

„Vielleicht kann ich hier ein wenig Licht ins Dunkel bringen", sagte Hanna Beran kühl und klar von ihrem Platz am Kopfende des Tisches aus. Alle Blicke wandten sich zu ihr, der Frau, die bisher geschwiegen hatte, deren Präsenz jedoch von Anfang an spürbar gewesen war. Sie hatte sich in die Diskussionen bisher nicht eingemischt – nicht, solange Gitti am Wort war.

„Ich konzediere, dass es gewisse Verzögerungen gegeben hat", fuhr Hanna fort, ihre Stimme ruhig und durchdringend. „Doch diese Herausforderungen sind nichts, was wir nicht lösen können. Die Wiener Firma ist für solche Fälle bestens aufgestellt, meine Herren. Wir agieren nicht das erste Mal als Drehscheibe eines internationalen Frachtauftrages und wissen, wie man mit – Handelsbeschränkungen – umgeht. Es braucht lediglich den richtigen Zugang."

Hanna machte eine Kunstpause. „Es ist wahr, dass es bei der Akkreditiv-stellung für den Transit durch die Tschechoslowakei zu unangenehmen Verzögerungen gekommen ist, die allerdings auch darauf zurückzuführen sind, dass die Back-to-Back-Papiere aus Bielefeld erst sehr spät verfügbar gemacht wurden. Wir sind dennoch auf eigenes finanzielles Risiko in Vorlage getreten und haben zur Wahrung Ihrer Interessen die Transport-logistik vorbereiten lassen. Wenn Sie uns jetzt nicht hängen lassen – wir haben unsere Hausaufgaben gemacht. Wenn Sie sich selbst überzeugen wollen, Herr Vorsitzender?" Sie gab Gitti einen Wink, die wie auf Abruf eine in feines Leder gebundene Mappe zum Vorsitzenden trug.

Der blätterte eine Weile darin herum. „Papiere sehr spät geliefert, soso", nickte er und warf David einen vernichtenden Blick zu. Dann sprach er wieder zu Hanna: „Gnädige Frau, es ist gut zu wissen, dass jemand mit Ihrer Erfahrung an diesem Geschäft beteiligt ist", sagte er mit einer Nuan-ce, die andeutete, dass die Dinge nun endlich in den richtigen Händen la-gen. „Es ist jedenfalls meine Intention, Ihnen hier ebenso verlässlicher Partner zu sein, wie Sie uns. Herr Cormier?"

David, der die Entwicklung stumm verfolgt hatte, spürte, wie die Ver-handlung allmählich aus seinen Händen glitt. Hanna hatte das Ruder über-nommen und ihn scheinbar mühelos an die Wand gespielt. Der Vorsitzen-de kniff die Augen zusammen, als er David ansprach.

„Herr Cormier, ich erwarte in vier Wochen Ihren nächsten Bericht. Und ich erwarte, dass nicht wieder dasselbe drinsteht wie in diesem. Und Herr Cormier?" Er wartete eine Weile, bis er weitersprach. „Wenn sich heraus-stellen sollte, dass hier in Bielefeld schlampig gearbeitet wird, dann fällt das zuallererst unter Ihre Verantwortung. Wenn Sie es nicht selbst schaf-fen, hier durchzugreifen, wenden Sie sich um Gottes Willen an mich. Das hier ist Vorstandssache. Haben wir uns verstanden?"

David nickte knapp. „Natürlich, Herr Vorsitzender."

Der Vorsitzende erhob sich langsam von seinem Stuhl und warf Hanna ei-nen kurzen Blick zu. „Gnädige Frau Beran, es würde mich freuen, wenn Sie mich in die nächste Besprechung begleiten würden. Ihre Expertise ist hier von unschätzbarem Wert." Hanna lächelte leicht, als sie sich eben-falls erhob. „Mit Vergnügen."

Gitti, die ihre Bedeutung in der Verhandlung hatte schwinden sehen, ver-suchte einen letzten Versuch, die Atmosphäre zu lockern. „Vielleicht wol-len einige der Herren noch etwas trinken gehen, bevor der Tag ganz vor-bei ist?" Ihre Stimme klang fast fröhlich, doch die Worte verfehlten ihren Zweck.

„Meine Damen und Herren, es ist erst fünf", sagte der Vorsitzende kühl, während er sich zum Gehen wandte. „Hier im Westen wird gearbeitet. Guten Tag." David beobachtete, wie der Vorsitzende und Hanna Beran gemeinsam den Raum verließen, die anderen Teilnehmer folgten ihnen rasch, der Raum wurde still.

*

Den beiden blieb nichts anderes übrig, als den Konferenzraum und das Werksgelände ebenfalls zu verlassen. Die Sonne stand schon tief, und der Nachmittag neigte sich dem Ende zu. An der Einfahrt hatte David bereits den Pförtner um ein Taxi gebeten, da fiel ihm Gitti auf, die ein wenig unschlüssig herumstand und den Busfahrplan studierte, der an der Haltestelle vor dem Werkstor aushing. Obwohl die Stimmung zwischen ihnen angespannt war, drehte er sich zu ihr um und fragte: „Wohin geht's für dich?"

Gitti nannte das Hotel, in dem auch David untergebracht war. Er zögerte einen Moment und fragte dann: „Zufälle gibt es, auch mein Hotel. Schaffen wir es, gemeinsam zu fahren? Dann würde ich dich dazu einladen."

Gitti schaute ihn zunächst kampflustig an, als wolle sie einen weiteren Streit vom Zaun brechen, doch dann verwandelte sich ihr Blick in etwas Gequältes, fast Mitleidiges. „Wir müssen diesen Deal gemeinsam durchziehen, ob es uns passt oder nicht. Da werden wir 20 Minuten nebeneinander im Taxi auch noch aushalten." Sie merkte plötzlich, dass sie es war, die hier profitierte. Ein mechanisches Lächeln zog auf. „Danke, David, dass du daran gedacht hast."

Gemeinsam warteten sie schweigend auf das Fahrzeug. Als das Taxi schließlich vor der Werkseinfahrt hielt, stiegen sie ein und setzten sich auf die Rückbank. Die Spannung im Wagen war sofort spürbar, und nach einigen Momenten des Schweigens begann Gitti, ihre Unzufriedenheit in Worte zu fassen.

„Du hast mich ziemlich allein dastehen lassen, David", begann sie unvermittelt und ohne ihn anzusehen. „Ich hoffe, das war's wert."

David wandte den Kopf und sah sie an. „Ich? Du warst es doch, die meinte, mit ihrem Charme alles regeln zu können. Der Vorstand wollte Fakten, keine Schmeicheleien. Außerdem war ich am Schluss der Sündenbock. Was ich dem in vier Wochen erzählen werde, weiß ich noch nicht." Und ob ich meinen Job dann noch habe, dachte er, ließ es sich aber nicht anmerken.

„Ich schon. Bis dahin ist die Ware längst auf Schiene. Du weißt, mein Vater ist der tschechische Botschafter in Wien, das wär doch gelacht, wenn ich die drei Stempel für den Transit nicht auch noch kriegen würde. Notfalls …"

David lächelte säuerlich und hob die Hand. „Bitte, Gitti", sagte er gequält. Auch wenn sie nicht mehr zusammen waren, kränkte es seine Eitelkeit, wenn sie ihre wenig zimperlichen Methoden „persönlichen Einsatzes" allzu unbekümmert zur Schau stellte. Was war er dann für sie gewesen? Hatte sie sich am Ende nur mit ihm eingelassen, weil sie Wind von diesem Geschäft bekommen hatte?

Die Worte wurden eine Weile schärfer, bis Gitti schließlich die Augen verdrehte und tief seufzte. Die Streiterei begann sie zu langweilen. Sie wollte mehr aus dem Abend machen, als sich mit David über ein Meeting zu streiten. Ihr Blick wanderte über seine angespannte Haltung, und ein Lächeln spielte um ihre Lippen.

„Weißt du", begann sie leise und mit einem versöhnlichen Unterton, „es ist eigentlich dumm, sich jetzt noch länger zu streiten. Wir haben beide den Abend frei ... warum machen wir nicht etwas Schönes daraus?"

David spürte, wie ihre Stimme sich veränderte, und er merkte, wie sie sich näher zu ihm lehnte. Es war schwer, nicht auf ihren Flirtversuch einzugehen. Ihr Parfum, der sanfte Klang ihrer Stimme, ihre Präsenz – all das weckte Erinnerungen an frühere Zeiten, als sie ihm näher gewesen war, als er es jetzt zulassen wollte. Doch dann dachte er an ein kleines Problem, das er unlängst bei einer anderen Frau gehabt hatte. Seit er sich in Elke verliebt hatte, war nichts mehr, wie es einmal gewesen war. Was, wenn es wieder passierte? Das wäre der Tiefpunkt – noch ein Versagen vor Gitti, und das auch noch hier, wo sie sich schon wie die Siegerin fühlte.

„Gitti", sagte er schließlich, „ich kann nicht. Nicht heute." Sein Tonfall war trocken, fast geschäftsmäßig, denn was ihn wirklich abhielt, war der Gedanke, zu versagen. Er wusste zu gut, dass er sich momentan nicht darauf verlassen konnte, seinen Mann zu stehen, und gerade bei Gitti wollte er sich da keinesfalls eine Blöße geben.

Gitti zog sich etwas zurück, ihre Augen verengten sich leicht, und die Enttäuschung war kaum zu übersehen. Vielleicht war David nie mehr als ein Mittel zum Zweck gewesen, aber in diesem Moment sah sie, dass er nicht einmal mehr das war.

„Wirklich, David?" Ihre Stimme war nun merklich kühler. „Und warum nicht?"

„Weil ..." Er zögerte, suchte nach den richtigen Worten, die nicht alles kaputt machen würden. „Weil es kompliziert werden würde. Es ist einfach nicht der richtige Zeitpunkt." Dass er Angst vor dem Versagen hatte, konnte er ihr nun wirklich nicht sagen.

Gitti sagte nichts mehr, sie ließ die Worte im Raum stehen, als würde sie sie abwägen, und dann lehnte sie sich zurück und verschränkte die Arme. Sie war offensichtlich eingeschnappt, und die restliche Fahrt verbrachten sie in tiefem Schweigen.

Als das Taxi schließlich vor dem Hotel hielt, stieg David aus. Er drehte sich noch einmal zu ihr um, doch sie sah ihn nicht an. „Gitti ..."

Aber sie unterbrach ihn mit einem knappen „Guten Abend, David." Dann wandte sie sich an den Fahrer und sagte: „Bitte weiter in die Innenstadt. Dorthin, wo etwas los ist."

David sah zu, wie das Taxi in der Dunkelheit davonfuhr, die Rücklichter langsam in der Ferne verblassten. Eine Weile stand er einfach nur da, kämpfte mit dem Bedauern, es nicht doch versucht zu haben. Schließlich drehte er sich um, betrat das Hotel und machte sich auf den Weg in sein Zimmer, aus eigenem Verschulden dazu verdammt, den Abend alleine zu verbringen.

Gerade, Dreieck, Punkt?

Lena?

Wien-Simmering, am nächsten Morgen

Die Dunkelheit des Zimmers weicht langsam einem blassen Morgengrauen, das durch die Ritzen der schweren Vorhänge dringt. Ich reibe mir die Augen, die Schwere der vergangenen Nacht lastet auf mir. Die Bilder und Puzzleteile meiner Recherchen verblassen langsam. Es ist 6:00 Uhr. Ich ziehe die Vorhänge zurück, öffne das Fenster und lasse frische Luft herein.

Mechanisch bewege ich mich in die Küche, schalte die Kaffeemaschine ein. Der Duft ist stark, fast beißend, aber genau das brauche ich jetzt. Der erste Schluck schärft meine Sinne, doch die Frage bleibt: Was passierte nach dieser Nacht in Bielefeld? Die Dokumente auf dem Stick sind fragmentiert, als würde etwas absichtlich verschleiert. Doch immer wieder taucht ein Name auf – Hanna Beran. Ich muss mehr über sie herausfinden.

Lena hatte von ihrer Mutter Hanna gesprochen, aber Beran? Zufall? Immerhin passierten die Ereignisse zwanzig Jahre vor Lenas Geburt.

Der Gedanke an Lena drängt sich in meinen Kopf. Sie könnte mir weiterhelfen. Aber es ist nicht nur der Fall, der mich an sie denken lässt. Es ist auch diese Nacht, ihre Nähe, die warme Vertrautheit zwischen uns. Ich muss Lena wiedersehen.

Ich greife nach meinem Telefon. „Guten Morgen, Lena. Können wir uns bald treffen? Ich habe einiges über den Fall herausgefunden, aber ich brauche deine Hilfe." Ein paar Herzchen – mehr kann ich nicht tun. Die Stunden vergehen, keine Antwort. Ich versuche anzurufen, aber es geht nur die Mobilbox ran. Mit jeder Stunde wächst mein Unbehagen. Lena hat ein aufregendes Leben, aber das hier fühlt sich anders an.

Ich schreibe ihr erneut, diesmal nüchterner: „Lena, es wäre wichtig, dass wir uns bald treffen. Ich komme bei den Ermittlungen nicht weiter." Nichts. Das Schweigen lastet auf mir. Zuletzt schreibe ich eine E-Mail, doch die Ungewissheit bleibt.

Schließlich halte ich es nicht mehr aus und entschließe mich, zum Palais von Eckstein zu fahren. Jeans, Top, Sneakers. Haare zusammengebunden. So bin ich wenigstens ich selbst, sage ich mir.

In der Tram starre ich aus dem Fenster, meine Gedanken kreisen um Lena. Die Stadt zieht an mir vorbei, doch ich nehme sie kaum wahr. Die U-Bahn-Fahrt ist kurz, doch sie zieht sich endlos. Was werde ich tun, wenn ich da bin?

Als ich das Palais erreiche, stehe ich unschlüssig vor dem großen Tor. Fünf Messingknöpfe, die Schildchen kaum lesbar. Soll ich läuten? Doch bevor ich es wage, nähert sich eine Limousine. Lena steigt aus. An ihrer Seite ein fremder Mann, groß und elegant. Sie lacht, legt ihm die Hand auf den Arm.

Es trifft mich wie ein Schlag. Alles verschwimmt. Heiße Tränen schießen mir in die Augen. Ohne nachzudenken, laufe ich davon.

Zurück in meiner Wohnung lasse ich mich auf das Sofa fallen. Die Tränen, die ich auf dem Rückweg unterdrückt habe, brechen jetzt unaufhaltsam hervor. Sie laufen heiß und salzig über meine Wangen. Lena, die mir so nah war, und jetzt das. Wer ist dieser Mann? Und warum war sie bei ihm, während ich hier auf eine Antwort warte?

Liebesleid

Drei Tage später

Die letzten Tage verbringe ich wie betäubt in meiner Wohnung. Eingehüllt in eine Wolke aus Selbstmitleid und Enttäuschung. Mein Telefon liegt stumm auf dem Couchtisch, keine neuen Nachrichten, keine Anrufe. Lena hat es mehrmals versucht, aber ich habe ihre Nachrichten gelöscht, ohne sie zu lesen. Es ist, als hätte ich mich selbst eingesperrt, die Welt da draußen hat keinen Zugang mehr zu mir. Und ich keinen zu ihr.

Ich weiß, dass das so nicht weitergehen kann. Aber der Gedanke, mich wieder hinauszuwagen, lässt mich zurückschrecken. Der Kühlschrank ist fast leer, aber ich verspüre keinen Hunger. Die Stunden vergehen, gleichförmig, ohne Veränderung. Alles bleibt dumpf und grau.

Als das Telefon klingelt, halte ich erst inne. Unterdrückte Nummer. Wahrscheinlich ein Werbeanruf, vielleicht ein neuer Auftrag. Ich nehme den Hörer in die Hand, ohne mir große Hoffnungen zu machen. Trotzdem ist da eine Regung. Vielleicht ist es das, was ich brauche.

„Verena?" Lenas Stimme durchbricht die Stille. Mein Herz setzt aus, für einen Moment. „Endlich erreiche ich dich. Was ist los? Ich habe es tagelang versucht."

Ihr Ton trifft mich, fast wie ein Schlag. Ich will auflegen, sofort. Aber etwas hält mich zurück. „Was los ist?" Die Worte kommen schärfer heraus, als ich beabsichtige. „Wo warst du, Lena? Ich habe versucht, dich zu erreichen. Nichts. Kein Wort, kein Lebenszeichen."

„Verena, das ist doch nicht fair." Ihre Stimme bleibt ruhig, kontrolliert. „Ich war unterwegs, konnte nicht gleich antworten. Aber seit Tagen versuche ich, dich zu erreichen, und du blockierst mich. Warum?"

Ihre Worte brennen in mir, und ich spüre, wie die Wut aufsteigt. Aber es ist nicht nur Wut. Da ist auch dieser Zweifel. Warum blockiere ich sie wirklich? Will ich nicht doch eine Antwort?

Das Bild kommt wieder hoch. Lena, vor dem Palais. Mit ihm. Der Mann. Ihr Lachen. Die Vertrautheit. Der Schmerz bohrt sich in meine Brust, wie ein Messer.

„Weißt du, was los ist, Lena?" Die Worte brechen aus mir heraus. „Ich habe dich gesehen. Vor dem Palais. Mit diesem Mann."

Für einen Moment ist es still. Mein Herz hämmert in meiner Brust. Der Schmerz ist wieder da, als hätte er nie aufgehört.

„Verena …" Ihre Stimme ist leise, fast behutsam. „Das war mein Ehemann."

Ihr Ehemann. Die Worte treffen mich wie ein Faustschlag. Ich spüre, wie sich meine Kehle zuschnürt. „Dein Ehemann?" Meine Stimme klingt fremd. „Warum hast du mir das nie gesagt?" Die Worte klingen hohl in meinem Kopf. „Du hast es verschwiegen, und du wunderst dich, dass ich wütend bin?"

Lena atmet tief ein. Ich höre das leichte Zittern in ihrer Stimme, als sie spricht. „Es ist kompliziert, Verena. Ich wollte es dir sagen, aber … es war nie der richtige Moment."

„Nie der richtige Moment?" Ich wiederhole ihre Worte, höhnisch. „Du hattest genug Gelegenheiten, Lena. Du hast es einfach nicht gesagt." Der Schmerz in mir brennt tiefer. „Nein, Lena, das reicht. Ich hab genug. Ich weiß nicht, was ich jetzt noch glauben soll." Die Worte kommen schneller, schärfer. „Ich bin nicht bereit, die zweite Geige zu spielen. Nicht neben einem Ehemann, von dem ich nichts wusste."

„Verena, bitte …" Lenas Stimme bricht. „Es tut mir leid. Lass es mich erklären …"

„Ich werde den Auftrag zurücklegen. Ich will nichts mehr von dir oder deiner Familie wissen." Meine Stimme ist hart. Ich drücke auflegen, lasse das Telefon auf den Tisch fallen.

Die Stille kehrt zurück, schwer, erdrückend. Ich starre auf das Telefon. In meinen Augen brennen Tränen, die ich weg zwinge. Aber der Schmerz bleibt. Das Bild von Lena und diesem Mann, wie sie lacht, schnürt mir die Kehle zu. Ich kann es nicht ausblenden. Der Schmerz bleibt.

Ein paar Tage verstreichen. Alles läuft mechanisch ab. Am Vormittag gehe ich nach unten, um die Post zu holen. Rechnungen, Werbung. Ich will den Stapel schon wegwerfen, als ich den schlichten, cremefarbenen Umschlag entdecke. Lenas Parfüm steigt mir in die Nase.

Mein Herz setzt aus. Ich halte den Brief in den Händen, wie gelähmt. Ein Teil von mir will ihn wegwerfen, ihn nicht öffnen. Aber meine Hände gehorchen mir nicht. Ich reiße den Umschlag auf, das Papier raschelt zwischen meinen Fingern.

Liebe Verena,

ich hoffe, dieser Brief erreicht Dich in einem Moment, in dem Du bereit bist, ihn zu lesen. Ich weiß, dass ich Dich verletzt habe, und dafür möchte ich mich von Herzen entschuldigen. Ich hätte es Dir gleich sagen sollen, aber ich habe es nicht geschafft, und das tut mir unendlich leid.

Der Mann, den Du gesehen hast, ist mein Ehemann, aber unsere Beziehung ist … kompliziert. Unsere Ehe war von Anfang an eine familienpolitische Entscheidung, keine aus Liebe. Die Gründe führen hier zu weit, doch wir lassen einander jede Freiheit und haben kein gemeinsames Leben. Ich habe Dir nichts davon erzählt, weil ich dachte, es sei nicht wichtig, weil ich Dich nicht belasten wollte. Das war ein Fehler, und ich sehe jetzt, wie sehr ich Dich damit verletzt habe.

Ich möchte Dir erklären, warum er bei mir war. Er war nur für einen kurzen Aufenthalt in Wien, und ich habe ihn eingeladen, bei mir zu übernachten, bevor er am nächsten Morgen weiterflog. Es war eine Entscheidung aus alter Gewohnheit heraus, nichts weiter. Oder vielleicht doch: Ja, wir haben miteinander geschlafen, wie wir das manchmal tun, wenn wir uns treffen. Ich will dir das nicht verheimlichen, obwohl (oder weil?) es nur Sex war und nicht Liebe. Ich verstehe jetzt, wie das auf Dich wirken musste, und ich kann Dir nicht genug sagen, wie sehr es mir leidtut, dass Du in so eine Situation geraten bist.

Ich möchte Dich nicht drängen, aber ich hoffe, Du kannst mir irgendwann verzeihen. Es war nie meine Absicht, Dich zu verletzen, Verena. Im Gegenteil, Du bedeutest mir sehr viel, mehr, als ich vielleicht zeigen konnte.

Ich respektiere Deine Entscheidung, den Auftrag zurückzulegen, auch wenn es mir weh tut. Aber ich hoffe, Du wirst dennoch darüber nachdenken, ihn weiterzuführen. Nicht für mich, sondern weil ich glaube, dass Du die Einzige bist, die das tun kann. Du bist die Einzige, der ich vertraue.

Wie auch immer Du Dich entscheidest, Verena, bitte glaube mir, dass es mir ernst ist mit dieser Entschuldigung. Ich möchte nichts weiter, als dass Du weißt, wie wichtig Du mir bist. Und wenn es irgendeinen Weg gibt, das Vertrauen zwischen uns wiederherzustellen, werde ich alles tun, um diesen Weg zu gehen.

Mit den besten Wünschen und der Hoffnung, dass Du mir irgendwann verzeihen kannst,

Lena

Ich lese den Brief. Einmal. Dann noch einmal. Die Worte hallen in meinem Kopf nach, und ich merke, wie sie mich berühren. Lena hat sich wirklich Mühe gegeben. Sie weiß, dass sie zu weit gegangen ist. Gut. Aber es ändert nichts.

Der Schmerz, den sie mir zugefügt hat, ist eine Sache. Aber der Fall – das ist die andere. Ich wollte den Auftrag zurücklegen, Lena weiß das. Jetzt bittet sie mich, weiterzumachen. Doch ohne ihre Hilfe führt das zu nichts. Und das weiß auch Lena.

Ich überlege, ob ich mir das wirklich noch einmal antun soll. Sie will lauter Dinge von mir, die ich eigentlich nicht geben kann. Eine Beziehung. Eine Lösung. Ich erwäge, mich einfach totzustellen. Aber da ist dieses Bild. Sie, im Palais an der Treppe. Wie eine Statue. Und die gelbe Rose, die rot sein soll. Verdammt.

Ich greife zum Telefon. Es dauert eine Weile, bis sie abhebt. „Verena?" Ihre Stimme ist vorsichtig, besorgt.

„Lena, ich habe deinen Brief gelesen." Meine Stimme bleibt ruhig. „Ich nehme deine Entschuldigung an. Aber das allein reicht nicht."

„Verena, ich …" Sie zögert. Sie weiß, dass ich nicht fertig bin.

„Hör zu." Meine Worte sind kühl, kontrolliert. „Ich war bereit, den Fall zurückzulegen. Du hast mich gebeten, ihn weiterzuführen. Also gut, ich mache weiter. Aber keine Ausflüchte mehr. Ich habe eine Menge Information auf dem Stick von der Polizei, aber die Verbindung zu deiner Familie kann ich ohne deine Hilfe nicht herstellen. Welche Rolle spielen zum Beispiel Hanna Beran und Gitti Novak in eurer Familiengeschichte?"

Am anderen Ende herrscht Schweigen. Ich lasse die Pause wirken, bevor ich nachsetze.

„Du erwähntest deine Mutter Hanna." Meine Stimme ist schneidend. „Besteht hier ein Zusammenhang? Kann sie helfen, den Fall aufzuklären?"

„Verena …" Ihre Stimme klingt gebrochen. „Es wird nicht einfach. Meine Mutter … sie blockt alles ab. Auch mir gegenüber, ich weiß nichts von ihren alten Geschichten. Wenn es welche geben sollte. Das muss alles zwanzig Jahre vor meiner Geburt gewesen sein."

„Das ist nicht mein Problem." Meine Stimme bleibt ruhig, aber bestimmt. „Sie scheint eine wichtige Zeugin diesem Fall zu sein. Ich bin hier nicht Polizistin, ich kann sie nicht einfach vorladen. Du musst sie zum Reden bringen. Das ist der einzige Weg."

Ein langes Schweigen. Dann seufzt sie leise. „Ich … ich werde es versuchen. Ich kann nichts versprechen."

„Gut." Ich nicke, obwohl sie es nicht sehen kann. „Gib mir Bescheid. So oder so. Und nicht erst zu Weihnachten."

Ohne ein weiteres Wort lege ich auf. Der Druck auf meiner Brust löst sich etwas, aber die Spannung bleibt. Jetzt hängt alles an Lena. Wenn sie ihre Mutter nicht zum Reden bringt, dann verschwinde ich aus dem Leben dieser merkwürdigen Frau. Und dann gibt es kein Zurück mehr.

Der Besuch bei der alten Dame

Wien-Zentrum, eine Woche später

Wir betreten Hanna von Ecksteins Wohnung, einen abgelegenen Teil des Palais, den sie allein bewohnt. Lena hat es dann doch geschafft, dass ihre Mutter uns empfängt. Die Räume wirken gedämpft elegant, doch das Alter des Mobiliars ist nicht zu übersehen. Die stoffbespannten Tapeten haben sich mit den Jahren verfärbt, ein handgeknüpfter Teppich dämpft unsere Schritte. Alles hier scheint Geschichten aus einer anderen Zeit zu tragen.

Die alte Dame sitzt kerzengerade auf dem Sofa, erhaben in einem schwarzen Seidenkleid, das weiße Haar kunstvoll hochgesteckt. Perlen schimmern um ihren Hals. Ihre Strenge ist spürbar, als wollte sie uns bewusst auf Distanz halten, auch wenn sie uns hergebeten hat.

Marie, das Hausmädchen, bringt Tee und Gebäck und verschwindet wortlos. Die Tür fällt leise ins Schloss, und die Stille, die folgt, ist unangenehm.

Hanna beobachtet uns mit einem kühlen Blick. Schließlich lehnt sie sich vor, ihre Stimme durchbricht die Stille. „Was wollt ihr von mir?" Ihre Worte sind knapp, emotionslos, ohne Raum für höfliche Floskeln.

Ich räuspere mich, versuche, einen höflichen Ton zu finden. „Frau von Eckstein, wir …"

„Sag doch einfach du", unterbricht sie mich mit einem spöttischen Lächeln. „Mit Leuten, die meine alten Geschichten kennen, bin ich nicht per Sie." Ihre Worte sind scharf, fast abweisend.

„Gut, Hanna: Es gibt zwei Personen, die eine Rolle gespielt haben: Gitti Novak und David Cormier." Ich halte kurz inne. „Und dann gibt es noch eine Frau namens Elke Schneider aus Leipzig. Sie scheint David ein paar Mal getroffen zu haben. Und dann gibt es noch ein Bindeglied, das ich noch nicht zuordnen kann."

Hannas Gesicht bleibt unbewegt, doch bei dem nächsten Namen verändert sich etwas. „Und dieses Bindeglied ist eine gewisse Hanna Beran."

Stille.

Hanna schließt die Augen, als müsse sie sich sammeln. Die Sekunden dehnen sich. Lena wird neben mir nervös. Dann öffnet Hanna die Augen wieder, ihre Stimme ist plötzlich zu laut, zu fest. „Hanna Beran? Nie gehört."

Sie lügt. Ihre Lippen zucken, ihre Stimme ist abweisend scharf, zu vehement.

Ich lasse es für den Moment fallen und schwenke um. „Und Gitti Novak? Sie war ja damals auch eine zentrale Figur."

Hanna zögert, hebt die Schultern. „Die Gitti Novak ... ja, die stand sogar in der Zeitung." Sie steht auf, geht zur Anrichte, und zieht gezielt einen vergilbten Zeitungsartikel hervor. „Da steht alles. Mehr weiß ich nicht."

Ich nehme den Artikel entgegen. „Wichtiger technischer Meilenstein zwischen Ost und West", lautet die Überschrift. Eine kurze Erwähnung von Brigitte N., David C., und einer Hanna B., die sich bei einem West-Ost-Deal verdient gemacht haben sollen. Kein Foto, kaum Details. Es ist alles so vage, dass es mir keine neuen Anhaltspunkte liefert.

Ich blicke zu Lena. Sie schüttelt fast unmerklich den Kopf, als wolle sie sagen: „Das reicht, hör auf." Doch ich spüre, dass uns etwas Entscheidendes fehlt.

„Danke für den Artikel", sage ich vorsichtig und lege ihn auf den Tisch zurück. „Aber ..." Ich will weiterfragen, doch Hanna unterbricht mich scharf.

„Das reicht. Ich habe euch gegeben, was ihr braucht. Jetzt ist es an euch, damit weiterzumachen." Ihre Stimme ist fest, unnachgiebig.

Marie erscheint wieder, sammelt das Teegeschirr ein – ein unmissverständliches Zeichen, dass es Zeit ist zu gehen.

Lena erhebt sich, und ich folge. Bevor wir gehen, stelle ich noch eine letzte Frage. „Und Elke Schneider? Nie gehört?"

Hannas Antwort kommt prompt. „Nie gehört."

Ich nicke, schlucke die Enttäuschung hinunter. „Danke für deine Zeit, Hanna."

„Ja, ja", murmelt sie nur und wendet sich ab.

Wir verlassen die Wohnung.

*

Lena starrt in ihre Teetasse, ihre Finger drehen sie unruhig hin und her. Die Bewegung ist so subtil, dass sie leicht zu übersehen wäre, aber ich merke es. Es ist nicht nur Nervosität – da ist auch ein innerer Kampf. Ich überlege ein weiteres Mal, einfach zu gehen. Doch je länger ich sie ansehe ... Es ist schwer, sich der Aura dieser so, stolzen, so verletzlichen, so schönen – ja, auch so schönen, ich muss schlucken – Frau zu entziehen.

„Du bist enttäuscht, nicht wahr?" Lenas Stimme ist leise, fast ein Flüstern.

Ich nicke, versuche, meine Worte zu finden. „Ja. Dieser Artikel … er bringt uns nichts. Alles, was wir wissen, führt ins Leere."

Lena schweigt. Ihre Augen bleiben auf die Tasse gerichtet, doch die Stille zwischen uns dehnt sich, füllt den Raum mit unausgesprochenen Gefühlen. Ich warte, gebe ihr Zeit.

Schließlich hebt sie den Kopf, ihre Augen glänzen leicht, und für einen Moment scheint es, als würde sie nach den richtigen Worten suchen. Dann atmet sie tief ein, ihre Stimme ist kaum mehr als ein Zittern. „Verena … ich habe etwas für dich."

Meine Augen folgen ihr, als sie aufsteht und den Raum verlässt. Ein Knoten zieht sich in meinem Magen zusammen. Ich weiß, was jetzt kommt, doch ein Teil von mir will es nicht hören. Als sie zurückkehrt, hält sie eine schlichte, vergilbte Flügelmappe in den Händen. Sie wirkt schwerer, als sie aussieht.

„Ich habe diese Urkunde gebraucht, als ich geheiratet habe." Ihre Stimme ist brüchig, als sie die Mappe öffnet. „Ich dachte, ich hätte sie längst vergessen, aber … schau." Sie reicht mir die Heiratsurkunde. Einen Augenblick krampft sich in mir alles zusammen. Geheiratet. Der Mann ist wieder da, die Berührung, ihr Lachen. Und das, was sie in ihrem E-Mail so heruntergespielt hat. Doch ich zwinge mich, ihr weiter zuzuhören. Ich habe einen Auftrag. Und … ja was, und? Konzentration, Verena. Arbeitsmodus. Gut.

Mein Blick fällt auf den entscheidenden Eintrag: „Mädchenname der Brautmutter: Hanna Beran."

Ich sollte schockiert sein. Doch es ist eher Erleichterung, die ich momentan verspüre. Ich starre auf die Zeilen, unfähig, sofort zu sprechen. Die Enthüllung stützt, was ich mir ohnehin schon zusammengereimt habe. Die einzig denkbare Verbindung zu den von Ecksteins. Den Rest finde ich schon noch raus.

„Beran …", flüstere ich, meine Stimme kaum hörbar. Der Name, der uns die ganze Zeit entgangen war, steht hier, schwarz auf weiß.

Lena sieht mich an, ihre Augen feucht. „Das ist der Name, unter dem sie geboren wurde. Und du weißt, was das bedeutet."

Ich atme tief ein. Lena hat sich mir gerade offenbart, ihre Mutter entblößt – und damit sich selbst. Das ist immerhin ein entscheidender Schritt. Ich wäge kurz die Implikationen ab. Eine weitere Nacht am Stick gibt das allemal her. Was dabei herauskommen wird …

„Also gut, Lena", sage ich nach einem Moment des Schweigens, „du willst wirklich die Wahrheit wissen?"

Lena zögert, und für einen Augenblick sehe ich die Unsicherheit in ihrem Blick, das Zögern, ob sie wirklich weitergehen will. „Ja", flüstert sie schließlich. „Aber …" Sie beißt sich auf die Lippe. „Ich habe dir diesen

Namen gegeben, damit ich nicht mehr zurückkann. Verena, ich … ich weiß und ich will, dass du jetzt nicht mehr lockerlassen wirst."

Ich nicke langsam. „Nein, das werde ich nicht. Aber du musst dir darüber im Klaren sein, dass das, was wir jetzt finden, nicht leicht zu verdauen sein wird. Ich weiß nicht, was alles ans Licht kommen wird, aber … es könnte noch schmerzhafter werden als das, was du jetzt schon weißt."

„Danke, Verena." Ihre Stimme ist leise, und ihre Hände zittern leicht, als sie die Mappe wieder schließt. Sie wirkt erschöpft, aber auch erleichtert, als hätte sie einen großen Schritt getan.

Ich stehe langsam auf. „Ich finde den Weg hinaus", sage ich sanft und nicke ihr aufmunternd zu. Sie bleibt still sitzen, ihre Augen folgen mir bis zur Tür.

Kurz bevor ich den Raum verlasse, drehe ich mich zu ihr um. Unsere Blicke treffen sich. „Gelbe Rose", sagt sie, versonnen, als ob sie in den Raum spräche. „Ja aber – er?", gebe ich zurück. „Ich kann nicht verlangen, dass du verstehst. Nur hoffen." Ich drehe mich wortlos um. War sie jetzt ehrlich? Oder schon jemals? Ist das nur eine neue Facette eines Spiels? Doch sie ist auch so verletzlich in ihrem Stolz.

Im Flur begegne ich Marie. Ihr Blick ist ruhig, fast wissend. „Machen Sie sich keine Sorgen, Frau Richter", sagt sie leise. „Ich kümmere mich um Lena." Sie stellt ihr ein Glas Wasser hin, dazu eine Tablette. Ich hoffe, Marie weiß, was sie tut.

Bei Markus

Wien-Favoriten, später am selben Tag

Draußen in der Kühle der Nacht komme ich nicht dazu, mich diesem Gedanken weiter zu widmen, denn ich stehe auf dem Gehsteig vor dem Palais und fröstle. Fahre ich jetzt nach Hause? Ich denke eine Weile nach, dann greife ich nach meinem Telefon und wähle auf gut Glück Markus' Nummer.

Es dauert ein paar Sekunden, bis er abhebt. „Ich weiß grad nicht, ob ich mich freuen soll, dass du anrufst. Um diese Uhrzeit kannst du nur etwas wollen, das mich meinen Nachtschlaf kosten wird."

Ich lächle, trotz der Kälte. Seine Stimme weckt sofort vertraute Erinnerungen in mir. „Du hast natürlich recht", sage ich zuckersüß, „aber mach dir keine Hoffnungen: Es ist das andere. Ich muss etwas mit dir bereden, und es wäre dringend."

Er lacht' leise, ein vertrautes, halb spöttisches Lachen, das ich immer mit ihm verbinde. „Hat man schon jemals davon gehört, dass bei dir etwas nicht dringend wäre?"

Ich rolle mit den Augen, obwohl er es nicht sehen kann. „Also gut", fährt er fort. „Komm her. Du erinnerst dich noch, wo ich hingezogen bin, nachdem du mich aus deiner Wohnung geworfen hast?"

„Ja, danke", antworte ich trocken, „immerhin hab ich deine Sachen dorthin geführt, statt sie einfach …"

Doch bevor ich den Satz beenden kann, höre ich nur noch das Besetztzeichen. Markus hat bereits aufgelegt.

Zehn Minuten später setzt mich das Taxi vor Markus' neuer – na ja, neuer? Das ist jetzt auch schon eine Weile her – Bleibe ab. Ein unscheinbarer Wohnblock im westlichen Teil von Favoriten. Türsummer, Lift, Glocke. Wo bleibt der so lange?

Markus steht schließlich in der Tür, nur in Shorts, und mustert mich, als hätte er jahrelang in einem Gulag gesteckt. Ich lächle in mich hinein, spiele ein wenig mit ihm. Als er die Türe hinter mir geschlossen hat, gehe ich auf ihn zu, schaue ihm tief in die Augen, lege ihm die Arme auf die Schultern und küsse ihn, lange. Er reagiert sofort, will mich näher zu sich ziehen, doch ich löse mich sanft, aber bestimmt.

„Wir haben zu arbeiten", sage ich ihm mit einem schiefen Lächeln, gehe an ihm vorbei. „Zieh dir ein T-Shirt an, sonst bist du morgen wieder krank."

Ohne auf seine Antwort zu warten, gehe ich in sein Arbeitszimmer, stelle mein Notebook auf den Schreibtisch und lasse mich in seinen Sessel fallen. Markus bleibt kurz stehen, sichtlich verwirrt, seufzt dann und zieht sich ein T-Shirt über. Schließlich schleppt er einen Stuhl aus dem Nebenraum herbei, setzt sich neben mich.

„So, und was liegt jetzt an, Chefin?", fragt er schließlich. Man muss ihn gut kennen, um die leise Enttäuschung in seiner Stimme zu erkennen. „Ich hoffe, wenigstens das lohnt sich."

Ich lehne mich im Sessel zurück, atme tief durch und schaue ihm in die Augen. „Du erinnerst dich an den Stick, den du mir gegeben hast?"

Markus' Blick verengt sich kurz, dann setzt er ein unschuldiges Lächeln auf. „Stick? Keine Ahnung, wovon du sprichst. Aber wo immer du den her hast: Ich kann dir ja trotzdem dabei helfen, deine Gedanken zu sortieren. Früher hat das ja auch hervorragend funktioniert."

Ich grinse, schiebe den Stick näher zu ihm hin. Er lügt, und wir beide wissen es. Aber ich brauche ihn, und er weiß das auch. „Stimmt. Aber diesmal ist es wichtig. Wirklich."

„Wichtig ist es bei dir immer", murmelt er, während er den Stick in die Hand nimmt. „Also, worum geht's?"

„Die Spuren führen in Richtung illegale Exportgeschäfte, Machenschaften der Stasi, und …" Ich lasse eine bedeutungsvolle Pause „… drei junge Frauen, von denen zwei als die Tote in Frage kommen."

Markus zieht eine Augenbraue hoch, der Hauch eines Lächelns auf seinen Lippen. „Jetzt wird's interessant. Was ist mit der dritten?"

„Die dritte ist Hanna Beran. Ich habe gerade herausgefunden, dass das die heutige Hanna von Eckstein ist, Lenas Mutter. Die können wir also als Leiche ausschließen."

Markus pfeift durch die Zähne. „Da ist ja der Fall ja schon so gut wie gelöst. Also, was willst du von mir?"

Ich verdrehe die Augen. „Denk an die alten Zeiten, wo du und ich gemeinsam …" Ich schenke ihm diesen speziellen Blick, er wagt es, einen Augenblick lang mein Knie zu berühren. Gut. „Wir müssen herausfinden, wie tief Hanna Beran in das Ganze verstrickt war und was das für uns bedeutet." Ich werde wieder sachlich, starte das Notebook und öffne die Dateien. „Wir haben hier eine Menge Puzzleteile, die sich langsam zu einem Bild zusammensetzen. Ich denke, du könntest einige Verbindungen sehen, die mir bisher entgangen sind."

Markus beugt sich vor, sein Blick intensiver. „Okay, dann lass uns mal schauen, was wir hier haben."

Gemeinsam scrollen wir durch die alten Dokumente, Notizen und Zeitungsartikel. Alles, was wir bisher für nebensächlich hielten, bekommt eine neue Bedeutung. Hanna – die Frau im Schatten – wird immer greifbarer, als hätten wir plötzlich einen Schlüssel zu ihren Geheimnissen gefunden.

„Hier", sagt Markus plötzlich und deutet auf eine Notiz, die ich übersehen habe. „Das hier ist interessant."

Ich lehne mich zurück, denke nach. „Vielleicht war das der Moment, an dem alles eskalierte."

Markus nickt, während er weiterhin die Dokumente durchsieht. „Okay", sagt er langsam. „Und was jetzt? Wollen wir da noch tiefer rein?"

Ich schaffe es nicht mehr, das Spiel mit ihm fertig zu spielen. Ich lege jetzt meine Hand sachte auf sein Knie: „Markus, ich fahr nachher nicht mehr heim. Aber jetzt komm, ich brauch dich hier wirklich."

Die Steine rollen

In den Westen

In einem Zug nahe Leipzig, Juni 1974

Elke Schneider atmete tief durch, als der Zug in Probstzella zum Stehen kam. Der Lautsprecher kündigte in scharfem Ton den bevorstehenden Grenzübertritt an, Türen wurden mit metallischem Ruck geöffnet. Draußen warteten uniformierte Beamte, und die Reisenden begannen, in Richtung des Kontrollgebäudes zu strömen.

Wie Werner ihr vor der Abreise geraten hatte, trug sie ein strenges graues Kostüm: den Rock bis übers Knie, dazu eine hellgraue Bluse und einen eng taillierten Blazer, unauffällige helle Strümpfe und schwarze halbhohe Pumps. Ein graues Schiffchen, das sie in ihrem blonden aufgesteckten Haar trug, verstärkte die beabsichtigte Wirkung ihrer Kleidung: Es sollte so aussehen, wie wenn normalerweise uniformierte Personen zivil tragen. Sie solle auch darauf achten, an der Grenze nicht nach Parfum zu riechen, sondern einen dezenten Hauch von Seife verströmen. Sie wusste zwar nicht, ob das half, aber sie hatte sich eine halbe Stunde vor Ankunft im Bahnhof in der Zugtoilette noch einmal frisch gemacht und reichlich verdünntes Seifenwasser aus Diplom-Seife Sorte Rosé aufgetragen. Es würde schon schiefgehen, dachte sie, als sie Koffer und Handtasche packte und über die hohen Trittbretter vom Zug auf den Bahnsteig stieg. Dass die bewaffneten Männer sie unverhohlen anstarrten, ignorierte sie, so gut es ging.

Der Auffangbereich im Inneren des Gebäudes war bereits überfüllt. Eine Menschenmenge drängte sich vor dem Kontrollgang, jeder wartete ungeduldig darauf, die umfangreichen Kontrollen von Reisegepäck und Unterlagen über sich ergehen zu lassen. Bisweilen wurde auch eine Leibesvisitation vorgenommen, bevor es auf den Bahnsteig am anderen Ende des Gebäudes ging, wo der Zug Richtung Nürnberg bereits zur Abreise bereitstand. Die Luft war stickig, erfüllt von gedämpftem Murmeln und dem gelegentlichen Rufen eines Beamten. Elke nahm die Szenerie in sich auf, bevor sie den Auffangbereich links liegen ließ und sich entschlossen auf den Nebeneingang des Gebäudes zubewegte.

Sie hatte kaum ein paar Schritte aus der Reihe getan, als sie von einem der Grenzbeamten gestoppt wurde. „Bürgerin, was haben Sie hier zu suchen? Sie befinden sich unbefugt in einem Sperrgebiet! Zur Abfertigung geht's da lang, außer Sie haben es sich anders überlegt." Er sah sie mit einem finsteren Blick an, deutete auf die Schlange in und vor dem Auffanggebäude, und seine Hand lag bereits am Abzug seiner halbautomatischen Waffe.

Elke hielt inne, ihr Herzschlag blieb ruhig. Mit einer geschmeidigen Bewegung zog sie ihren Dienstpass aus der Tasche und hielt ihn dem Beamten direkt vor die Nase. „Vielleicht schauen Sie sich das besser einmal an."

Der Beamte blinzelte, Unsicherheit flackerte in seinen Augen, als er den Pass entgegennahm und auf das Dokument starrte. Er öffnete den Pass und seine Verblüffung war deutlich sichtbar, als er die Bedeutung der Stempel und Unterschriften erkannte. „Nichts für Ungut, Genossin", begann er schon viel weniger forsch. Elke unterbrach ihn, ihre ansonsten so fröhliche Stimme hatte plötzlich etwas Schneidendes.

„Muss ich mich hier wirklich mit Ihnen aufhalten, oder bringen Sie mich zu dem, der hier das Sagen hat und für eine SP-Abfertigung sorgen kann?", fragte Elke kühl und ließ den Beamten keinen Zweifel daran, dass sie keine Geduld für Verzögerungen hatte. Das Wort ‚SP-Abfertigung' hatte ihr Werner mit auf die Reise gegeben, er meinte, das würde Türen öffnen und Schikanen vermeiden. Nun, was hatte sie schon zu verlieren?

„Natürlich, Genossin. Bitte … folgen Sie mir", murmelte er schließlich und wies in Richtung des Nebeneinganges. „Bitte noch einmal um Entschuldigung, es kommt nicht oft vor, dass Personen mit Ihrem Status hier durchkommen."

Elke kommentierte das nicht. Sie folgte dem Soldaten durch den Nebeneingang und ließ die Menge der Wartenden hinter sich. Der Korridor führte zu einem Büro im hinteren Bereich des Gebäudes, fernab des Gedränges und der stickigen Luft. Vor der Tür des Büros blieb der Soldat stehen und klopfte zögerlich an. Elke konzentrierte sich, jetzt würde der anstrengende Teil beginnen. Derartiges Schauspiel war auch Teil ihres Berufes, doch hier war der Einsatz deutlich höher, wenn es schiefging.

„Herein!", rief eine tiefe Stimme, und der Soldat öffnete die Tür. Drinnen saß ein Mann mittleren Alters hinter einem großen, ordentlichen Schreibtisch, die Kappe mit dem Grenztruppenabzeichen lag ordentlich auf der Tischplatte. Er erhob sich, als Elke eintrat, und sein Gesicht zeigte eine Mischung aus Respekt und professioneller Zurückhaltung. „Das ist Genossin Elke Schneider", meldete der Soldat. „Dem Anschein nach im Dienst mit Anspruch auf SP-Abfertigung."

„Guten Tag, Frau Schneider", begrüßte der Leiter der Grenzübergangsstelle sie, während der Beamte sich hastig zurückzog. „Setzen Sie sich doch." Er wandte sich dem Soldaten zu. „Wegtreten, Stabsgefreiter. Gute Arbeit."

„Guten Tag, Oberst." Elke nahm das Angebot an und setzte sich auf den Stuhl vor dem Schreibtisch. „Danke. Ich nehme an, Sie wissen, dass ich es eilig habe", sagte sie und ließ keinen Zweifel daran, dass sie nicht länger als nötig hierbleiben wollte.

„Natürlich, das lässt sich schnell regeln", antwortete der Leiter und schenkte zwei Tassen Tee ein, die auf einem Tablett bereitstanden. Er reichte ihr eine Tasse und setzte sich dann wieder.

„Eine außergewöhnliche Reise", bemerkte der Leiter, während er den Tee umrührte. „Es ist nicht alltäglich, dass wir jemanden wie Sie hier durchleiten."

„Das glaube ich gerne", antwortete Elke, nahm einen Schluck und lehnte sich zurück. Sie ließ den Blick durch das Büro schweifen, ohne zu viel Aufmerksamkeit auf den Grenzoffizier zu richten. Ihre Gedanken kreisten, doch sie bewahrte eine ruhige Fassade. Konzentration, Elke.

„Wohin geht die Reise?, fragte er schließlich, mehr um die Zeit zu überbrücken. Elke sah ihn von unten her an. „Verdeckte Operation", antwortete sie. Der Mann nickte, das war zu erwarten gewesen.

In diesem Moment trat ein zweiter Offizier wieder ins Zimmer, salutierte vor Elke. „Genossin. Herr Oberst", nickte seinem Vorgesetzten fast unmerklich zu und gab Elke ihren Pass zurück. Die steckte ihn mit einer beiläufigen Bewegung in ihre Handtasche, als ob sie täglich derartige Abfertigungen erleben würde. „Kümmern Sie sich um das Gepäck der Genossin. Haben Sie schon einen Sitzplatz im Folgezug, Frau Schneider?" Elke reichte ihm ihre Platzkarte. „Wagen 3, Platz 24A". Der Beamte salutierte und verließ das Büro.

Kurz darauf tauchte ein junger Offizier im Raum auf, sichtlich unzufrieden mit seiner Aufgabe, doch ohne Widerspruch nahm er den Koffer. „Wenn Sie schon mich nicht grüßen können, Leutnant, aber der Genossin Schneider, die zum Wohl unserer Republik die Strapaze einer Westreise auf sich nimmt, könnten Sie schon Respekt erweisen. Ihr Benehmen wird ein Nachspiel haben." Der junge Mann erstarrte. Dann nahm er Haltung an, salutierte, stotterte zunächst ein „Freundschaft, Genossin" in Elkes Richtung und salutierte dann noch einmal zackig. „Herr Oberst", sagte er dazu.

Elke konnte das Schmunzeln kaum noch unterdrücken. „Schon gut, Leutnant, ich weiß jetzt, dass ich hier eine absolute Ausnahme bin. Machen Sie es wieder gut, indem Sie mit dem Gepäck weitermachen. Wagen 3, Platz 24A, falls Sie es überhört haben." „Danke, Genossin, sofort, Genossin". Damit nahm er Elkes Koffer und strebte dem Ausgang des Büros zu.

Elke schmunzelte jetzt offen, nickte dem Grenzleiter zu, war ihm noch ein strahlendes Lächeln und ein „Freundschaft, Herr Oberst. Ich werde Sie in meinem Reisebericht lobend erwähnen" zu und verließ das Büro des brüskierten Offiziers. Der schnappte erst mal nach Luft, ging zum Wandschrank, schenkte sich ein großes Glas russischen Wodkas ein, stürzte es in einem Zug hinunter und sann die nächste halbe Stunde darüber nach, wie er den Leutnant dafür bestrafen würde, dass dieser ihn derart vor dieser jungen Frau blamiert hatte. Eine Frau, ausgerechnet.

Draußen strömten die Reisenden immer noch in die Abfertigungshalle, während Elke von dem missmutigen Offizier direkt zu ihrem Zug eskortiert wurde. Als sie schließlich in ihrem Abteil saß, das sich allerdings in seiner Schäbigkeit wenig von einem ostdeutschen Zugabteil unterschied, und der Zug anrollte, gönnte sie sich ein kurzes, zufriedenes Lächeln. Die Anspannung fiel von ihr ab, Wien war in greifbarer Nähe, und alles lief genau nach Plan.

Elke lehnte sich auf der Sitzbank des Zugabteils zurück, als sie realisierte, dass sie tatsächlich im Westen war. Der Zug rollte gemächlich die lange Frankenwaldrampe hinunter, während die Sonne sich allmählich einen Weg durch den Dunst über den Hügeln bahnte. Die Landschaft zog wie ein Film an ihr vorbei – Wälder, Wiesen, vereinzelt kleine Dörfer, die in der Ferne auftauchten und wieder verschwanden. Das monotone Rattern der Räder lullte sie fast in eine Art Trance, doch in ihrem Inneren arbeitete es. Sie bereitete sich geistig auf die Komplikationen vor, die das Umsteigen in Nürnberg, die Einreise nach Österreich und die Ankunft in Wien bereiten könnten. Sie vertraute zwar auf ihre Dokumente, die ihr in Leipzig ausgestellt worden waren, aber die Ungewissheit, die jedes unbekannte Terrain mit sich bringt, nagte dennoch an ihr. Doch dass es in Probstzella so gut gelaufen war, gab ihr Selbstsicherheit. „Unsere eigenen Leute sind deine größte Herausforderung", hatte ihr Werner mit auf den Weg gegeben. „Wenn du einmal im Westen bist, achte darauf, dass du konzentriert bleibst, dort schaut vieles einfacher aus, als es dann doch ist."

Als der Zug in Nürnberg einfuhr, wurde sie von einem Gefühl der Anspannung und zugleich der Neugier erfasst. Sie verließ den Zug und trat hinaus in die Welt des Westens. Der Bahnsteig war belebt, Menschen hasteten geschäftig umher, als wären sie in einem eigenen Rhythmus gefangen, einem, den sie nicht verstand. Niemand achtete auf sie, niemand stellte Fragen. Es war, als wäre sie unsichtbar, ein Schatten unter vielen. Diese Freiheit, so ungewohnt und fremd, machte ihr ebenso Angst, wie sie sie befreite. Ihre Augen wanderten über die Geschäfte und Auslagen im Bahnhof, die im hellen Licht der Schaufensterlampen glitzerten. All diese Waren, die es im Osten nicht gab, die Fülle, die Vielfalt – es war überwältigend. Sie konnte der Versuchung nicht widerstehen, ein bisschen von dem Westgeld, das sie hatte, für ein paar Süßigkeiten auszugeben. Die Frau an der Theke nahm ihre Wünsche mit geschäftsmäßiger Gleichgültigkeit entgegen, nahm ihren Zehnmarkschein, gab ihr Wechselgeld heraus. „Wer bekommt bitte?"

Die Zeit verging wie in einem Traum, bis sie schließlich in den Schnellzug nach Wien stieg. Erneut war sie erstaunt über die Gleichgültigkeit der Menschen um sie herum. Niemand forderte ihre Fahrkarte, kein Schaffner, kein Polizist erschien, um sie zu kontrollieren. Sie hielt das Stück Papier unsicher in der Hand, bereit, es auf Verlangen vorzuzeigen, aber es schien niemanden zu interessieren. Das war der Westen, dachte sie bei sich, ein Ort, an dem die Menschen in einer Freiheit lebten, die sie bisher nur aus Geschichten kannte.

Als der Zug die österreichische Grenze erreichte, stieg ihre Nervosität wieder an. Die Landschaft hatte sich verändert, die Hügel waren sanfter, das Licht weicher. Der Grenzbeamte, der ihren Waggon betrat, warf nur einen flüchtigen Blick auf ihren Pass, als sie ihn ihm reichte. Er musterte sie kurz, sein Blick war routiniert, fast gelangweilt, dann wandte er sich dem Mann neben ihr zu, fragte ihn nach zu verzollenden Waren. Elke hielt den Atem an, klammerte sich an ihren Pass, als wäre er ihre letzte Verbindung zu der Welt, die sie gerade hinter sich ließ. Doch der Grenzer verschwand ohne weitere Fragen, und nach einer halben Stunde begann sie zu begreifen, dass das wirklich alles gewesen war – keine weiteren Kontrollen, keine unangenehmen Fragen, kein Verhör. Die Spannung, die ihren Körper die ganze Reise über in einem starren Griff gehalten hatte, ließ allmählich nach. Sie lehnte sich zurück, sah hinaus in die vorbeiziehende Landschaft und atmete erleichtert auf.

Die Zeit verstrich, der Zug hielt in österreichischen Städten, deren Namen einen für sie ungewohnten Klang hatten. Nach Wels kam schließlich ein Schaffner vorbei, markierte ihre Fahrkarte mit einer Schaffnerzange und wünschte ihr eine gute Reise. Diese einfache, freundliche Geste brachte ihr die Unterschiede zwischen dem Osten und dem Westen schmerzlich vor Augen. Hier, in dieser neuen, fremden Welt, war sie eine Reisende wie jede andere, ein Gast, dem man mit Höflichkeit begegnete. Doch diese Höflichkeit machte ihr auch klar, wie sehr sie ihr vertrautes Leben hinter sich gelassen hatte.

Als der Zug nach langsamer Fahrt über die imposanten Wienerwaldbrücken endlich in die Weite der Stadt eintauchte, stieg eine unbändige Aufregung in ihr auf. Wien – eine Stadt, von der sie so viel gehört hatte, die in den Erzählungen ihrer Eltern und Großeltern stets eine mystische, fast unwirkliche Rolle gespielt hatte. Und nun würde sie diese Stadt nicht nur sehen, sie würde sie mit eigenen Augen erleben. Doch es war nicht nur die Stadt, die dieses Kribbeln in ihr auslöste. Es war David. Der Gedanke an ihn, der auf sie wartete, ließ ihr Herz schneller schlagen. Sie stellte sich vor, wie er dort am Bahnsteig stehen würde, auf sie wartend, seine Augen suchend in der Menge, bis sie sich endlich fanden. Sie stellte sich vor, wie er sie in die Arme schließen würde, ihre lange Trennung endlich beendet, und wie sie gemeinsam in diese unbekannte Stadt eintauchen würden.

Als der Zug schließlich im Wiener Westbahnhof zum Stehen kam, konnte Elke kaum still sitzen. Sie griff nach ihrem Gepäck, spürte das Klopfen ihres Herzens in der Brust, als sie auf den Bahnsteig hinaustrat. Die Luft war erfüllt von den Geräuschen einer pulsierenden Stadt, die Hektik der Reisenden um sie herum verschmolz zu einem einzigen, gleichmäßigen Klang. Doch sie sah nur in eine Richtung, suchte mit den Augen nach dem Mann, den sie liebte. David war hier, das wusste sie, und in diesem Moment erschien ihr alles andere unwichtig. Sie war in Wien, sie war frei, und sie war bei ihm.

Als Elke endlich Davids vertraute Gestalt in der Menge ausmachte, konnte sie sich kaum noch zurückhalten. Er wartete am Ende des Bahnsteigs, ein warmes Lächeln auf den Lippen, und als er sie endlich in seine festen Arme schloss, ließ sie sich ganz fallen. Minutenlang standen sie mitten in der Menschenmenge und küssten sich, als ob die Welt um sie herum nicht mehr existierte. Tränen liefen ihr die Wangen hinunter, als er sie endlich freigab.

„Willkommen in Wien", sagte David sanft, als er sich von ihr löste. Er nahm ihren Koffer, hob ihn mühelos hoch, und dann griff er nach ihrer Hand. „Wie wäre es, wenn wir zuerst etwas essen gehen? Oder möchtest du lieber gleich nach Hause?"

Elke, noch immer überwältigt von den Emotionen des Wiedersehens, schüttelte den Kopf. „Ich bringe keinen Bissen runter", gestand sie, ihre Stimme noch ein wenig belegt. „Wie weit ist es denn zu dir?" David lächelte beruhigend, nahm ihren Koffer ohne ein weiteres Wort und griff dann nach ihrer Hand. „Keine Sorge, es ist nicht weit. Etwa zehn Minuten zu Fuß. Wir gehen einfach gemütlich, ja?"

Als sie durch die belebten Straßen Wiens schlenderten, blieb David plötzlich stehen. Mit einem schelmischen Lächeln auf den Lippen deutete er auf das kleine Schiffchen, das Elke in ihrem Haar trug. „Elke, das Schiffchen … so etwas trägt hier niemand. Du stichst damit heraus wie in einem Weihnachtsmannkostüm im Sommer."

Elke errötete leicht, griff instinktiv nach dem Schiffchen, um es fester zu setzen, hielt dann aber inne. Für einen Moment war sie verwirrt, bis sie begriff, dass es hier nicht um Auffallen im Sinne von „von der Polizei bemerkt werden" ging, sondern um Stil und Anpassung an die westliche Mode. Sie lachte leise, nahm das Schiffchen ab und verstaute es in ihrer Tasche. „Danke", sagte sie sanft. „Ich lerne wohl noch, was hier wichtig ist."

Sie erreichten die Stumpergasse, eine ruhige, schmale Straße unweit der belebten Mariahilferstraße. Die Abenddämmerung hatte sich bereits über die Stadt gesenkt, und das Licht der Laternen warf lange Schatten auf das Kopfsteinpflaster. David führte sie zu einem eleganten Gründerzeithaus, in dem er wohnte. Die alten, schweren Holztüren schienen das Flüstern vergangener Zeiten in sich zu tragen, und Elke spürte eine Mischung aus Aufregung und Ehrfurcht, als sie eintraten.

Drinnen herrschte eine angenehme Kühle, die sie sofort willkommen hieß. Sie stiegen die Treppen hinauf, David immer einen Schritt voraus, der ihren Koffer mühelos trug. Elke fühlte sich wie in einem Traum, so surreal war das alles für sie.

Als sie schließlich die Wohnung betraten, ließ David den Koffer sanft auf den Boden sinken und schloss die Tür hinter ihnen. Elke, die sich noch immer wie in einem Märchen fühlte, konnte sich kaum zurückhalten, ihn erneut zu umarmen. „Ich … Ich muss kurz unter die Dusche", sagte sie mit einem Lächeln, das mehr wie ein Aufatmen klang.

David lachte leise. „Natürlich. Das Bad ist gleich hier drüben." Er zeigte auf eine Tür, die in ein kleines, aber feines Badezimmer führte.

Elke verschwand im Bad, und das Rauschen des Wassers mischte sich mit dem leisen Summen der abendlichen Stadt. Wenig später, als sie frisch geduscht und mit noch feuchtem Haar ins Schlafzimmer trat, lag David bereits auf dem Bett, die Arme hinter dem Kopf verschränkt, und lächelte ihr zu.

„Komm her", sagte er leise, und Elke zögerte keinen Moment. Sie schlüpfte zu ihm ins Bett, und für einen Augenblick war es, als hätten sie nie getrennte Wege gehen müssen. Die Welt draußen schien zu verschwinden, als sie sich in seinen Armen verlor.

Erst um zehn Uhr, als der Hunger sie wieder in die Realität zurückholte, beschlossen sie, noch etwas Kleines zu essen. Elke wirkte kurz unsicher, als sie einen Blick in ihren Koffer warf, um sich etwas zum Anziehen herauszusuchen. David trat hinter sie, warf ebenfalls einen kurzen Blick auf ihre Kleidung und schüttelte leicht den Kopf. „Ich wollte dich erst morgen damit überraschen", sagte er mit einem Lächeln, „aber ich kann sowieso nicht erwarten, dich in den Sachen zu sehen."

Er ging zum Schrank und holte einen großen Sack hervor, den er ihr mit einem augenzwinkernden Lächeln reichte. „Ich habe dir etwas gekauft. Lass dir Zeit, such dir etwas aus, worin du dich wohlfühlst. Ich hoffe, es passt, und ich bin neugierig, was du draus machst."

Elke warf einen Blick in den Sack und sah sofort, dass es neue, modische Kleidung war. Ein Strahlen überzog ihr Gesicht, und sie fiel David erneut freudig um den Hals. „Danke, David", flüsterte sie, bevor sie ihn bat, sie kurz allein zu lassen.

Zwanzig Minuten später trat sie aus dem Schlafzimmer, gekleidet in einen Jeansrock, ein Glitzertop und eine passende Denim-Jacke. Ihre Beine waren nackt, und an den Füßen trug sie modische Plateausandalen mit Korksohlen. David war begeistert, als er sie sah, und sein Lächeln verriet, dass sie seine Erwartungen übertroffen hatte. „Kompliment, du bist von einer Wiener Studentin nicht mehr zu unterscheiden", sagte er fröhlich. „Komm, wir gehen nur runter in das Kaffeehaus, dort gibt es um diese Zeit wenigstens noch Kleinigkeiten zu essen".

Als sie das Gebäude verließen, bemerkten sie nicht, dass eine Gestalt sie aus einer Nische im Parterre beobachtete. Neugierig folgten die Augen der Gestalt dem frisch verliebten Paar, das die Straße hinunterging. Mit einem spitzbübischen Lächeln auf den Lippen trat die Gestalt wieder ins Dunkel zurück und verschwand leise in der Tiefe des Hauses.

> *Markus: Was für ein Stunt, das in Probstzella. Und jetzt ist sie jedenfalls in Wien und damit im Kreis der möglichen Kellerleichen.*
>
> *Verena: Wie du jetzt rein zufällig feststellst, Partner. Aber wieso Stunt?*
>
> *Markus: Weißt du, was Probstzella war? Das war ein Brennglas des DDR-Grenzregimes, dort wurde immer wieder einmal auch scharf geschossen. Der Soldat, dem sie den Pass so nonchalant unter die Nase gehalten hat, hatte sicher einen Schießbefehl. Und der Kommandant hatte eine Taste in seinem Büro, mit dem er den Westzug im Notfall in ein Schotterbett hätte ablenken können. Wurde aber meines Wissens nie gedrückt.*
>
> *Verena: Und wieso weißt du das alles, Markus?*
>
> *Markus: Wikipedia und eine Doku im Fernsehen.*
>
> *Verena: Das ist nicht die Antwort auf meine Frage, Partner.*

Desillusionierung

Wien-Mariahilf, am darauffolgenden Montag

Elke schreckte auf, als ein Schlüssel sich im Schloss drehte und Schritte im Flur zu hören waren. „David?", rief sie hoffnungsvoll und sprang auf, doch als sie zur Tür lief, stand da keine vertraute Gestalt. Eine Frau trat ein – elegant, selbstbewusst, mit einem Lächeln, das Elke sofort ein mulmiges Gefühl bescherte.

„Wer sind Sie?", fragte Elke verwirrt, als die Frau die Tür schloss und ihr den Blick zuwandte.

„Brigitte Novak, aber für Freunde bin ich Gitti", sagte die Frau mit einem charmanten, fast zu lockeren Lächeln. „Und wer bist du, sächselnde Schönheit?"

„Elke … Elke Schneider", erwiderte sie zögerlich und streckte ihre Hand aus. „Aus Deutschland."

„Ah, Elke Schneider, Deutschland also." Gitti griff ihre Hand, drückte sie leicht und ließ sie dann wieder los, wobei sie Elke musterte. Ihr Blick wanderte schnell über Elkes Figur, ihr Gesicht, als würde sie alles mit einem abschätzenden, beinahe neugierigen Blick kategorisieren. Hübsch, naiv, Ostblock, war ihr erstes Urteil. Sehr hübsch. Fragte sich nur, was die hier halbnackt in Davids Bett machte. Nun, das würde sie gleich wissen.

„Deutschland? Na, Hamburg oder München können wir schon mal ausschließen", meinte Gitti mit einem leichten Lächeln. Elke reagierte nicht. Gitti ließ sich nicht beirren, beugte sich leicht vor und sprach leise, aber mit einem provokanten Unterton weiter: „Aus manchen Teilen Deutschlands ist es gar nicht so einfach, hierherzukommen, hab ich gehört."

Elke erwiderte nur ein knappes Lächeln und wich Gittis Blick aus.

„Und, Elke? Wie habt ihr euch kennengelernt? Eine zufällige Begegnung?"

„Ja, könnte man so sagen", antwortete Elke zögerlich, „wir sind uns auf einer Veranstaltung begegnet und … haben uns einfach gut verstanden."

Gitti hob eine Augenbraue, und ihre Lippen kräuselten sich zu einem spöttischen Lächeln. „Verstehe. David ist ja nicht gerade der Typ, der sich auf Anhieb an jemanden bindet. Du musst ja etwas ganz Besonderes haben."

Elke spürte, wie sich ihre Nackenhaare aufstellten, und versuchte, sich nichts anmerken zu lassen. „Wir verstehen uns einfach gut", sagte sie, etwas defensiver als gewollt.

„Natürlich, David hat immer einen guten Geschmack gehabt." Gitti ließ ihre Augen absichtlich über Elke wandern, während sie sich mit einer geschmeidigen Bewegung in einen Sessel gleiten ließ. „Und du … hast dir schon ein bisschen Wien angeschaut?"

Elke nickte, froh, dass das Gespräch scheinbar auf neutraleres Terrain wechselte. „Ja, gestern haben wir den Prater besucht und den Stephansdom gesehen. Es war wirklich schön."

„Und heute? Einfach hier in der Wohnung rumhocken? Das muss doch langweilig sein." Gitti beugte sich vor, ihr Blick scharf und durchdringend. „Hier im Westen ist es doch so einfach, rauszugehen und die Sonne zu genießen. Oder hindert dich etwas daran?" Ein zuckersüßes Lächeln erschien auf ihrem Gesicht, während sie Elke wie ein Raubtier musterte.

Elke spürte, wie ihre Geduld zu zerreißen begann. Sie hob den Kopf und antwortete etwas schärfer, als sie es vorhatte: „Also gut, es ist Leipzig. Aber glaub nicht, dass wir die Stasi fragen müssen, ob wir spazieren gehen dürfen."

Gitti schien nicht überrascht zu sein. Na also. Wahrscheinlich eine Messehure. War er nicht im März drüben gewesen? Aber dass David so blöd ist, sie hierher einzuladen? Na, vielleicht doch nicht.

Sie hob nur eine Augenbraue und musterte Elke mit einem halb belustigten, halb anerkennenden Blick. „Leipzig, hm?" Sie lehnte sich zurück, als hätte sie gerade eine wichtige Erkenntnis gewonnen. „Und was hindert dich dann, rauszugehen?"

Elke zögerte, dann wurde ihre Stimme kleinlaut. „Ich … hab keinen Wohnungsschlüssel gefunden."

Ein kurzes Schweigen entstand, bevor Gitti leise lachte. „Oh, David, dieser Schussel." Sie schüttelte leicht den Kopf. „Hat er dich wirklich den ganzen Tag hier eingesperrt?" Dann griff sie in ihre Tasche und zog einen Schlüssel hervor. Sie hielt ihn zwischen Daumen und Zeigefinger, ließ ihn absichtlich einen Moment in der Luft baumeln, bevor sie ihn Elke mit einem bedeutungsvollen Blick entgegenstreckte. „Hier, nimm meinen. Du wirst schon nicht mit der Einrichtung abhauen."

Elke nahm den Schlüssel dankbar entgegen, aber Gitti war noch nicht fertig. Sie zog einen Hundert-Schilling-Schein aus ihrer Handtasche und hielt ihn Elke vor die Nase. „Und hier, den wirst du brauchen. Mit Ostmark kommst du hier nicht weit."

Elke starrte den Schein an, unsicher, ob sie wütend oder dankbar sein sollte. Sie entschloss sich dann für dankbar, im Kühlschrank war jedenfalls auch nicht viel. „Danke, Gitti", sagte sie, und bemühte sich, ein wenig demütig rüberzukommen. Auf das standen Westler. Vermutlich auch weibliche.

Gitti ließ den Schein schließlich auf den Tisch fallen, stand auf und musterte Elke ein letztes Mal mit einem unergründlichen Blick. „Mach dir einen schönen Tag, sächselnde Schöne aus Leipzig." Ihre Stimme war warm, doch darunter lag eine scharfe Kante, die Elke nicht ignorieren konnte. „Ach, und bevor ich's vergesse – David ist ein guter Mann, weißt du? Vielleicht etwas zu gut für manche. Aber na ja, das wirst du sicher bald selbst herausfinden." Sie zwinkerte, ein Lächeln spielte auf ihren Lippen, dann drehte sie sich um und verließ die Wohnung mit einem selbstbewussten Schwung. Doch Messehure, dachte sie. Aber … hey, Oberklasse. Drunter machte es David auch nicht. Passt.

Die Tür fiel leise ins Schloss, und Elke stand einen Moment lang reglos da, den Schlüssel in der einen Hand, den Hundert-Schilling-Schein in der anderen. Ihr Herz schlug schneller, die Begegnung hatte etwas in ihr ausgelöst, das sie nicht genau benennen konnte – war es Ärger, Verunsicherung oder etwas anderes?

Verena: Eifersucht ist eine Leidenschaft, die mit Eifer sucht, was Leiden schafft.

Markus: Ex-innen können das besonders gut, wenn der Brand noch nicht ganz gelöscht ist.

Verena: Soll ich jetzt gehen?

Markus: Schaffst du nicht, dazu bist du zu neugierig – Partnerin.

Am Frachtenbahnhof

Wien-Brigittenau, gegen Mittag

David lehnte sich in den abgenutzten Ledersitz des schwarzen Mercedes-Taxis zurück, das sich knatternd und ratternd durch das unwegsame Gelände des Frachtenbahnhofs in der Brigittenau kämpfte. Bei jedem Beschleunigen stieß das Fahrzeug das dumpf dröhnende Geräusch defekter Zündnadeln aus, begleitet von einer Wolke Dieselrauch, die sich schnell hinter ihnen verflüchtigte. Der Fahrer navigierte den Wagen mit stoischer Gelassenheit über die holprigen Fahrwege, eine erloschene Zigarette im Mundwinkel.

Das Gelände, das sich vor ihnen erstreckte, war eine raue, industrielle Landschaft grau in grau zusammengewürfelter Zweckbauten. Diese funktional bedingte Gleichgültigkeit der Architektur hatte etwas Melancholisches. Der Frachtenbahnhof wirkte wie ein endloses Labyrinth aus Schienensträngen, Waggons und Lagerhallen. Überall lag ein feiner Film aus Kohlestaub und Schmutz auf den Oberflächen, vermischt mit dem anhaltenden Geruch von Diesel und Maschinenöl.

Als das Taxi an einer aktiven Kohleförderanlage vorbeifuhr, nahm der Lärm deutlich zu. Ein altmodischer Lkw mit langer Motorhaube und den typischen Fühlern an den Seiten wurde unter ohrenbetäubendem Getöse beladen. Die Kohle fiel in schwarzen Kaskaden aus riesigen Trichtern herab und wirbelte eine dichte Wolke feinen Kohlestaubs auf, der in den Strahlen der Morgensonne tanzte. Es war zu spät, um das Fenster hochzukurbeln, und während David unwillig die Luft anhielt, schien der Fahrer vom allgegenwärtigen Staub unbeeindruckt.

„Sans sicher, da Herr, dass se do her woin?", fragte der Fahrer in breitem Wienerisch, ohne den Blick von der Straße zu nehmen. David machte nur eine ungeduldige Geste, die den Mann veranlasste, wortlos weiterzufahren. Der zuckte mit den Schultern und lenkte das Taxi vorbei an einem Gleis, wo eine alte Verschublok, laut zischend, zwei Flachladewaggons auf eine Freifläche schob. Ein riesiger Magnetkran wartete bereits, um eine schwere Ladung Schrott aufzuladen, die bedrohlich hoch über den Gleisen schwebte. Das Kreischen des Metalls, als der Schrott auf den Waggon fiel, schnitt scharf durch die Luft und ließ David unwillkürlich zusammenzucken. Die Szenerie hatte etwas Rohes, Unbarmherziges, das ihn zunehmend beunruhigte.

Während das Taxi weiter über die rissigen Fahrwege holperte, wuchsen Davids Zweifel. Dieser Ort, mit seinen lärmenden Maschinen und dem allgegenwärtigen Dreck, war das Gegenteil der sauberen, geordneten Büros, in denen er sonst seine Geschäfte abwickelte. Der Dreck und das Chaos schienen greifbar. Als das Taxi jedoch schließlich vor einer heruntergekommenen Halle hielt, fiel Davids Blick auf eine vertraute Gestalt auf der Laderampe.

Gitti Novak stand dort, die Morgensonne auf ihrem Gesicht, eine Zigarette lässig zwischen den Fingern. Ihre typisch nachlässige Eleganz schien unbeeindruckt von der schmutzigen Umgebung, doch diesmal trug sie keinen Blazer, und ihr Rock war braun. Sie lehnte entspannt gegen das rostige Geländer, als wäre sie die Ruhe selbst.

David atmete erleichtert auf. Er wies den Fahrer an, zu halten, stieg aus und reichte ihm durch das offene Fenster einen Geldschein, der den Fahrpreis großzügig überdeckte. Ohne das Wechselgeld entgegenzunehmen, ignorierte er dessen beflissenes „Danke der Herr, an schen Tog, der Herr" und machte sich auf den Weg zu den abbröckelnden Betonstufen, die zur Rampe führten.

Gitti nickte ihm abwesend zu und hielt ihm wortlos ihre Zigarettenpackung hin. Aus alter Gewohnheit nahm er eine, wissend, dass ein Gespräch mit Gitti erst beginnen würde, wenn ihr Nikotinspiegel hoch genug war. Schließlich dämpfte Gitti aus, es schien so weit zu sein.

David ließ auch seine Zigarette achtlos auf den Boden fallen und trat sie mit der Spitze seines Schuhs aus. „Und da drin sollen also die Computerteile lagern?", fragte er mit skeptischem Blick auf die heruntergekommene Lagerhalle. Die Wände wirkten schmutzig und rissig, und an einigen Stellen hing der Putz ab. Das Dach zeigte Anzeichen von Verfall, und David war sich sicher, dass die Fenster nur notdürftig mit Brettern verschlossen worden waren.

„Hier kann man ja nicht mal zusperren", murmelte er missmutig und warf Gitti einen verächtlichen Blick zu.

Sie lächelte nur kurz, leicht spöttisch, und deutete auf einen massiven Sperrbalken, der auf beiden Teilen des rostigen Eisentores herausragte. An einem hing ein neu glänzendes, riesiges Vorhängeschloss. „Mach dir keine Sorgen, das Schloss ist brandneu. Außerdem – wer würde in diesem Dreckloch Computerteile vermuten?" Ihre Stimme triefte vor Ironie.

„Siehst du, das ist genau der Grund, warum ich sie sehen will." David spuckte die Worte ätzend aus.

Gitti zuckte mit den Schultern, als würde sie seinen Argwohn halb verstehen, und drehte sich zur Eingangstür. Ihre Schritte hallten durch den Raum, als sie eintrat. David folgte ihr, den Blick wachsam durch die Lagerhalle gleiten lassend. Der Raum war groß, die Decken hoch, aber die heruntergekommenen Wände und der staubige Betonboden ließen ihn nicht viel vertrauenswürdiger wirken.

Doch da waren sie – ordentlich gestapelte Paletten, auf denen die Computerteile lagen. Ihre Transportverpackungen waren intakt, teilweise sogar versiegelt. Die Kartons trugen sauber aufgedruckte Nummern und Etiketten, die durch den bisherigen Transport noch nicht in Mitleidenschaft gezogen worden waren. David zog wortlos eine Liste aus seiner Aktentasche und begann, die Nummern auf den Verpackungen mit den Nummern auf seiner Liste abzugleichen.

Gitti stand neben ihm, die Arme verschränkt, und beobachtete ihn mit der kühlen Gelassenheit, die ihr so eigen war. David ging langsam durch die Reihen, überprüfte die Aufschriften auf den Kisten, hakte einige der Artikel auf seiner Liste ab und murmelte leise etwas vor sich hin. Seine Stirn war konzentriert gerunzelt, und das leise Knistern der Papierliste war das einzige Geräusch im Raum.

Nach einer Weile hielt David inne und atmete hörbar aus. „Na schön", sagte er und schob die Liste zurück in seine Mappe. Er schien zufrieden, aber in seinen Augen lag noch immer ein Rest von Misstrauen. Gemeinsam gingen sie zurück zur Laderampe, wo sie sich in die wärmende Sonne stellten.

Gitti holte erneut eine Zigarettenschachtel hervor, hielt sie ihm hin, ohne ein Wort nahm er eine heraus. Das leise Knistern des Zünders und der aufsteigende Rauch füllten den Moment, bevor Gitti, halb spöttisch, halb herausfordernd, fragte: „Und, zufrieden?"

David blies den Rauch aus und warf ihr einen schrägen Blick zu. Er antwortete nicht sofort, ließ die Frage einen Moment in der Luft hängen, bevor er schließlich mit einem knappen Nicken zustimmte.

David zog genüsslich an der Zigarette, blies den Rauch langsam in die Luft und wandte sich Gitti zu. „Und, gute – Gesellschaft – gehabt letzte Nacht?", fragte er beiläufig, aber mit einer Schärfe, die nicht zu überhören war. Der Satz traf Gitti unerwartet. Für einen kurzen Moment zuckte sie zusammen, ihre Augen blitzten vor Überraschung auf. Sie war nie eine Frau gewesen, die sich so leicht aus der Fassung bringen ließ, aber David wusste genau, wo er sie treffen konnte.

Sie warf die Zigarette achtlos von der Rampe, und der Stummel fiel in einem sanften Bogen auf den staubigen Betonboden. „Ich wüsste nicht, was dich das angeht", entgegnete sie schließlich, ihre Stimme bemüht gleichgültig. „Du hast ja deine letzte Chance ungenutzt vorbeigehen lassen." Doch der Tonfall klang nicht ganz so selbstsicher, wie sie es gerne gehabt hätte, und sie wusste es. Einen Moment lang herrschte Stille zwischen ihnen, nur der leichte Wind spielte mit den verrosteten Metallteilen der alten Lagerhalle.

Gitti verschränkte die Arme vor der Brust und sah ihm direkt in die Augen. „Aber um dich muss ich mir da ja trotzdem keine Sorgen machen", fügte sie bissig hinzu, ihre Stimme wieder schärfer, die Unsicherheit hinter sich lassend. „Eines muss man dir lassen: Geschmack hast du. Diese kleine blonde sächselnde Maus, die ich gestern bei dir getroffen habe ..." Sie ließ den Satz unvollendet und pfiff anerkennend durch die Zähne.

David hob eine Augenbraue, ließ die Spitze seiner Zigarette glimmen und blies den Rauch seitlich aus. „Ach, wirklich? Vielleicht liegt das daran, dass ich mich nicht verkaufen muss, um mir etwas Lohnendes zu angeln." Er grinste selbstgefällig, ein Grinsen, das sie provozieren sollte – und das tat es auch. Sie kannte dieses Spiel, sie hatten es früher oft genug gespielt, und auch wenn sie sich geschworen hatte, sich nicht mehr von ihm aus der Ruhe bringen zu lassen, nagte seine Bemerkung doch an ihr.

„Na, na", entgegnete Gitti und lehnte sich wieder lässig gegen das rostige Geländer. „Du kaufst halt lieber, als du verkaufst. Wobei ..." Sie musterte ihn, zögerte ihre weiteren Worte hinaus. „Ein bisschen Geld hättest du ihr schon lassen können. Sie sieht aus, als ob sie es wert wäre. Aber ich frage mich, David – was bekommst du dafür? Ein bisschen Gesellschaft, ein bisschen Wärme, oder ist da doch mehr im Spiel?"

David zog nur an seiner Zigarette und ließ die Frage einen Moment in der Luft hängen. „Du hörst das Gras wachsen, Gitti. Gönn deinem Partner doch ein wenig Vergnügen in der Oberliga." Ein zynisches Lächeln spielte um seine Lippen, doch Gitti blieb stumm, ihre Augen sprühten nur vor stillem Ärger.

„Du bist so durchschaubar, David", sagte sie schließlich leise, fast flüsternd, aber ihre Stimme triefte vor Verachtung. „Was hoffst du zu erreichen? Rechnest du jetzt Messemaus gegen ZK-Mitglied auf? Oder meinst du, ich bin eifersüchtig auf deinen Direktimport?" Sie nestelte nach ihrer Zigarettenpackung, die leider leer war. Sie schnaubte, als David ihr eine aus seiner Packung anbot.

Sie griff dennoch zu, ließ sich aus alter Gewohnheit Feuer geben, des Geplänkels langsam überdrüssig. David war kein so leichter Gegner wie Elke, und außerdem musste sie hier ein wenig aufpassen. Eine „Hanna Beran Importe und Exporte" war nicht sonderlich schwierig zu ersetzen, das war ihr sonnenklar.

„Eigentlich", begann sie langsam, fast nachdenklich, „kann es mir ja egal sein, ob sie jetzt dein Bett wärmt oder nicht." Sie warf ihm einen scharfen Blick zu. „Entscheidend ist, was sie treibt, wenn sie das gerade nicht tut." Ihre Stimme wurde leiser, fast lauernd. „Vielleicht war es doch keine gute Idee, ihr meinen Schlüssel zu überlassen."

David spürte, wie ihm innerlich ein Schlag versetzt wurde. Er ließ sich nichts anmerken, aber die Worte hallten in ihm nach. Elke hatte einen Schlüssel? Er hatte angenommen, sie sei vollkommen unter seiner Kontrolle, doch offenbar entglitt sie ihm – mehr, als er gedacht hatte. Doch er war zu geübt, um sich etwas anmerken zu lassen. Stattdessen schob er sich nur eine neue Zigarette zwischen die Lippen, zündete sie an und sah Gitti herausfordernd an, als hätte sie nichts gesagt.

Gitti warf ihm einen letzten spöttischen Blick zu, dann wurde sie plötzlich sachlich. „Jetzt erzähl endlich, wo du die herhast." Sie nahm einen tiefen Zug von ihrer Zigarette und blies den Rauch langsam aus. „Ich bin viel herumgekommen, und alles an ihr schreit nach Ostblock. Sie sagt Leipzig. Warst du blöd genug, dich dort in eine von diesen volkseigenen Messemäusen zu vergucken?"

David zuckte kurz, als er den Spott in ihrer Stimme hörte, aber es blieb ihm nichts anderes übrig, als zuzugeben. „Ja … Leipzig", murmelte er. Gitti hob eine Augenbraue, sichtlich interessiert.

„Und wie hast du sie nach Wien gekriegt?", bohrte sie nach. Der Scharfsinn in ihrer Stimme machte klar, dass sie die Situation weit besser einschätzte als er.

David seufzte, jetzt selbst alarmiert. Er spürte, dass es keinen Sinn mehr hatte, sich zu wehren, und entschied sich, offen zu sein. „Mit einem Einladungsschreiben."

Gitti schaute ihn skeptisch an und schnaubte abfällig. „Was hast du da geschrieben?", hakte sie weiter nach, und ihre Stimme war plötzlich sehr ernst. „Liebe Elke, ich verzehre mich nach Sehnsucht nach dir, komm doch ein paar Tage nach Wien, ich zahl dir auch das Hotel und zeig dir das Riesenrad?" Der Spott in ihren Worten war unüberhörbar.

David senkte den Blick, es war ihm plötzlich peinlich. Ihm dämmerte, dass so ein Brief wohl kaum der wahre Grund für ihre Ausreise gewesen sein konnte.

„Was vermutest du?", fragte er kleinlaut und sah Gitti an. Er wusste, dass sie sich mit den Strukturen im Osten viel besser auskannte als er. Ihr Blick verhärtete sich, und sie wirkte auf einmal vollkommen ernst.

„Sie ist IM, arbeitet auf der Leipziger Messe ‚mit spezifisch weiblichen Methoden'. Ihr Führungsoffizier hat die Chance gesehen, über sie an dich ranzukommen, auch wenn sie noch so naiv und unerfahren im Auslandseinsatz ist. Darum durfte sie ausreisen – nicht wegen deinem Wisch." Sie zog noch einmal tief an ihrer Zigarette und sprach weiter. „Ich wette, die Wiener Botschaft hat ein Auge auf sie."

Davids Gedanken rasten. Er dachte an die Figur zurück, die sie gestern beide beobachtet hatten – eine, die ihm nicht entgangen war, auch wenn er sich damals nicht sicher war, was er sah. Jetzt schien alles zusammenzupassen. Er fühlte sich plötzlich klein, fast hilflos in dieser Situation.

„Und jetzt?", fragte er, deutlich kleinlauter als zuvor. Gitti sah ihn abschätzig an, ihre Augen funkelten verächtlich.

„Jetzt machst du erst mal genauso weiter wie bisher. Das wird dir ja mit deinem Charme und deinen herausragenden …", sie richtete die Spitze ihrer Zigarette einen Augenblick genau auf ihn, „… Fähigkeiten nicht schwerfallen. Ums Grobe kümmere ich mich wie immer." Sie drehte sich um, blies den Rauch aus und setzte beiläufig hinzu: „Ich rede mal mit Hanna, wir kennen uns bei der lokalen Botschaft ein bisschen aus."

David sah sie einen Moment lang an, unsicher, ob er noch etwas sagen sollte, aber Gitti war schon mit ihren Gedanken woanders. Sie machte eine abwinkende Geste und fuhr fort: „Und jetzt verschwinde. Du hast mir den Tag schon genug versaut, David."

Er nickte stumm, steckte die Zigarette weg und machte sich auf den Weg die abbröckelnden Betonstufen hinunter. Ohne ein weiteres Wort verschwand er in der staubigen Landschaft des Frachtenbahnhofs. Gitti blieb zurück, zündete sich eine neue Zigarette an – sie erinnerte sich an die Packung auf dem Fenstersims - und ließ den Rauch in die kühle Luft steigen, während sie fieberhaft nachdachte, wie es weitergehen konnte.

Markus: Jetzt muss sie nur noch dem Attaché den Stempel rausleiern ...

Verena: Leiern (grinst). Außerdem muss sie jetzt ganz was anderes, in ihrem Kopf geht's nur drum, Elke loszuwerden.

Markus: Aber wozu denn?

Verena: 50 Jahre später kann das jede sehen.

Markus: Sogar, du, Partnerin. - Aua, so fest war jetzt nicht nötig (leises Lachen).

Bei Hanna

Wien-Heiligenstadt, am Abend desselben Tages

Die Stadtbahn ratterte und zischte, als sie sich durch die Vororte von Wien quälte. Gitti starrte durch das Fenster, doch die vorbeiziehenden Häuserfronten verschwammen zu einem grauen Brei. „Hanna wird mir helfen", redete sie sich ein. Aber es war keine echte Zuversicht, eher eine mechanische Wiederholung. Die Kälte in ihrem Magen war nicht zu verdrängen. „Was, wenn das alles hier schiefgeht?"

Sie dachte daran zurück, wie lange sie Hanna jetzt schon kannte. Eines Tages war ein stilles Mädchen an dem Nobelgymnasium aufgetaucht, das Gitti damals besucht hatte. Man munkelte etwas von „Waise" und „Stipendium".

Der Zufall wollte es, dass dieses Mädchen bald neben Gitti saß. Anfangs war Gitti skeptisch, doch bald hatte sich zwischen ihnen ein gewisses Vertrauen entwickelt – und eine „Arbeitsteilung", die sie bis heute durch die Aufs und Abs ihres bewegten Lebens beibehalten hatten: Hanna war für die harten Fakten zuständig, damals die Hausübungen, und Gitti für den Unfug, zu dem sie die anfänglich zurückhaltende Hanna immer mehr verleitete. Und auch für die „sozialen Belange" – was mit der Zeit oft ebenfalls wieder auf „harte Fakten" hinauslief.

Gitti musste trotz ihrer Angst schmunzeln. In dieser Zeit hatte sie auch den Spitznamen „Mausi" abbekommen – den hatte Hanna nie wieder aufgegeben, und Gitti hatte längst aufgehört, sich dagegen zu wehren.

Als die Bahn in Heiligenstadt zum Stehen kam, stieg Gitti hastig aus. Der Karl-Marx-Hof thronte vor ihr, schwer und monumental wie eine Festung. „Passend", dachte sie. „Hannas Burg." Sie zog den Mantel enger um sich und marschierte über den gepflasterten Innenhof. Es fühlte sich an, als würde jeder Schritt sie tiefer in eine Falle führen.

Der Treppenaufgang zu Hannas Wohnung war kühl und dunkel. Gitti blieb einen Moment vor der Tür stehen und betrachtete das kleine Messingschild: „Hanna Beran." Sie schluckte, strich sich die Haare glatt und drückte auf die Klingel.

Es dauerte keine Sekunde, bis die Tür aufging. Hanna stand da, kerzengerade, die Augen scharf auf Gittis Gesicht gerichtet.

„Wie schaust denn du aus, Mausi?", fragte Hanna, ohne Umschweife. „Hast du einen Geist gesehen?" Sie zog Gitti in die Wohnung, ohne eine Antwort abzuwarten. „Komm rein. Trink was, dann reden wir."

Das Wohnzimmer wirkte wie eine Zeitkapsel: Rundbaumöbel, ein großer Kachelofen, der leicht knisterte, obwohl es draußen nicht einmal sonderlich kalt war. Chaos regierte trotzdem. Überall lagen Zeitungen, Briefe, Bücher – als würde Hanna permanent zwischen mehreren Baustellen jonglieren.

„Setz dich." Hanna nahm die schwere Kristallkaraffe vom Tisch und goss Gitti ein Glas ein. „Hier, trink das. Das hilft fürs Erste."

Gitti nahm das Glas mit leicht zitternden Fingern und leerte es fast in einem Zug. Die süße Schärfe des Likörs brannte angenehm in ihrer Kehle.

Hanna zündete eine Zigarette an, reichte sie Gitti, rauchte sich selber eine an und nahm einen tiefen Zug, während sie Gitti beobachtete. „Also, Mausi. Was ist los?"

Gitti setzte das Glas auf den Tisch, holte tief Luft und begann zu reden, ihre Worte überschlugen sich fast: „Es hätte alles so gut laufen können, Hanna. David und ich, wir haben alles vorbereitet, die Güterwagen sind nächste Woche bereit. In vierzehn Tagen wäre alles unter Dach und Fach gewesen." Sie zündete sich eine Zigarette an, ihre Hände zitterten leicht. „Aber dieser Idiot – dieser verliebte Idiot! Er hat sich in Leipzig eine von diesen Messehuren aufgegabelt. Und jetzt – jetzt ist die hier in Wien! Angeblich, weil er sie eingeladen hat. Meinst du, dass man in der DDR auf einen simplen Liebesbrief hin ein Ausreisevisum kriegt?"

Hanna lehnte sich zurück und musterte Gitti, als sei sie ein Kind, dem man seine Bonbons weggenommen hatte und das jetzt deswegen heulte. „Und? Was ist mit der Frau?"

Gitti drückte die Zigarette aus und blickte ins Leere. „Sie heißt Elke Schneider. Aus Leipzig. Wahrscheinlich Stasi, oder zumindest IM. Anders gibt das alles keinen Sinn."

Hanna hob eine Augenbraue, während sie das Glas in ihrer Hand drehte. „Eine Stasi-IM?" Ihr Ton wurde kälter. „Und David holt sie hierher? Wegen ein, zwei Nächten, wo sie ihm was vorgespielt hat?" Sie schüttelte ungläubig den Kopf. „Männer."

Gitti nickte hastig. „Ja, sie ist hier. Noch weiß sie wohl nicht, wie nah sie über David an uns dran ist. Aber wenn sie auch nur den Hauch einer Ahnung bekommt, was wir hier wirklich treiben – dann ist alles aus. Verstehst du?"

„Nein, Mausi", sagte Hanna. „Ich verstehe das nicht. Selbst wenn das alles stimmt, was du da sagst: Und was meinst du, sollte die unserem Deal anhaben können? Glaubst du wirklich, dass eine IM darauf angesetzt wird, eine Lieferung zu verhindern, die von höchsten Kreisen in Wandlitz nach umfassender und eindringlicher Betreuung durch dich händeringend gewünscht wird? Von wem denn? Das ist ja Groschenroman-Niveau."

„Jetzt fängst du auch schon an wie David", jammerte Gitti. „Siehst du wirklich nicht die Gefahr, die von ihr ausgeht?" Hanna überlegte eine Weile. „Ich sehe die Gefahr, dass du bald überschnappst, weil dein Ex-Lover sich eine jüngere geangelt hat." Auf Gittis Stirn erschien eine steile Falte. „Gekauft, nicht geangelt. Das ist doch der springende Punkt. Glaubst du, mich interessiert, wie sich der nächtens vergnügt?" „Ja, allerdings, das glaube ich." Gitti war jetzt kurz vor dem Zusammenbruch. „Hanna, ich hab einfach Angst."

Hanna nippte an ihrem Glas und überlegte. Das Ganze war absurd, aber Gitti schien zu einer logischen Überlegung nicht fähig. Gut, es konnte sein, dass Elkes Führungsoffizier in der Einladung eine Chance gesehen hatte herauszufinden, was David sonst noch trieb. Aber spätestens nach ihrem ersten Bericht musste da „Schluss mit lustig" sein: So viel verstand sie von Machtstrukturen, dass auch im Arbeiter- und Bauernstaat keine nachgelagerte Dienststelle sich in Angelegenheiten einmischte, die über den Tisch des ZK gingen.

Aber das änderte nichts daran, dass Gitti drauf und dran war, ihr abzuspringen. Und ohne Gitti und ihre Verbindungen würden die Transportgenehmigungen durch die Tschechoslowakei Monate brauchen. Monate, die sie nicht hatte. Sie dachte an die Million, die sie Bertram schuldete. Das würde ein handfestes Problem geben, wenn sie die nicht zurückzahlen konnte. Bertram hatte einen akzeptierten Wechsel von ihr in der Hand. Und ein begehrliches Auge auf andere Frauen als sie hatte er sowieso ständig, der Herr von Eckstein. Sie musste also etwas tun, Gitti bei der Stange zu halten.

Da von Gitti nichts mehr kam, stellte sie das Glas langsam ab. „Tja, Mausi", begann Hanna leise. „Dann gibt's nur eine Lösung.. Die Frau muss weg." Hannas Ton war jetzt sachlich, fast geschäftsmäßig. „Und zwar so schnell wie möglich."

Gitti spürte, wie sich ihr Magen zusammenzog. „Weg?" Ihre Stimme zitterte. „Was meinst du mit ,weg'?"

Hanna sah sie direkt an. „Weg wie weg. Nicht mehr da. Was ist daran schwierig zu verstehen?"

Gitti griff nach einer weiteren Zigarette, ihre Hände zitterten stärker. „Aber … wie? Wie willst du das anstellen?"

Hanna blies den Rauch in die Luft und sah Gitti an, als wäre die Frage die dämlichste, die sie je gehört hatte. „Ich stelle gar nichts an, Mausi. Das hier ist deine Baustelle." Sie lehnte sich zurück, nahm einen Schluck von ihrem Glas und sprach dann mit ruhiger, eiskalter Stimme weiter. „Du hast da einen ganz netten Kontakt in die DDR-Botschaft, hab ich gehört. Dieser Pavel, richtig?"

Gitti erstarrte. Der Name traf sie wie ein Schlag. „Hanna … ich kann das nicht. Nicht mit Pavel." Ihre Stimme brach fast. „Er ist … du weißt doch, wie er ist."

„Mausi", sagte Hanna, während sie sich eine weitere Zigarette anzündete und Gitti mit einem nachsichtigen, fast mitleidigen Blick ansah. „Es gibt kein ,nicht können'. Du hast keine Wahl."

Gitti starrte auf das Glas vor ihr, die Worte wollten nicht in ihren Kopf. Sie hatte keine Wahl. Hanna ließ ihr keine Wahl.

„Du kannst jetzt entweder mit Pavel dein Wiedersehen feiern", fuhr Hanna fort, „und ihn dazu bringen, dass sich die Botschaft um Elke kümmert, oder du nimmst dir selbst ein Küchenmesser und machst es auf die altmodische Tour."

Gitti sah Hanna entsetzt an, das Blut wich ihr aus dem Gesicht. „Was … du meinst, ich soll sie …"

„Dir bliebe nichts anderes übrig." Hanna schüttelte den Kopf. „Aber die DDR-Botschaft muss das nicht so dramatisch lösen. Sie können sie einfach in den nächsten Zug nach Leipzig setzen. Erklären ihr, dass Schluss ist mit dem charmanten David und sie hier nichts mehr verloren hat. Sie wird's schon verschmerzen."

Gitti spürte eine Welle der Erleichterung, doch sie wurde sofort von einer neuen Welle der Angst überrollt. „Aber Pavel …"

„Tja", sagte Hanna trocken, „da wäre dann immer noch das Küchenmesser."

Gitti schloss die Augen, versuchte, die Panik niederzuringen. Bilder von Pavel, von seinen brutalen Händen, von dem Schmerz und der Angst, die er ihr zugefügt hatte, flackerten vor ihr auf. Sie spürte den kalten Schweiß auf ihrer Stirn. Doch dann, plötzlich, kam ein anderes Bild in ihr hoch – Elke. Dieses hübsche, lebendige Mädchen. Kein Spielzeug, keine Schachfigur. Gitti konnte nicht zulassen, dass dieser Frau etwas Schlimmes passierte. Sie hatte das alles nicht verdient.

„Na gut", sagte Gitti schließlich, ihre Stimme leise, aber entschlossen. „Ich werde tun, was nötig ist."

Hanna nickte zufrieden. „Na also, Mausi. Das ist die richtige Einstellung." Sie erhob sich langsam, schenkte beiden noch einmal großzügig von dem Likör nach. „Auf die Nerven, Mausi. Du wirst sie brauchen."

Gitti nahm das Glas entgegen, ihre Hände zitterten noch immer, aber sie trank es aus. „Auf die Nerven", murmelte sie. Und während der Likör warm durch ihre Kehle floss, erschien ihr die Aussicht auf Pavel schon nicht mehr ganz so schlimm wie vorher. Hanna sah sie versonnen an. „Und ein bissl Spaß wird es dir obendrein machen, du verwöhntes Diplomatentöchterl.". Aber das sprach sie natürlich nicht aus.

Verena: Wenn man denkt, dass das offiziell die Firma „Hanna Beran Import und Export" ist, mit besten Kontakten und profundem Know-How im Umgang mit internationalen Handelsbeschränkungen?

Markus: Da brauchst du auch eine spießige Nomenklatura auf der anderen Seite, die den Trick mit „sehen und gleichzeitig nicht sehen" gut drauf hat.

Verena: Ist das wie Doublethink von Orwell? Ich dachte, das galt nur für Untertanen?

Markus: Die DDR hatte nie Führer, sie wurde Zeit ihres Bestandes von Ober-Untertanen beherrscht.

Verena: Lassen wir deine Theorie mal so stehen. Schau lieber hierher, ich glaube, Fritz Werner ist dann doch jemandem aufgefallen …

Die Entdeckung

Leipzig, Juni 1974

Die beiden Männer, die im Büro des ehemaligen Oberleutnants Franz Werner saßen, blickten auf, als Major Vogel den Raum betrat. Er winkte ab, als sie aufspringen und vorschriftsmäßig grüßen wollten. „Weitermachen", sagte er und blickte sich prüfend zwischen den verschiedenen Stapeln von Unterlagen um, die die beiden jetzt bereits eine Woche lang aus den unglaublichen Mengen an Papier aufgeschichtet hatten, die man nach der Festnahme des Oberleutnants wegen des Verdachtes auf geplante Republikflucht und Sabotage in seinem Büro gefunden hatte.

„Und haben Sie schon so etwas wie einen Überblick, meine Herren?" Die beiden blickten auf. „Ja, wenn man das einen Überblick nennen kann. Aus irgend einem Grund hat es Werner geschafft, hier eine Art Parallelwelt aufzubauen, sein eigenes kleines Imperium, das von unseren üblichen Vorgehensweisen vollkommen abgekoppelt war. Eine Auffälligkeit ist, dass er seinen IM zwar immer wieder Berichte abverlangt hat, aber nichts davon irgendwohin weitergegeben wurde. Nicht, dass es sich gelohnt hätte, in den meisten Fällen handelte es sich ohnehin nur um Bagatellen, oder um Dinge, die die IM wohl einfach erfunden haben, um von ihm Ruhe zu haben."

Vogel schüttelte den Kopf. Einerseits war er vom Ausmaß dieser Katastrophe erschüttert, andererseits musste er höllisch aufpassen, nicht als Leiter der Leipziger Stasi persönlich dafür verantwortlich gemacht zu werden. Neben Werner in der Zelle zu sitzen war nichts, was ihm sehr erstrebenswert schien.

Er hatte auch angeordnet, dass beim Verhör Werners keine „besonderen Methoden" angewendet werden sollten. Nicht aus Mitleid mit Werner, sondern einerseits, weil der ohnehin zusammengebrochen war und mehr redete, als irgendwer jemals würde verwerten können. Werner schien ein absoluter Einzelgänger zu sein, der seine Vernehmer als Menschen betrachtete, die ihm endlich einmal zuhörten, wenn er etwas sagte. Und andererseits, weil er sinnlose Gewalt sowieso verachtete, und noch mehr diejenigen unter seinen Männern, die sich daran aufgeilten.

„Wie sind wir eigentlich dahintergekommen, Müller?", fragte er weiter. „Oder viel mehr Sie, Leutnant?" Müller lächelte fein. „Die entscheidenden Hinweise gab uns schließlich ein Jochen Jankowski, ein Fahrer unserer Fahrbereitschaft, der die Launen von Werner zuletzt geduldig ertrug. Er schöpfte allerdings irgendwann den Verdacht, dass Werners Handeln jedenfalls die Aufmerksamkeit seiner Vorgesetzten erfordere, und war recht beharrlich, immer wieder fundierte Hinweise zu geben. Wir haben ihn natürlich ausführlich befragt, er kooperierte bereitwillig. Ein feiner Kamerad, der der sozialistischen Gesellschaft in vorbildlicher Weise dient."

„Jankowski, sagen Sie? - Lassen Sie mir ein Dossier und die Protokolle zukommen."

„Das geht sofort, Major." Müller griff zielgerichtet in den Aktenberg und reichte Vogel eine saubere graue Mappe mit der Aufschrift „Ogef. Jochen Jankowski". In der Zeile darunter „(Fahrer Fritz Werners)". Vogel nickte abwesend und blätterte eine Weile in den Papieren, wobei er immer wieder den Kopf schüttelte.

Er wurde aus seinen Gedanken gerissen, als Müller weitersprach. „Aber das hier", er zog einen Akt aus einem Stapel hervor. „Das hier setzt dem ganzen die Krone auf." Er berichtete kurz über die Details von Elkes Reise in den Westen. „Zusammengefasst: Die sogenannte Agentin Elke Schneider ist nicht mehr als eine IM ohne jegliche Ausbildung, hat keine Ahnung, was sie in Wien tun soll, könnte das Ziel der Operation auch nicht erreichen, wenn sie ausgebildet wäre, die Operation läuft wesentlichen Staatsinteressen entgegen und scheint gerade aus dem Ruder zu laufen. Brauchen Sie noch mehr, Major?"

Vogel wurde aufmerksam. Elke Schneider, er erinnerte sich, dass die schon einmal auf der Tagesordnung der Leitungssitzung gestanden hatte. Er griff nach dem Akt und studierte ihn aufmerksam. Hier stimmte wohl noch mehr nicht. „Müller", sagte er dann zu dem Leutnant, der bereits wieder in andere Akten vertieft war. „Hören Sie hier auf und tun Sie bitte folgendes: Kontaktieren Sie unsere ständige Vertretung in Wien. Verlangen Sie den Botschafter persönlich und machen Sie seiner – ähm – persönlichen Assistenz in allen Lebenslagen dort klar, dass es einigermaßen dringend wäre. Weisen Sie die Botschaft an, dass Elke Schneider sofort zu kontaktieren ist, sie sollen sie dazu bringen, freiwillig wieder nach Leipzig zurückzukehren. Ausdrücklich keine weiteren Konsequenzen, die IM trifft an diesem unglaublichen Schlamassel keinerlei Schuld. Ich habe persönlich meine schützende Hand über sie."

„Jawohl Major. Die ständige Vertretung?"

Vogel nickte unmerklich. „Die Republik Österreich ist kein sozialistisches Bruderland, wir haben dort kein – ähm – ausgebildetes Personal, auf das wir zurückgreifen können, und die österreichische Staatspolizei reagiert ausgesprochen empfindlich auf derlei Ersuchen. Wir müssen nehmen, was wir haben, bis wir einen eigenen Trupp dort hätten, könnte es zu spät sein."

„Ich verstehe, Major, ich kümmere mich darum."

Vogel blätterte weiter in dem Akt. An einem Dokument blieb seine Aufmerksamkeit länger hängen. „Der Pass, den er ihr ausstellen hat lassen", murmelte er mehr zu sich selbst. „Ich bezweifle, dass selbst ein Botschafter einen derartigen Pass hat. Mit dem könnte sie überall hin mit diplomatenähnlichem SP-Status." Mit einem abwesenden „Weitermachen" verließ er den Raum und begab sich erst mal in sein eigenes Büro, wo er sich ein großes Glas besten russischen Wodka einschenke. Ihm war ja schon viel untergekommen, aber das hier überstieg sein Vorstellungsvermögen.

Dennoch legte er den Akt zur Seite und nahm die Mappe über diesen Jankowski wieder zur Hand. Er würde sich jetzt mit der Aufgabe befassen, wie er seinen eigenen Kopf aus der Schlinge ziehen würde, und er hatte auch schon einen Plan. Er drückte das Interkom. „Zum Diktat, Frau Kirschner." Man wusste nie, wer zuhörte, drum per Sie.

Ein paar Augenblicke später trat Doreen Kirschner in sein Büro, ihre Augen strahlten, als sie die Türe hinter sich schloss. „Erst mal wirklich ein Diktat", schmunzelte er. Sie nahm gehorsam ihren Steno-Block zur Hand. „An die Hauptleitung des MfS-Außendienstes Süd, Berlin-Mitte und so weiter, du findest die Adresse." Doreen nickte. „Genossen, ich berichte über den Ogef. Jochen Jankowski ..." Der Bleistift Doreens flog in Eilschrift über ihren Block, für die meisten der stereotypen Phrasen, die hier bald eine Seite füllen würden, hatte sie ihre eigenen Kürzel.

Sie wurde aufmerksam, als Vogel begann, davon abzuweichen. „Hat sich herausgestellt, dass das sorgfältig installierte Kontroll- und Überwachungsnetzwerk, das ich in meiner Funktion als Leiter der Regionalverwaltung Süd aufgebaut habe, um antisozialistischen Umtrieben rasch und verlässlich auf die Spur zu kommen, frühzeitig und verlässlich angeschlagen hat. Unser Dank gebührt dem Ogef., der durch seine scharfsinnigen Wahrnehmungen und mutigen Berichte die Entdeckung der Alleingänge des ehemaligen Oberleutnants Fritz Werner, nunmehr in Haft bei der hiesigen Behörde, führte. Es wird aus generalpräventiver Wirkung und zur Stärkung der Loyalität der Mannschaften vorgeschlagen, dem Ogef die Auszeichnung ‚Medaille für Verdienste im Volk und Vaterland' in Bronze zu verleihen. Eine Beförderung zum Stabsgefreiten wäre innerhalb der zeitlichen Richtlinien und wird von der hiesigen Stelle befürwortet. Gezeichnet usw."

„Habe ich, Jürgen. Sonst noch etwas?" Sie wartete seine Antwort nicht ab, ging zur Tür, schloss sie leise und drehte den Schlüssel um. Mit einem wissenden Lächeln ging sie langsam auf ihn zu. „Hast du mir etwas zu beichten, Jürgen?", fragte sie, während sie ihr seidenes Haarband löste und ihr rotes Haar aufschüttelte. Sie blieb direkt vor ihm stehen. Sein Blick hielt dem ihren nur kurz stand, bevor er die Augen niederschlug und auf ihre hohen Schuhe mit den spitzen Bleistiftabsätzen starrte, während sich das Seidenband um seine Handgelenke schlang.

Am Rande der Wahrheit

Frühstück im Kaffeehaus

Wien-Wieden, am nächsten Vormittag

Ich sitze am Fenster eines kleinen Wiener Kaffeehauses, die Tasse mit starkem, bitterem Espresso in den Händen. Es ist Samstag, die Stadt erwacht gemächlicher als an Werktagen, das gelegentliche Rumpeln der Straßenbahn hebt sich ungewohnt stark von der Geräuschkulisse im Hintergrund ab. Ich blättere mechanisch in der Zeitung, aber meine Gedanken hängen woanders fest.

Die Nacht war intensiver gewesen als erwartet – auf mehr als nur eine Weise. Ein Lächeln spielt um meine Lippen, als mir Markus wieder in den Sinn kommt. Vielleicht war es gut so, vielleicht auch nicht. Aber für den Moment hat es sich richtig angefühlt. Ich spüre dem Gefühl noch weiter nach: Die Frage drängt sich langsam in mein Bewusstsein, was das jetzt heißt für meine Erwartungen an Lena. Falls. Ja falls. Ich denke noch einmal an das E-Mail, das sie mir geschrieben hat.

Sie war spät damit dran, aber sie war immerhin offen zu mir. Werde ich ihr jetzt von meiner Nacht mit Markus erzählen? Vielleicht nicht, aber so sehr ich in mich hineinspüre: Diese Wut, diese Kränkung: Ich finde sie nicht mehr. Was dachte ich? Ich bekam sie und noch das halbe Königreich dazu, wir lebten glücklich fortan im Palais Eckstein, und wenn wir nicht gestorben sind, leben wir noch heute? C'mon, Verena, mit dem Denken hattest du es da aber nicht so. Werden wir jetzt mal erwachsen. Sie hat mit ihm gelacht und geschlafen. Ja, und weiter?

Meine Finger gleiten über den Rand der Tasse, während ich darüber nachsinne, was ich letzte Nacht sonst noch erfahren habe. Die Rolle Hanna Berans wird immer klarer, auch die Verbindung zu den von Ecksteins wird langsam sichtbar. Und doch: Es fehlt noch etwas. Warum ist da was eskaliert? Die beiden Ereignisse haben doch nichts miteinander zu tun, sieht man von Davids Indifferenz und Gittis Eifersucht einmal ab. Wir wissen doch schon, dass Elke nur in Wien war, weil Vogel seinen Untergebenen nicht im Griff hatte. Und es kann doch nicht so schwierig gewesen sein, Elke einfach wieder in den Zug nach Leipzig zu setzen, notfalls hätte ja auch einer mitfahren können, falls sie unterwegs der Duft der Freiheit auf Ideen gebracht hätte. Mit diesem Dienstpass wäre sie auch bis Norwegen gekommen.

Aber wo ist eigentlich Lena? Ich blicke auf die große elektrische Zeigeruhr, die in einer Ecke des Lokales leise summt.

Sie wollte um zehn hier sein, nachdem ich sie vor einer Stunde angerufen und kurz über neue Entdeckungen informiert habe. „So schlimm?", hat sie am Telefon gefragt. „Was hast du erwartet?", habe ich zurückgefragt. Ich hoffe, sie schafft es, zu kommen. Ah, da ist sie schon. Ich winke ihr aus meiner Nische, als sie sich suchend im Lokal umschaut. Sie trägt eine dunkle Sonnenbrille, kein gutes Zeichen.

„Hast du schon gefrühstückt?", frage ich sie, ein „Guten Morgen" passt wohl nicht. Sie setzt sich und nickt. „Marie war schon fürsorglich, und ein Benzodiazepin hab ich auch intus." Sie zögert. „Einen Tee vielleicht." Sie winkt dem ansonsten eher trägen Kellner, der augenblicklich da ist. „Einen Earl Grey, bitte." „Sofort, die Dame." Neid.

Ich gebe Lena ein paar Minuten Zeit. Der Kellner bringt ihren Tee, und sie nimmt sich mit einer fast rituellen Langsamkeit Zeit, den Teebeutel aus der Tasse zu ziehen. Er tropft leicht nach, bevor sie ihn sorgfältig auf die Untertasse legt. Sie nimmt die Zange zur Hand und fischt braunen Kandis aus einer kleinen Schale.

Sie rührt bedächtig im Tee, und endlich hebt sie die Tasse an die Lippen, nimmt einen kleinen Schluck und lehnt sich zurück. Sie scheint bereit.

Ich beginne, Lena eine knappe, emotionslose Zusammenfassung dessen zu geben, was Markus und ich gestern Nacht herausgefunden haben. Meine Worte klingen distanziert, fast als würde ich einen Bericht vorlesen, und ich beobachte Lenas Gesicht dabei genau. Sie sitzt da, scheinbar stoisch, unbewegt, die Hände ruhig um die Tasse gelegt. Doch ich kenne sie gut genug, um zu wissen, dass hinter dieser Fassade etwas brodelt.

Ich beende meinen Bericht, und es herrscht Stille zwischen uns. Das Klirren von Geschirr und die gedämpften Gespräche im Kaffeehaus scheinen plötzlich weit weg. Lena sitzt da, scheinbar ruhig, die Hände um ihre Teetasse geschlungen. Doch ich spüre die Spannung, die in der Luft liegt. Sie sagt nichts, starrt auf den dampfenden Tee vor ihr, als könne sie darin eine Antwort finden.

Ich kenne Lena gut genug, um zu wissen, dass das, was ich gerade gesagt habe, sie bis ins Mark getroffen hat. Ihre Lippen sind schmal, und ich sehe, wie sie kämpft, die Fassung zu wahren. Nach einer langen Pause atmet sie tief durch und hebt langsam den Blick.

„Verena", beginnt sie leise, fast flüsternd, „das ist schlimmer, als ich dachte." Ihre Finger umklammern die Teetasse, und ich sehe, wie ihre Hand leicht zittert. „Wenn das alles stimmt … Wenn das wirklich ans Licht kommt …" Sie verstummt, beißt sich auf die Lippe und sieht mich mit einem Blick an, der voller Angst ist – nicht nur um sich, sondern auch um ihre Mutter. „Du verstehst, was das für meine Familie bedeutet, oder?"

Ehrlich, ich verstehe es nicht. Sie panikt gerade, dass Gitti vor Neid erblassen würde. Mein Freund bei der Onlinezeitung würde müde abwinken, wenn ich ihm diese Story präsentieren würde. „Und wer ist jetzt von Eckstein?", würde er mich fragen. Ich erwäge kurz, weiterzumachen wie eine Polizistin. Da ist ein Hebel, und wenn du einen Hebel hast, dann drück, bis der Senf oben aus der Tube kommt. Polizeischule, erstes Semester.

Aber. Ja, aber. Lena ist hier nicht die Delinquentin. Lena hat mich um Hilfe mit ihrer Vergangenheit gebeten. Lena hat sich mir gegenüber exponiert, ich habe überreagiert. Wir müssen erst mal was anderes in Ordnung bringen. Ich schaue ihr für einen Augenblick in die Augen. Ich sehe den Stolz, ich sehe die Angst, und ich sehe noch etwas Anderes, womit ich selber nicht weiß, wie damit umgehen.

„Lena", sagte ich. Ich muss noch einmal tief Luft holen. „Lena, so kommen wir nicht weiter. Es gibt da was zwischen uns, was erst mal wegmuss. Verzeih, wenn ich direkt bin, ich bin nicht so elegant wie du." Ich hole noch einmal tief Luft. „Ich habe letzte Nacht mit Markus geschlafen. Und ich habe dabei erkannt, dass ich dich um Verzeihung bitten muss."

Eine Weile ist es totenstill. Lena sieht mich fassungslos an. Ich lasse ihr Zeit, bis meine Worte den langen Weg durch ihre Ohren und ihr Gehirn dorthin gefunden haben, wo sie jetzt hin müssen. Ihr Ausdruck wechselt schließlich. Und langsam, langsam, legt sie ihre Hand auf den Tisch. Ich schiebe ihr meine entgegen, bis unsere Fingerkuppen einander sachte berühren. Nicht weiter. „Was heißt das jetzt, Verena? Gelb? Rot? Welk?"

Ich schaue sie lange an, wäge meine Worte sorgfältig. „Das weiß ich selber noch nicht Lena. Aber ich möchte dich für die Art um Verzeihung bitten, wie ich dich mit deinem Mann konfrontiert habe. Ich habe überreagiert, weil ich vieles zwischen uns nicht verstanden habe. Und warum das, was uns beide betrifft …" Ich stocke. Ich weiß nicht mehr weiter. Meine Augen werden feucht.

Lena kommt jetzt langsam wieder in den Lena-Modus. „Es gibt da nichts zu verzeihen", sagt sie. „Es genügt mir, dass du es verstehst." Sie schweigt lange. „Ich muss dir gestehen: Auch du warst meine erste Frau. Und ich war auch nicht in Nizza. Ich konnte mir nur einfach nicht vorstellen, wie wir einander am morgen danach begegnen würden. Ich hatte Angst davor."

„Und jetzt?", frage ich. „Wie empfindest du jetzt?" Lena schaut mich lange und sehr nachdenklich an. „Ich weiß es genauso wenig wie du, Verena. Es ist ein Teil von mir, den ich noch kaum fassen kann. Warum geben wir einander nicht einfach die Zeit, die das braucht? Wir werden es wissen, wenn es richtig ist. Und wenn nicht …" „Okay", sage ich nur. „Das passt gut für mich".

Ich bewundere Lena, dass sie den genau richtigen Zeitpunkt findet, unsere Fingerkuppen wieder zu lösen. Wir lassen einander noch ein bisschen Zeit, sie nippt ein wenig an ihrem schon kühl gewordenen Tee.

„Und das andere?", fragt sie schließlich. Ich nicke. „Das andere, ja. Was ich herausfinden konnte, habe ich herausgefunden. Du schuldest mir nichts dafür. Wie du mit deiner Angst und deiner Neugier umgehst, musst du selber wissen. Die Lösung liegt im Palais, du weißt genau, wo dort. Aber ich komme nicht ran. Ich werde dir gern helfen, wenn du diesen Schritt schaffst. Oder wir lassen es dabei, was wir schon wissen. Vielleicht ist es auch gut, wenn wir die Decke nicht ganz wegziehen. Was wir unter dem Zipfel gesehen haben, den wir gehoben haben …"

Lena sagt lange nichts. „Danke", sagt sie schließlich. „Ich kann dir im Moment nicht antworten. Aber ich werde dich nicht im Unklaren lassen. Wir bringen das auf eine Weise zu Ende, die einer von Eckstein würdig ist. Vertrau mir und gib mir ein bisschen Zeit bitte."

Ich bin einen Augenblick lang abwesend. Als ich wieder im Hier und Jetzt ankomme, ist sie gegangen. Ich winke dem Kellner. „Alles erledigt, die Dame", sagt er nur. Ich nicke abwesend. Ich brauche den langen Fußweg von der Wieden bis zu mir heim nach Simmering, um meinen Kopf wieder einigermaßen freizubekommen. Die nächste Nacht komme ich endlich wieder einmal dazu, gut und ausreichend zu schlafen. Und Kaffee habe ich am Heimweg auch besorgt.

Lenas Anruf

Ein paar Tage später

Mein Telefon klingelt, und als ich den Namen auf dem Display sehe, zögere ich einen Moment. Lena. Ich weise meinen Körper unwirsch an, sich ein wenig zurückzuhalten, weil – Arbeit. Funktioniert aber nicht. Hm.

„Verena?" Lenas Stimme klingt leise, fast unsicher. Ein ungewohnter Tonfall für sie.

„Lena?", antworte ich, versuche meine Stimme nicht so klingen zu lassen wie eine fünfzehnjährige, die ihr erstes „nicht ganz so Unernstes" Date hat.

„Erst mal: Wie geht es dir?" Damit hab ich jetzt nicht gerechnet.

„Bitte Lena, sag was du willst. Ich bin grad nicht in der Verfassung."

Sie atmet eine Weile am Telefon. „Also gut: Hanna bittet dich zu sich. Sie will reden." Jetzt ist es an mir, ein wenig sprachlos zu sein.

„Wie hast du das geschafft? Und bist du sicher, dass sie ‚reden' will und nicht nur wieder neue Ausflüchte bringen?"

„Verena bitte. Es ist so schon schwer genug. Also: Sie ist zu mir gekommen, ich war selber noch nicht so weit, irgendwas zu tun."

„Zu dir gekommen? Erzähl."

Lena zögert lange. „Sie hat erkannt, dass ich, ihre einzige Tochter, schon zu viel weiß, um sie vor der Wahrheit weiter schützen zu können. Sie wollte eigentlich die Wahrheit mit ins Grab nehmen, doch jetzt denkt sie, es ist besser, ich kenne die ganze als die halbe Wahrheit."

Ich lasse das eine Weile sacken. „Und du bist dir sicher?", frage ich schließlich. „Sicher, dass ich mich nicht ein weiteres Mal zum Narren machen lassen muss? Dass ich nicht wieder zu ihr komme, nur damit ihr mir am Ende nichts weiter sagt?"

Lena atmet tief ein, bevor sie weiterspricht. „Ich weiß, dass du keinen Grund hast, ihr zu vertrauen. Aber bitte, Verena. Gib ihr noch eine Chance. Hanna wird alles offenlegen."

Ich lasse Lena bewusst eine Weile warten. Mir ist schon lange klar, dass ich da hin muss. Für mich, für meine Selbstachtung und ja, auch wegen meiner Neugier. Aber ich will es Lena nicht zu leicht machen. „Gut", sage ich. „Aber Lena?" Sie atmet wieder eine Weile am Telefon. „Sprich es nicht aus bitte. Ich habe gerade das Gefühl, dass wir beide hier nicht mehr die Initiative haben. Geh bitte den Weg mit mir zu Ende. Ich brauche dich. Alles andere kommt danach. Ich denke, du weißt das so gut wie ich."

Allerdings, ja. Dafür reicht es grad noch. „Also gut. Wann?"

„Danke, Verena", flüstert Lena. Ihre Erleichterung ist spürbar, auch durch das Telefon. „Ich verspreche dir, es wird diesmal anders. Die von Ecksteins werden dich diesmal nicht enttäuschen." Sie nennt mir noch Tag und Zeit, fragt mich aber nicht mehr, ob ich da überhaupt Zeit habe. Nun gut, sei's drum.

Ich beende das Gespräch und starre eine Weile auf den leeren Bildschirm meines Handys. Ein tiefes Seufzen entweicht mir. Aber es gibt ohnehin keine Alternative, ich suche mir also die Telefonnummer eines anderen Klienten und bitte ihn, den Termin mit ihm zu verschieben.

Hannas Beichte

Am nächsten Tag, früher Abend

Hanna sitzt mit geradem Rücken in ihrem Sessel, ihre Hände ruhen ruhig auf den Armlehnen. Sie wirkt gefasst, fast kühl, und doch liegt eine Schwere in der Luft, die den Raum erfüllt. Ihr Blick wandert zu Lena, dann zu mir. Kein Zögern in ihren Augen, nur eine stählerne Ruhe, die ich bewundere, obwohl ich weiß, dass sie innerlich einen Kampf ausficht.

„Ihr lasst mir keine Wahl", beginnt sie langsam, ihre Stimme fest, aber nicht hart. „Es gibt Dinge, die begraben bleiben sollten. Dinge, die ich nie wollte, dass du, Lena, erfahren musst." Sie hält kurz inne, als ob sie ihre Worte sorgfältig abwägt. „Aber ich sehe, dass du dir die halbe Wahrheit zusammenreimst. Und das ist gefährlicher als die ganze."

Lena schweigt, ihre Schultern spannen sich leicht an. Hanna bemerkt es, reagiert aber nicht darauf. Sie bleibt in ihrer distanzierten Haltung, als ob sie sich innerlich abschottet, um die Kontrolle zu bewahren.

„Ich bin keine Frau, die leicht kapituliert, das weißt du", fährt Hanna fort, und ein Hauch von Stolz schleicht sich in ihre Stimme. „Doch es scheint, dass es keinen anderen Weg gibt. Die Wahrheit, die du suchst, Lena … sie wird dich nicht trösten. Aber besser, du hörst sie von mir, als dass du sie dir aus den Lügen anderer zusammenstückelst."

Sie sieht Lena fest an, und einen Moment lang scheint es, als wolle sie alles aussprechen, was sie all die Jahre zurückgehalten hat. Doch sie hält inne, lässt nur ein leises Seufzen entweichen.

„Ich muss zur Kenntnis nehmen, dass du über mich urteilen wirst", sagt sie, leiser jetzt, aber immer noch ohne jegliche Spur von Reue. „Aber Lena, ich habe nur eine Bitte." Ihre Augen verengen sich leicht, und ihre Stimme wird ruhiger, fast unheimlich gefasst. „Verschone mich mit deinem Urteil. Behalte es für dich. Ich will es nicht hören."

Hanna redet fast zwanzig Minuten ununterbrochen. Ihre Stimme bleibt fest, beinahe mechanisch, als würde sie einen inneren Monolog führen, statt mit uns zu sprechen. Ihre Sätze sind klar, aber sie wiederholt vieles, was wir bereits wissen.

Lena sitzt steif auf ihrem Platz, und ich sehe, wie sich ihre Finger um die Armlehnen krampfen. Es ist ihr peinlich, dass ihre Mutter nichts Neues erzählt, dass sie immer wieder das Gleiche sagt, das ich schon herausgefunden habe. Sie wirft mir nervöse Blicke zu, als erwarte sie, dass ich jeden Moment aufstehe und gehe.

Ich fange ihren Blick auf und halte ihn fest, nicke kaum merklich. Es ist gut, signalisiere ich ihr. Wir hören zu.

Lena entspannt sich ein wenig, während ich ruhig mein Notizbuch zur Hand nehme und ab und zu stumm einige Punkte festhalte. Wir lassen Hanna reden.

Hanna hält inne, ihre Augen wandern langsam von mir zu Lena, als ob sie uns beide mustern würde. Sie seufzt leise, und für einen Moment bricht die kühle Fassade, als sie mit müder Stimme sagt: „Aber ich merke, dass ihr das ohnehin schon alles vermutet habt. Jetzt wisst ihr wenigstens, was davon stimmt und was nicht." Ihre Stimme wird fester. „Doch deswegen habe ich euch nicht hergebeten. Ich will Verenas Zeit nicht verschwenden."

Lena und ich tauschen Blicke. Ich sehe die Sorge in ihren Augen, aber ich halte ihren Blick fest, versuche sie erneut zu beruhigen. Sie soll wissen, dass ich bleibe, dass ich das bis zum Ende durchziehe.

Hanna erhebt sich aus ihrem Sessel, und ich kann spüren, wie viel Kraft sie das kostet. Ihre Bewegungen sind schwerfällig, als ob sie jeden Schritt abwägen muss. Sie geht langsam zu einer alten Truhe in der Ecke des Zimmers, eine massive, dunkle Kiste, die genauso alt wirkt wie sie selbst. Lena öffnet den Mund, als wolle sie etwas sagen, ihr anbieten zu helfen, aber Hanna hebt nur die Hand. „Nein", sagt sie, ihre Stimme fast schneidend, „das mach ich selbst."

Ich sehe, wie Lena zurücksinkt, ihre Hände zittern leicht. Hanna bückt sich mühsam, ihre Gelenke knacken, als sie den Deckel der Truhe anhebt. Die Stille im Raum ist erdrückend, als ob wir alle den Atem anhalten, während sie sich mit letzter Kraft über die Kiste beugt.

Unter sichtbarer Anstrengung hebt sie eine schwere Schachtel heraus. Ihr Gesicht ist angespannt, die Hände zittern leicht, als sie die Schachtel auf den Tisch stellt. Der dumpfe Klang des Aufpralls durchbricht die Stille im Raum. Dann lässt sie sich schwer zurück in ihren Sessel sinken, ihre Augen geschlossen, als müsse sie all ihre verbleibende Energie sammeln, um den nächsten Satz zu sprechen.

„Schaut euch das an", sagt sie schließlich mit einem tonlosen Lächeln. „Mit dem, was ihr da drin findet, kann jeder Polizeischüler herausfinden, was passiert ist."

Sie schließt die Augen, als wolle sie uns aus ihrem Blickfeld verbannen. Es ist, als ob sie in diesem Moment entschieden hat, dass dies ihr letzter Akt ist, dass sie in den kommenden keine Rolle mehr spielen wird..

Plötzlich ist Marie im Raum, als ob sie nur auf das Zeichen gewartet hätte. Die Luft im Zimmer ist auf einmal stickig, schwer von unausgesprochenen Worten. Ich nehme Lenas Hand, ohne es bewusst zu wollen, und spüre, wie sie meine zögernd drückt. Marie kommt auf mich zu, reicht mir die Schachtel, ich klemme sie mir unter den freien Arm.

Wir spüren beide, dass wir Hanna vielleicht das letzte Mal gesehen haben. Lenas Hand zittert in der meinen, doch auch sie hat keine Kraft mehr für ein „Adieu" zu ihrer Mutter.

Der letzte Puzzlestein

Wir gehen ins Wohnzimmer. Es ist der gleiche Raum, in dem Lena früher versucht hat, mir näherzukommen. Doch heute liegt eine andere Stimmung in der Luft. Lena macht nicht einmal Licht, sie lässt sich einfach auf das Sofa sinken, wie eine Puppe, der die Fäden durchgeschnitten wurden. Es ist bereits düster im Raum, das letzte Tageslicht verblasst, und ich kann nur schemenhaft ihre Gestalt erkennen.

Ich setze mich neben sie, ohne ein Wort zu sagen. In der Stille spüre ich die feinen Zuckungen ihrer Hand, die ich festhalte, das leise Zittern, das durch ihren Körper geht. Und dann, ganz plötzlich, bricht sie in Tränen aus. Es sind keine lauten Schluchzer, sondern stille, bittere Tränen, die aus einer Tiefe kommen, die ich kaum erahnen kann. Ich spüre ihren Schmerz, und obwohl so vieles zwischen uns steht, fühle ich, dass ich ihr in diesem Moment einfach als Mensch beistehen muss. Also bleibe ich still und lasse sie weinen.

Wie lange wir so dasitzen, kann ich nicht sagen. Irgendwann kommt Marie leise herein, wie ein Schatten. Sie erfasst die Situation mit einem einzigen Blick, sagt nichts und verschwindet wieder. Minuten später ist sie zurück, diesmal mit einem Tablett, auf dem eine dampfende Tasse Tee, ein Glas Wasser und eine kleine Tablette liegen. Im Hereinkommen drückt sie den Dimmerschalter des Wohnzimmers, sodass das Licht eine dunkle, warmtönige Atmosphäre in den Raum zaubert. Lena nimmt die Tablette entgegen und trinkt das Glas Wasser leer, ohne Widerstand, als wäre sie ein kleines Kind und Marie eine fürsorgliche, aber strenge Gouvernante. Marie drückt ihr die Teetasse in die Hand, und ich sehe, wie Lena sich langsam entspannt.

Marie beugt sich zu mir und flüstert: „Sie wird gleich wieder okay sein, das ist kein Benzodiazepin." Es klingt beruhigend, aber gleichzeitig fast unheimlich, wie ruhig Marie in dieser Situation ist. Ich frage mich, was das für ein besonderes Verhältnis ist, das Marie – sie kann kaum 25 sein – zu den beiden Damen von Eckstein hat.

Nach einigen Minuten merke ich die Veränderung. Lenas Weinen ebbt ab, ihre Schultern entspannen sich, und es ist, als würde sie aus einer tiefen Grube emporsteigen. Aber was mich wirklich überrascht, ist die Geschwindigkeit, mit der sie sich verändert. Ihr Blick wird klarer, ihre Atmung ruhiger, und plötzlich kommt eine Energie auf, die ich nicht erwartet habe.

Lena steht langsam auf, noch ein wenig steif, und geht einmal quer durch das Zimmer. Ihre Bewegungen sind nervös, sie schiebt sich ein paar Haarsträhnen aus dem Gesicht. Kurz bleibt sie vor der Schachtel stehen, berührt sie mit den Fingerspitzen, als würde sie sich vergewissern, dass sie real ist. Dann schaut sie zu mir hinüber, und in ihren Augen liegt ein Funke, den ich vor wenigen Minuten noch nicht gesehen habe.

„Wieso ist es so dunkel hier?", fragt sie plötzlich, ihr Ton ist ungehalten. Sie dreht sich um, geht zum Dimmer und dreht die Beleuchtung voll auf. Ich muss im grellen Licht blinzeln. Die Dunkelheit, die uns eben noch umgeben hat, weicht im gleichen Moment, in dem auch ihre Melancholie verschwindet.

Lena dreht sich zu mir um, ihre Augen voller Tatendrang. „Lass uns die Schachtel untersuchen", sagt sie, fast atemlos vor Aufregung. „Worauf warten wir noch?"

Ihre Energie ist beängstigend, wie ein Pendel, das in die andere Richtung schwingt. Ich stehe also auch auf und folge ihr zum Esstisch, auf dem die Schachtel thront. Sie ist grau und sieht aus, wie man sich eine Schachtel aus der DDR vorstellt: Im Deckel ist das Wappen des Arbeiter- und Bauernstaates eingeprägt. An einer Stirnseite gibt es einen Metallrahmen, in dem auf einem weißen Streifen eine Beschriftung vorgenommen wurde. „LPZ-WIE-74/1" steht da drauf. Nicht, dass uns das schlauer machen würde.

Lena öffnet die Schachtel mit zitternden Händen, und für einen Moment scheint die Zeit stillzustehen. Sie hebt den Deckel vorsichtig an, als ob er ein uraltes Geheimnis verbergen würde, und legt ihn behutsam beiseite. Wir beide beugen uns gleichzeitig vor, unsere Blicke fixieren den Inhalt der Schachtel. Ganz oben, fast wie auf einem Präsentierteller, liegt ein einzelnes Dokument. Der Umschlag ist steif, das Papier ist alt, leicht vergilbt, aber die Aufschrift darauf ist klar zu lesen. Lena schlägt die erste Seite auf, dreht sie zu sich und starrt das Bild darauf lange an, bevor sie mich mit großen Augen ansieht.

„Das …", beginnt sie, aber ihre Stimme versagt.

Ich lehne mich zurück, und plötzlich passt alles zusammen. Die letzten Puzzleteile fügen sich wie von selbst, beängstigend glatt. Die Leiche im Keller, die wir so lange gesucht haben. Es musste eine der beiden jungen Frauen sein. Jetzt wissen wir, wer sie ist.

Stille legt sich über den Raum, eine erdrückende, schwere Stille, die Lena und mich umfängt. Es ist, als hätte Hanna uns diesen letzten Hinweis bewusst hinterlassen, als wollte sie, dass wir diesen Moment genauso erleben. Ohne Zweifel, ohne Spekulationen. Nur die klare, grausame Wahrheit.

Lena und ich stehen eine Weile schweigend vor der geöffneten Schachtel, während wir uns langsam durch den Rest der Dokumente arbeiten. Die Minuten verstreichen, und mit jedem Blatt, das wir umdrehen, fügt sich das Bild klarer zusammen. Keine Geheimnisse mehr, keine Fragen, nur

Antworten. Hanna hatte recht: Mit dem, was wir hier vor uns haben, könnte jeder Polizeischüler den Fall lösen.

Nach einer halben Stunde liegen die Papiere ordentlich aufgereiht vor uns auf dem Tisch. Die Lösung, die wir so lange gesucht haben, ist plötzlich offensichtlich. Ich blicke zu Lena, und sie sieht mich mit demselben Ausdruck an – Erleichterung und ein Hauch von Ungläubigkeit, dass alles jetzt so klar vor uns liegt.

Wir beginnen, den Rest der Geschichte durchzusprechen, einander die Lücken zu füllen, wie zwei Schulmädchen, die einen schwierigen Test endlich gelöst haben. Hanna hat uns die Geschichte serviert, wir haben sie nur zu Ende erzählt.

Showdown

Einmal Botschaft und retour

Wien-Mariahilf, Juni 1974

Elke saß in Davids Wohnung, ihre Beine auf dem Sofa ausgestreckt, das Kinn auf ihre Hand gestützt. Die Zeit zog sich wie zäher Kaugummi, und sie hatte das Gefühl, dass die Minuten auf der Uhr extra langsam vergingen, nur um sie zu quälen. Sie drehte die Radiosender durch, aber nichts konnte die Langeweile vertreiben. Wieder einmal hatte David versprochen, nicht lange wegzubleiben, doch das war mittlerweile zur Routine geworden – das Warten, die Stille, die endlose Monotonie.

Plötzlich schrillte die Klingel. Elke fuhr hoch, ihr Herz machte einen kleinen Sprung. Unwillkürlich griff sie nach dem dünnen Morgenmantel, den sie über den Stuhl geworfen hatte. Sie schlug ihn über und ging zur Tür, leicht nervös. Als sie öffnete, stockte ihr kurz der Atem: Ein vertrautes Bild. Der Mann vor ihr trug einen schäbigen, mausgrauen Anzug, der wie aus einer anderen Epoche stammte, und sein schütteres Haar war akkurat gescheitelt. Ein Musterbeispiel des Spießertums, es konnte nur ein Landsmann sein, dachte sie und fühlte ein unangenehmes Kribbeln im Nacken.

„Genossin Schneider?", fragte der Mann mit einem betont freundlichen Lächeln, das seine Augen nicht erreichte. Sein breites Sächsisch beseitigte jeden Zweifel. „Erschrecken Sie bitte nicht. Ich bin von der hiesigen Botschaft unserer gemeinsamen Heimat." Er ließ sich Zeit, als wolle er die Worte mit einer unsichtbaren Klammer versehen. „Ich würde Sie bitten, mir kurz auf die Botschaft zu folgen. Das ist Routine in Außeneinsätzen, Sie werden ein paar Dinge gefragt werden. Keine große Sache."

Elke blinzelte, unsicher, aber der Mann wirkte zu harmlos, um verdächtig zu sein. Sie strich sich fahrig durch ihr Haar und sah an sich hinunter. Sie trug kaum mehr als ein dünnes Hemdchen und Shorts, eindeutig nicht passend für einen „Außeneinsatz".

„So wie ich bin?", fragte sie skeptisch, mit einem Hauch von Unsicherheit.

Der Mann lächelte breiter, als wolle er die Stimmung auflockern. „Natürlich dürfen Sie sich noch umziehen. Leger reicht – westlich, wenn Sie wollen. Sie müssen nicht vor Erich Mielke persönlich Rapport erstatten!" Er lachte kurz auf, ein trockenes, gezwungenes Lachen.

Elke nickte mechanisch und zog sich zurück ins Schlafzimmer, um sich anzuziehen. Jeans, ein einfaches T-Shirt. Sie zog die Türe hinter sich zu und folgte sie dem Mann die Treppen hinunter und stieg in den wartenden Wagen. Zu spät bemerkte sie, dass sie ihre Handtasche hatte stehen lassen. Nun, sie würde sie hoffentlich nicht brauchen und nach ein, zwei Stunden ohnehin wieder zurück sein.

Die Fahrt zur Botschaft führte durch ihr unbekannte Stadtteile, nach etwa zwanzig Minuten hielt der Wagen. Elke folgte dem Mann am Wachsoldaten vorbei und die Stufen hinauf in den dritten Stock des schmucklosen Gebäudes. Schließlich landete sie in einem nichtssagenden Büroraum, dessen Fenster den Blick in einen ungepflegten Innenhof freigaben.

Elke nahm auf dem harten Holzstuhl Platz, und der Offizier begann, ihr eine Reihe banaler Fragen zu stellen – Dinge, die wie reines Bürokratenfutter wirkten. Wie sie nach Wien gekommen sei, was ihre Aufgaben auf der Leipziger Messe gewesen seien, ob sie Kontakt zu westlichen Geschäftsleuten gehabt habe. Elke antwortete mechanisch, versuchte, ihre Nervosität zu verbergen. Doch mit jedem weiteren Satz fühlte sie mehr, wie unecht die Situation war. Das war zu platt, selbst nach Maßstäben, die sie von daheim gewohnt war.

Der Offizier war schnell fertig, ohne wirklich Notizen gemacht zu haben. „Bitte warten Sie hier", sagte er schließlich und stand auf. „Ich muss noch ein paar Dinge abklären. Bin bald zurück." Dann verließ er den Raum und ließ die Tür hinter sich ins Schloss fallen.

Eine Stunde verging. Dann eine weitere. Elke begann unruhig zu werden. Das Ticken der Wanduhr war das einzige Geräusch, das die Stille durchbrach. Endlich beschloss sie, den Raum zu verlassen. Sie stand auf, ging zur Tür und drückte die Klinke hinunter. Nichts. Die Tür war fest verschlossen.

Ein kaltes Schaudern lief ihr über den Rücken. „Ich bin in eine Falle getappt", flüsterte sie zu sich selbst. Ihre Gedanken wirbelten. Sie fühlte sich wie eine Löwin in einem Käfig, lief nervös im Zimmer auf und ab, ihre Gedanken überlagert von wachsender Panik. Doch dann zwang sie sich, einen kühlen Kopf zu bewahren. Panik half ihr nicht.

Sie wandte sich dem Fenster zu. Es ließ sich ohne Probleme öffnen und gab den Blick auf eine Baustelle frei. Es schien bereits Feierabend zu sein, es war keine Menschenseele zu sehen. Aber was ihren Blick sofort fesselte, war eine Planke, die vielleicht zwei Meter unter dem Fenster an der Hausmauer entlanglief. Ein Gerüst, wohl für Ausbesserungsarbeiten an der Fassade. Elke überlegte nicht mehr lange.

Langsam hob sie ein Bein auf das Fensterbrett und zog sich bäuchlings darauf. Sie zog beide Beine an sich und schaffte es, sich auf der Fensterbank umzudrehen, schob ihre Beine langsam durch das offene Fenster hinaus. Ihre Finger umklammerten die kalte Fensterbank so fest, dass ihre Knöchel weiß wurden. Sie wusste instinktiv: Der Schlüssel war es, nahe an der Mauer zu bleiben. Ihre Beine baumelten in der Luft. Immerhin berührten ihre Schuhspitzen die Mauer. Besser ging nicht mehr. Jetzt oder nie …

Mit einem Zittern in den Gliedern ließ sie los. Ein Moment der Schwerelosigkeit, dann landete sie unsanft auf der Planke. Sie spürte den Ruck durch ihren Körper, als ihre Füße Halt fanden. Zittrig, aber stehend, atmete sie tief durch. Der Schwindel war noch da, doch sie lebte. Sie stand auf der Planke – und war einen Schritt näher an ihrer Freiheit.

Weiter. Sie konnte jetzt besser sehen, stellte aber fest, dass die Leitern zwischen den Gerüstebenen fehlten. Blieben also nur mehr die Stahlstangen, die mit dünnen Streben miteinander verbunden waren und die Planken trugen. Sie dachte nach: In Stangenklettern war sie im Sportunterricht nicht schlecht gewesen, und sie musste nur abwärts. Also los.

Mit klammen Fingern griff sie nach der kühlen Stahlstange und setzte vorsichtig einen Fuß an. Ihre Beine zitterten leicht, aber sie zwang sich, ruhig zu atmen. Langsam ließ sie sich die Stange hinunterrutschen, ihre Hände krampften sich um das Metall. Die Zwischenetagen des Gerüsts waren zu weit weg, um sie zu erreichen, doch das Tempo, mit dem sie sich hinunterbewegte, war nicht so schnell, dass sie die Kontrolle verlor.

Mit einem letzten Rutsch landete sie unsanft auf dem Boden, ihre Knie federten den Aufprall ab. Der Schmerz zog kurz durch ihre Beine, aber sie konnte sich halten. Elke blieb zitternd stehen, ihr Atem kam in schnellen Stößen. Sie sah sich um – niemand war zu sehen. Ein leises Gefühl der Erleichterung machte sich in ihr breit. Sie war noch nicht frei, aber sie war auch noch nicht entdeckt worden.

Doch das große Tor am anderen Ende der Hauseinfahrt schien fest verschlossen. Sie wusste nicht einmal, ob das dieselbe Hauseinfahrt war, durch die sie ins Gebäude gekommen war. Dort, wo die Wache stand. Zu riskant, befand sie.

Elke spürte, wie Panik in ihr aufstieg. Sie blickte sich hektisch um. An einer Seite des Hofes erstreckte sich eine niedrige Mauer, der Putz war abgebröckelt, und die rohen Ziegel darunter schienen ihr eine Möglichkeit zu bieten. Die Mauer war kaum zwei Meter hoch, keine unüberwindbare Hürde. Ohne lange zu überlegen, kletterte sie hinauf, ihre Hände fanden Halt an den rauen Ziegeln. Mit einem letzten Schwung zog sie sich hoch und sprang auf der anderen Seite herunter.

Ihre Beine zitterten erneut, aber sie stand auf festem Boden. Vor ihr erstreckte sich ein kleiner, stiller Innenhof. Eine alte Klopfstange ragte schief in die Luft, daneben ein paar Mistkübel und ein einzelnes Auto, das es an Schäbigkeit mit den Trabis ihrer Heimat locker aufnehmen konnte. Elke hielt inne, versuchte, ihre Atmung zu beruhigen, als sie plötzlich Schritte hörte.

Ein älterer Mann in Latzhosen kam auf sie zu, ein finsterer Ausdruck in seinem wettergegerbten Gesicht. „Was glauben Sie, was Sie da herinnen verloren haben?" Seine Stimme klang scharf, und er musterte sie misstrauisch. „Sie kenn ich nicht."

Elke öffnete den Mund, um etwas zu sagen, doch die Worte blieben ihr im Hals stecken.

„Machen's, dass Sie weiterkommen!" Der Mann schubste sie grob in Richtung der Hausausfahrt, sein Griff fest, aber nicht brutal. Elke stolperte, fing sich und lief hastig auf das Tor zu. Die Ausfahrt führte auf die Straße, und als sie draußen stand, atmete sie endlich tief durch. Sie war frei.

Elke lief hastig die Straße entlang, ihre Gedanken wirbelten wild durcheinander. Der Adrenalinschub der Flucht pochte noch in ihren Adern, aber sie wusste, dass sie jetzt schnell handeln musste. Es dauerte nicht lange, bis sie zu einer Tram-Haltestelle kam. Sie hielt inne, versuchte, den Aushang zu lesen, doch die Linienpläne und Haltestellen schienen für sie ein undurchdringliches Labyrinth zu sein. Wo musste sie hin? Welche Linie führte zurück zu David?

Verzweifelt blickte sie sich um, bis ihr ein älterer Mann ins Auge fiel, der in einem abgetragenen Mantel neben ihr stand. Sie fasste sich ein Herz und sprach ihn an. „Entschuldigung ... können Sie mir sagen, wie ich zum Westbahnhof komme?" Ihre Stimme war noch immer zittrig, doch der Mann schien es nicht zu bemerken.

Er lächelte freundlich und erklärte ihr den Weg. Gut, das konnte sie sich merken, aber ein anderes Problem nagte an ihr: Sie hatte kein Geld dabei. „Danke", murmelte sie, bevor sie sich wieder an der Haltestelle umsah. Ein Zug in der Gegenrichtung hielt gerade, ihr Auge fiel auf die Aufschrift „schaffnerlos". Bedeutete das, dass niemand sie um eine Fahrkarte fragen würde?

Als der nächste Zug heranfuhr, wartete sie, bis sich die Türen des hinteren Wagens öffneten. Sie schlüpfte hinein, setzte sich unauffällig in eine Ecke und beobachtete nervös die anderen Fahrgäste. Minuten vergingen, doch niemand sprach sie an. Kein Schaffner kam, um ihre Fahrkarte zu kontrollieren. Erleichterung breitete sich in ihr aus, als die Straßenbahn sich wieder in Bewegung setzte. Der Plan schien zu funktionieren.

Als sie schließlich die Wohnungstür erreichte und vorsichtig aufschloss, stand David schon im Flur und sah sie mit sorgenvoller Miene an. „Wo warst du? Ich hab mir Sorgen gemacht", sagte er, während er sie prüfend musterte.

Elke zögerte, die Worte kamen ihr nur schwer über die Lippen. „Lange Geschichte", murmelte sie schließlich, und die Anspannung ließ langsam nach.

Elkes Entscheidung

Wien-Mariahilf, unmittelbar danach

David sah die zitternde Elke teilnahmslos an. Ihre Hände hatten Risse von der rauen Gerüststange, die sie zum Abrutschen genutzt hatte, Arme und Beine schmerzten, sie würde den ein oder anderen blauen Fleck am Körper haben, aber sie war hier, und sie war in einem Stück. Ihre Augen flackerten unruhig, während sie schnell und leise erzählte, was geschehen war. Die Worte sprudelten aus ihr heraus, als ob das Erzählen allein die Ereignisse rückgängig machen könnte. David hingegen hörte ihr zwar zu, aber seine Stirn legte sich in tiefe Falten.

„Du fantasierst dir da was zusammen", murmelte er schließlich. „Sicher war das alles ein Missverständnis, du hast mit deiner Flucht überreagiert. Die hätten dir sicher nichts getan. Wir reden morgen darüber, wenn du etwas geschlafen hast. Du bist erschöpft, Elke. Das machst du sicher nur schlimmer, wenn du jetzt weiterdenkst."

Elke schüttelte heftig den Kopf. Ihre Gedanken rasten. Sie wusste, sie musste David überzeugen, jetzt sofort mit ihr zu fliehen. „Die hätten mich sicher in Begleitung eines Stasi-Aufpassers nach Leipzig expediert", maulte sie. „Und wer weiß, vielleicht wäre ich dann zu ein paar Jahren Bautzen verurteilt worden. Dass sie mich noch einmal auf die Messe in Leipzig gelassen hätten, glaubst du das?" David schüttelte nur den Kopf. Elke beschloss, es auf andere Weise zu versuchen, ihn zu erreichen: „Stell dir das mal vor, nur du und ich", begann sie, ihre Stimme plötzlich drängend, die Verzweiflung klar spürbar. „In der Karibik oder in Südfrankreich … Wir könnten neu anfangen, ganz von vorne. Niemand würde uns finden, David. Stell dir das Leben vor – nur wir zwei."

David hörte ihr zu, aber sein Gesichtsausdruck blieb unbewegt, fast schon gelangweilt. Er strich sich durch die Haare, als ob das alles eine Lappalie wäre. „Elke, du bist durcheinander. Schlaf erst mal drüber, ja? Morgen sehen die Dinge sicher anders aus. Reden wir morgen."

Sie hatte keine Wahl. Im Augenblick hatte sie keine Energie mehr für weitere Auseinandersetzungen, und ihre Flucht hatte sie zermürbt. Sie ließ Davids abendliches Bedürfnis noch über sich ergehen. Wie gern hätte sie sich danach noch an ihren Geliebten gekuschelt, doch schon in diesem Augenblick spürte sie instinktiv, dass sie keinen Geliebten mehr hatte. Sie drehte sich also zur Seite und hüllte sich fest in ihre Decke. Doch die Nacht brachte keine Erleichterung. Unruhig drehte sie sich im Bett hin und her, ihre Gedanken wirbelten. Jeder Schatten in dem fremden Raum schien eine neue Bedrohung zu bergen, jeder Laut draußen eine Vorahnung. Die Alpträume kamen schnell, Bilder von Türen, die zuschlugen, von Händen, die sie zerrten.

David hingegen schlief tief und fest. Sein gleichmäßiger Atem war das einzige, was sie hören konnte, als ob ihn nichts in der Welt stören könnte. Nicht mal die Bedrohung, die am Horizont lauerte.

Am nächsten Morgen versuchte Elke erneut, das Thema Flucht anzusprechen. „Wir müssen etwas tun, David. Was meinst du, wie lange es dauert, bis die Botschaft wieder hier auftaucht? Ich kann nicht zurück in die DDR, ich halte es nicht mehr aus. Ich will neu anfangen. Mit dir."

David, der gerade in den Spiegel sah und den Kragen seines Hemdes richtete, blieb kurz stehen. Die Falten auf seiner Stirn wurden tiefer, aber sein Blick wich ihr aus. „Elke, das ist doch Unsinn. Niemand wird hier mehr auftauchen, wir sind in Wien, nicht in Leipzig. Sie können dich nicht einfach entführen." Seine Stimme klang ruhig, wie die eines geduldigen Erziehers, der einem störrischen Kind etwas zum hundertsten Mal erklärt.

Elke schluckte, fühlte, wie die Kälte des Raums durch ihre Haut kroch. Draußen hörte sie die fernen Geräusche der Stadt, so normal, so alltäglich – als ob ihre Welt nicht gerade zusammenbrach. Sie wollte etwas erwidern, aber David sprach weiter, seine Stimme nun etwas gedämpfter, fast entschuldigend: „Außerdem, selbst wenn du das durchziehen willst, wovon sollen wir leben? Auch ich kriege nicht einfach so einen Aufenthaltstitel in Frankreich, von dir gar nicht zu reden."

Elke hielt inne, suchte nach den richtigen Worten. „David, du verstehst es nicht. Es geht nicht nur um die Papiere, es geht darum, dass wir zusammen neu anfangen könnten. Weg von all dem, von allem, was uns kaputt macht." Ihre Stimme klang flehentlich, aber David schüttelte nur den Kopf, als ob er gegen etwas viel Größeres ankämpfen müsste. „Elke, du übertreibst. Wir leben doch hier. Du bist sicher. Die DDR-Leute können hier nichts machen."

Sie spürte, wie ihre Verzweiflung wuchs, doch David wich immer weiter aus. Die Diskussion zog sich hin, beide sprachen, aber niemand hörte wirklich zu. Mit einem Mal wurde Elke klar, dass er sie nicht nur nie geliebt hatte, sondern auch keine Absicht hatte, sie zu retten. Die Einsicht kam ihr, als seine Worte sie ein letztes Mal trafen: „Wie stellst du dir das vor, Elke? Wir können nicht einfach alles hinter uns lassen."

„David, wenn das so ist, dann trennen sich unsere Wege hier und jetzt." Ihre Stimme klang ruhig, aber in ihr tobte ein Sturm. „Gib mir zehn Minuten, um meine Sachen zu packen. Dann bin ich weg."

David drehte sich um, sein Gesicht zeigte für einen kurzen Moment Bedauern, doch er sagte nur: „Wie du meinst, Elke."

Elke ging ins Schlafzimmer, um ihre Sachen zusammenzusuchen. Die vertrauten Kleidungsstücke wirkten plötzlich fremd in ihren Händen, als wären sie nicht mehr Teil ihres Lebens. Ihr Kopf war leer, die Bewegungen mechanisch. David hatte bereits innerlich abgeschlossen – das spürte sie. Sie klappte den Koffer zu, der dumpfe Klang hallte durch den stillen Raum.

„Vergiss die Sachen nicht, die ich dir gekauft habe", rief David aus dem Flur. Ein Moment der Scham überkam sie, als ihr Blick auf die Westkleidung fiel, die er ihr geschenkt hatte. Für einen kurzen Augenblick fühlte sie sich wie eine Bettlerin, die etwas annahm, das ihr nicht gehörte. Aber dann kam die Kälte zurück, und der Pragmatismus setzte ein. Sie würde die Kleidung brauchen – jedes Stück davon würde ihr helfen, in dieser neuen, ungewissen Welt zu überleben.

Im Flur begegnete David ihr ein letztes Mal. Die Worte, die aus ihm kamen, klangen hohl: „Alles Gute, Elke." Er versuchte noch, sie zu umarmen, als wäre das ein routinierter Abschluss eines kaputten Verhältnisses. Aber Elke wich aus, ohne ihn anzusehen. Ihr Blick war starr auf die Tür gerichtet, die Handtasche am Schulterriemen, ihre Hand umklammerte den Koffergriff fester. Sie trat hinaus und ließ die Türe hinter sich ins Schloss fallen. Kein Wort. Kein Blick zurück. Ah, der Schlüssel. Sie grub ihn aus der Tasche ihrer Jeans und warf ihn achtlos auf die Türmatte.

Elke stand auf der Straße und atmete tief durch. Die Kühle des Morgens legte sich sanft auf ihre Haut, aber in ihr tobte noch das Echo des Abschieds. Sie fühlte, dass gerade ein Abschnitt ihres Lebens zu Ende gegangen war – und ein neuer begann. Doch wie der aussehen sollte, wusste sie nicht. Sie hob den Koffer, ihre Handtasche hing schwer über ihrer Schulter, und machte sich auf den Weg die Stumpergasse hinauf. Die Schritte auf dem Pflaster klangen laut in der morgendlichen Stille.

Ein paar hundert Meter weiter tauchte der große Platz vor ihr auf. Und dahinter, scheinbar unveränderlich im Lauf der Zeit, das Bahnhofsgebäude. Hier war sie erst vor wenigen Tagen gewesen. Ihre Kehle schnürte sich zu, als sie daran dachte, wie sie David damals in die Arme gefallen war. Nur ein paar Tage, und doch fühlte es sich an, als läge eine Ewigkeit dazwischen. Der Bahnhof – er hatte damals wie ein Ziel gewirkt. Doch jetzt begriff sie, dass er auch noch etwas anderes war. Ein Ausgangspunkt.

Sie blieb kurz stehen, schloss die Augen und spürte den leichten Wind, der durch die Gasse wehte. Ihren Vorrat von Westgeld hatte sie noch in der Tasche. Das Reisen in Europa würde mit ihrem Pass keine unüberwindbaren Hürden bereiten. Ein Funken Zuversicht regte sich in ihr, als sie den Koffergriff fester umfasste. Ihre Schritte wurden schneller, entschlossener.

Mit einem klaren Ziel vor Augen ging sie auf das große Gebäude zu. Es war mehr als ein Bahnhof. Es war ihr Tor zur Welt. Und keinen Moment zu früh, nur ein paar Minuten später tauchte der Wagen mit dem grau gekleideten Herrn wieder in der Stumpergasse auf, der sie gestern abgeholt hatte. Elke sah ihn nicht mehr.

Lena: Du wirst mir sicher später noch erklären, warum eine Frau wie sie auf diesen emotionalen Flachwurzler überhaupt hereinfallen konnte.

Verena: Liebe?

Lena: Ja, die kann das bisweilen (seufzt).

Jetzt auch noch Gitti

Am folgenden Vormittag

Der Tag lief nicht gut für David. Erst der Streit mit Elke, der zu ihrer kindischen Abreise geführt hatte. Wo wollte die schon groß hin, mit nichts als einem DDR-Pass? Er hatte sich über ihre impulsive Art geärgert, aber auch über die Hilflosigkeit, die er empfand, als sie ihn einfach verlassen hatte. Es war nicht seine Schuld, dass sie in dieser Situation steckte, doch nun war sie weg – und er saß hier allein.

Kurz darauf hatte ein merkwürdiger Mann an Davids Tür geklopft und nach Elke gefragt. Er wollte nicht sagen, wer er war oder was er von ihr wollte. David fühlte sich zunehmend unwohl, aber der Mann ließ sich nicht abschütteln. Schließlich hatte David ihn kurz hereingelassen, um zu zeigen, dass Elke nicht mehr da war. „Wo ist sie hin? Wann kommt sie wieder?" Die Fragen irritierten David nur noch mehr. „Keine Ahnung", hatte er geantwortet, bevor der Fremde widerwillig ging.

Doch das war nur der Anfang gewesen. Kurz darauf hatte das Telefon geläutet. Der Handelsattaché Polens hatte den wichtigen Termin abgesagt, auf den David lange hingearbeitet hatte. „Erst in zwei Wochen", hatte der Mann gesagt, und David hatte kaum seine Enttäuschung verbergen können. In seiner Arbeit pressierte es, doch das interessierte im Ostblock offenbar niemanden. „Immer Ostblock", schimpfte David. „Immer dieser Ostblock!"

Nun saß er missmutig in seinem Wohnzimmer und starrte auf den Fernseher. Eine sentimentale Schnulze aus den 50er Jahren lief, doch er schenkte dem Film kaum Beachtung. Er ließ das Gerät laufen, weil er die Stille nicht ertrug. Doch das sollte sich bald als sein geringstes Problem erweisen.

Es klingelte. David seufzte schwer und erhob sich widerwillig von seinem Sessel. Als er die Tür öffnete, stand Gitti Novak vor ihm. Ohne Vorwarnung fauchte sie ihn an: „Du Feigling, du erbärmliches Weichei, wir müssen reden." Davids Herz setzte für einen Moment aus, als sie ihn fixierte. „Aber noch wichtiger", setzte sie nach, „wo ist sie?"

„Komm erst mal rein", antwortete David, während er nervös einen Blick auf den Hausflur warf. „Du schreist ja das ganze Haus zusammen."

„Ja, Grund genug hätte ich!", fauchte Gitti zurück, doch sie betrat schließlich die Wohnung, ihren Blick weiterhin fest auf David gerichtet. Kaum war die Tür hinter ihr zu, herrschte sie ihn erneut an: „Also, wo ist sie?"

David schüttelte nur den Kopf. „Keine Ahnung, du bist jetzt schon die Zweite, die das von mir wissen will."

Gittis Stirn legte sich in eine tiefe, steile Falte. „Erstens: Wann hast du sie zuletzt gesehen? Und zweitens: Wer war der andere, der sich nach ihr erkundigt hat?"

Fragen, immer nur Fragen, dachte David genervt. Er seufzte schwer. „Sie ist um zehn hier weg, mit ihren Siebensachen. Sie hat nicht gesagt, wohin. Ich bin nicht ihr Babysitter."

Gitti reagierte sofort, ihre Hand schnellte vor und traf David hart mit der flachen Hand ins Gesicht. Der Knall hallte durch den Raum. „Du hast sie hierher verschleppt, tagelang in der Wohnung eingesperrt, sie zum Bett wärmen benutzt – und dann lässt du sie einfach laufen und tust so, als ginge sie dich nichts an? Was immer du, ich oder andere über sie denken mögen: Aber sie ist eine junge Frau aus Fleisch und Blut, keine Puppe und kein Spielzeug, das man so einfach wegwerfen kann. Du bist schon ein ziemliches Ferkel. Und ein Feigling dazu."

David hielt sich die schmerzende Wange und starrte sie entgeistert an. Er kannte diese Anfälle von früher, doch diesmal war Gitti besonders wütend. „Und wer war der andere, der nach ihr gefragt hat?", fragte sie nun erneut, ihre Stimme kalt und fordernd.

David gab schließlich nach und schilderte kurz die Szene mit dem aufdringlichen Fremden, der vorhin an seiner Tür gestanden hatte. Gitti hörte aufmerksam zu, und als er geendet hatte, sagte sie nur ein Wort: „DDR."

David blinzelte verwirrt. Auf diese Idee war er überhaupt nicht gekommen.

Langsam sickerte es in Davids Verstand ein, dass Elkes Angst vor ihren Landsleuten vielleicht doch nicht so unbegründet gewesen war. Er fühlte, wie die Erkenntnis Stück für Stück durch seine Gedanken drang, doch ehe er sie ganz fassen konnte, riss Gitti ihn aus seinem Grübeln.

„David, jetzt ist Schluss mit lustig." Ihre Stimme war fest und drängend. „Wir müssen jetzt gemeinsam die Kastanien aus dem Feuer holen, sonst sind wir alle ruiniert – oder Schlimmeres." Sie machte eine kurze Pause und sah ihn eindringlich an. „Erzähl mir alles, was du sonst noch weißt."

Immerhin hatte sie sich etwas beruhigt, doch ihre Anspannung war immer noch deutlich spürbar. David atmete tief durch und begann zu erzählen. Er berichtete von dem, was Elke am Vortag erzählt hatte: ihre merkwürdige Entführung in die DDR-Botschaft, die bedrückende Atmosphäre dort und schließlich ihre riskante Flucht.

Gitti hörte zu, aber je mehr er sprach, desto finsterer wurde ihr Gesichtsausdruck. Als er endete, explodierte sie förmlich: „Und da hast du sie seelenruhig hier bei dir übernachten lassen und nichts weiter getan? Warum bist du nicht mit ihr sofort in den Nachtzug gestiegen und wenigstens nach Salzburg gefahren? Wenn dir schon sonst nichts eingefallen ist?" Ihre Stimme wurde schärfer. „Hast du wirklich geglaubt, sie hat Fieberphantasien? David, ich dachte, wir hätten schon festgemacht, dass sie eine Stasi-Agentin ist und in der Sache tief drinsteckt – trotz oder vielleicht wegen ihrer Tarnung als ..." Gitti schüttelte den Kopf und sah ihn an, als könne sie seine Naivität nicht fassen.

„Hab ich dir schon gesagt, dass es zu den dümmsten Dingen im Leben eines Mannes gehört, sich in seine Nutten zu verknallen?" Ihr Tonfall war kalt, und ihre Worte schlugen auf David wie ein Peitschenschlag.

David wagte schließlich zu fragen, die Unsicherheit in seiner Stimme kaum zu überhören: „Ja gut und schön, aber was ist jetzt eigentlich das Riesenproblem?"

Gitti seufzte tief und rieb sich die Stirn, als müsse sie besonders geduldig mit ihm sein. „Du bist wirklich nicht die hellste Birne am Luster, David. Aber das weiß ich nicht erst seit heute." Sie verschränkte die Arme und trat einen Schritt näher. „Also hör gut zu: Hanna und ich haben einen Plan gemacht. Wir wollten, dass die DDR-Botschaft sie abholt und nach Leipzig zurückbringt, damit sie aus der Schusslinie ist. Die hätten sie dort wieder reingebracht, wo sie vorher war, und damit wäre die Gefahr für uns alle vorbei gewesen. Ich hab mich extra von diesem Pavel verprügeln lassen, damit es klappt." Sie zog ihren Ärmel hoch und zeigte ihm ein paar frische Schürfwunden und blaue Flecken. „Da, schau. Das ist der Preis, den ich gezahlt hab."

David sah die Verletzungen, aber er verstand immer noch nicht das ganze Ausmaß der Situation.

Gitti seufzte erneut, diesmal schwerer, und fuhr fort: „Leider hat es die Botschaft vermasselt, und Elke ist ihnen entwischt. Und jetzt, wo du es verabsäumt hast, sie aus dem Blickfeld der Botschaft zu nehmen, ist sie abgehauen. Die Botschaft ist in wilder Panik hinter ihr her, um ihren Fehler wieder gutzumachen. In schlichten Worten: Elke ist in Lebensgefahr, während du hier sitzt und immer noch nicht raffst, worum es geht."

David schluckte, die Realität der Situation begann langsam zu sacken. „Und was jetzt?", fragte er kleinlaut.

Gitti schnaubte, ihre Geduld war endgültig zu Ende. „Jetzt hilft nur noch beten, David. Bete, dass sie es irgendwohin geschafft hat, wo die DDR sie nicht findet. Der Plan, dass sie einfach in Leipzig dort weitermacht, wo sie vor dir aufgehört hat, ist Geschichte. Sie ist jetzt entweder frei … oder tot."

Damit wandte sie sich ab, packte ihre Sachen und marschierte zur Tür. Sie warf ihm noch einen letzten Blick zu, ihre Augen voller Verachtung, dann schlug sie die Tür hinter sich mit einem lauten Knall zu.

Verena: Wo sie recht hat, hat sie recht, die Gitti.

Lena: mhm.

Kurzschluss und Überschlag

Wien-Westbahnhof, zur selben Zeit

Elke saß auf der harten Holzbank in der erhöhten Verbindungshalle des Wiener Westbahnhofs. Vor ihr erstreckte sich die große Glasfront, durch die sie die Bahnsteige überblicken konnte. Hinter ihr die Brüstung der Empore, die die Verbindungshalle von der darunterliegenden Kassenhalle abgrenzte, immer wieder unterbrochen von Stiegen und Rolltreppen, die von Reisenden stark frequentiert waren. Der Westbahnhof war kein einladender Ort – die kalten, gläsernen Türen trennten die Züge von den Wartenden, und nur wenige Menschen saßen verstreut auf den Bänken. Ihr Koffer stand neben ihr, die Handtasche hatte sie immer noch um den Körper geschnallt. Elke war hier auch auf Durchgang, sie fühlte sich nicht wohl.

In ihrer Tasche spürte sie das Ticket nach Paris. Ein kleines Stück Papier, das ihr die Freiheit versprach. Die Freiheit, all dies hinter sich zu lassen. Leipzig, Wien, David. Besonders David. Sie wusste, sie würde durchkommen. Es war nicht das erste Mal, dass sie sich in einer fremden Stadt zurechtfinden musste. Paris – sie wusste nicht recht, warum Paris. Der Eiffelturm, Notre-Dame. Sie hatte die Bilder gesehen, in Zeitschriften und alten Büchern. Das wollte sie sehen. Ansonsten war Paris genauso gut wie jede andere Stadt in Europa. Ihr Geld hatte gerade so gereicht, man hatte sie noch zu einer Wechselstube geschickt, hier waren Schilling angesagt, nicht Mark, aber der Umtausch war ohne Fragen gelaufen. Der Zug würde in zwei Stunden abfahren.

Um das Überleben machte sie sich keine Sorgen. Ihr Beruf war einer, den man überall ausüben konnte. Sie wusste, wie sie sich durchschlagen würde. Ihre Gedanken kreisten um die Zukunft, die neue Stadt, das fremde Leben, das sie erwartete. Zwei Stunden noch. Sie blickte nervös um sich. Vielleicht hätte sie doch einen früheren Zug nehmen und unterwegs umsteigen sollen? Zwei Stunden, nicht zwei Tage, sagte sie sich immer wieder vor.

Plötzlich schlugen ihre von Kindheit an erlernten Reflexe an, ein Instinkt, der in der DDR geschärft worden war. Männer schlenderten scheinbar ziellos durch die Halle, ihr Blick war unauffällig, und doch erfassten sie jedes Detail. Elke hatte diese Art von Männern unzählige Male gesehen. Es waren Männer aus der DDR, das erkannte sie an den tausend kleinen Zeichen – an der Art, wie sie sich bewegten, wie ihre Augen unmerklich die Umgebung abtasteten. Sie versuchte, ruhig zu bleiben, aber ihre Sinne schrien Alarm.

Sie hätte sich in Sicherheit wiegen sollen. Sie war im Westen, in Wien, in einer belebten Halle voller Menschen. Niemand konnte sie hier so einfach verschleppen, nicht wie in der DDR, wo die Stasi jederzeit zugreifen konnte, ohne dass sich jemand einmischte. Doch Elkes Reflexe waren andere. Vor ihren Augen lief plötzlich wieder eine Szene ab, in einem Berliner Bahnhof, auf der Fahrt zur Berufsschule: Ein junger Mann wurde plötzlich von genau solchen Männern eingekreist, brutal niedergeschlagen und dann in Handschellen abgeführt. Und niemand sah hin, niemand kam ihm zu Hilfe, obwohl er laut schrie, bis sie ihn knebelten.

Sie sondierte die Möglichkeiten. Die Männer waren zu gut postiert, als dass sie es bis in die Kassenhalle im Parterre schaffen würde. Sie musste aus dem Bahnhof raus und fliehen, außer Reichweite dieser Männer kommen. Aber wie? Ihr Koffer – er war plötzlich bedeutungslos. Alles ließ sich ersetzen. Sie griff nach ihrer Handtasche, die wichtigsten Dokumente drin, hielt sie fest umklammert, und sprang auf. Ohne lange zu zögern, rannte sie durch eine der Glastüren in Richtung des nächstbesten Bahnsteigs. Weiter, immer weiter. Flucht.

Die Männer tauschten Blicke, als Elke plötzlich losrannte. Es waren drei, und sie hatten kaum Erfahrung damit, jemanden zu verfolgen. Ihre Bewegungen waren unkoordiniert, und obwohl sie hinterherliefen, waren sie viel langsamer als Elke. Doch Elke drehte sich nur flüchtig um, sah ihre Schatten im Augenwinkel und spürte die unmittelbare Bedrohung. Bilder von düsteren Räumen schossen durch ihren Kopf, von Menschen hinter Gittern, Offizieren, Schlagstöcken. Sie rannte weiter, ohne nachzudenken, ihr Verstand setzte aus, und ihre Überlebensinstinkte übernahmen.

Der Bahnsteig endete abrupt vor ihr, doch sie bremste nicht ab. Sie überquerte die Gleise, rannte weiter. Ein warnendes Tuten. Sie konnte gerade noch rechtzeitig über das Gleis ausweichen, als ein Schnellzug in den Bahnhof einfuhr. Ihr Blick war starr nach vorne gerichtet. Nach hinten war ihr durch den Zug die Sicht genommen, sie wusste nicht, dass die

Männer auf der anderen Seite des Zuges blockiert waren und sie nicht einmal sehen konnten. Es gab nur mehr vorwärts. Links und rechts erhoben sich hohe Betonmauern, die das Bahngelände abgrenzten, und für einen Moment schien es, als gäbe es keinen Ausweg. Aber dann sah sie es – eine Reihe von Güterwagen, die am Rand des Geländes abgestellt waren. Vom Dach eines dieser Wagen wäre die Mauerkrone wohl in Reichweite. Die Mauerkrone, und dahinter Sicherheit. Zumindest für den Augenblick. Sie schaute im Laufen genauer. Ein Wagen hatte eine seitliche Leiter, die sich wie eine letzte Rettung vor ihr aufbaute. Das Adrenalin in ihren Adern verhinderte, dass sie ihre einsetzende Erschöpfung spürte.

„Über das Dach … das muss funktionieren …", schoss es ihr durch den Kopf. Bilder vom Eiffelturm, von Notre-Dame zuckten durch ihren Verstand. Ein Kruzifix. „Mann am Kreuz, hilf mir, wenn du kannst", dachte sie, ohne wirklich zu wissen, warum. Religion war nie Teil ihres Lebens gewesen, aber in diesem Moment klammerte sie sich an alles, was irgendeinen Hoffnungsschimmer versprach. Ihre Hand griff nach der kalten Metallleiter, und sie zog sich mit letzter Kraft hinauf. Die Tasche baumelte beim Klettern zwischen ihren Beinen, sie hoffte, sie nicht zu verlieren. Weiter. Hinauf. Alles, was zählte, war das Entkommen. Sie schwang sich über die Dachkante des Wagens.

*

Im Stellwerk, nicht weit entfernt, beobachtete ein Bahnbediensteter die Anzeigen der Spannungsversorgung der 15 kV Oberleitungen. Für einen Augenblick flackerte die Anzeige eines der Fahrdrähte, und er rieb sich verwundert die Augen. Er behielt das Instrument eine Weile im Auge, doch die Anzeige stabilisierte sich schnell wieder. „Ein Marder vielleicht", murmelte er. Tote Tiere durch Spannungsüberschläge auf dem Wagendach waren leider an der Tagesordnung.

Ein paar Minuten später standen die drei Männer, die Elke verfolgt hatten, vor ihrem leblosen Körper. Sie lag auf dem Gleisbett, neben dem Güterwagen, ihr Körper war vom Sturz seltsam verrenkt, die Haut blass und verbrannt. Die Männer sahen einander eine Weile betreten an.

„Haben das jetzt wir verursacht?", fragte einer von ihnen leise.

„Nee, die ist aufs Wagendach, und die Oberleitung war an. Ist hier wie bei uns, 15 kV, absolut tödlich. Überschlag, musst sie nicht mal berühren."

„Er wird es uns in die Schuhe schieben", antwortete ein anderer, seine Stimme zögernd.

„Und weiter?", fragte der dritte nach einer kurzen Stille.

Der Anführer der Gruppe seufzte schwer. „Wir bringen sie erst einmal außer Sicht", sagte er schließlich und sah die beiden anderen ernst an. „Niemand darf sie finden. Hier ist eine dunkle Ecke, das kann schon gut gehen, wenn sie nicht gerade mit Hunden durchgehen. Aber wir sind hier ja nicht an der Friedrichstraße." Er lachte leise. „In der Nacht holen wir sie hier raus. Der Botschafter war sehr klar: keine Spuren. Offiziell ist sie ‚entkommen'. Wir hatten durch den einfahrenden Zug keine Sicht und keine Chance."

„Keine Chance", wiederholten die beiden anderen. Sie sahen den ersten unsicher an, doch sie hatten auch keine bessere Idee. Also machten sie sich daran, die Leiche unter eine nahe Laderampe eines Lagerschuppens zu schaffen, der etwas weiter vorne neben dem Gleis stand. Sie nickten sich zu. „In die Botschaft. Getrennte Wege. Kein Risiko." „Kein Risiko", wiederholten die beiden anderen. Einen Augenblick später waren die drei verschwunden.

> *Lena: Ist das – realistisch? Ich mein, das mit der Oberleitung?*
>
> *Verena: Leider ja, zumindest in Österreich und Deutschland. Ich habe als junge Beamtin einige solche Fälle selber gesehen, bevor ich in den Kriminaldienst gewechselt habe. 15 Kilovolt ist 50 Mal so stark wie die Steckdosen hier im Raum. Das ist wie ein Blitzschlag im Freien.*
>
> *Lena (leise): Meinst du, das ist es, wofür sich meine Mama so geniert? Diese Sinnlosigkeit?*
>
> *Verena (legt ihre Hand sanft auf Lenas) Bringen wir es zu Ende.*

Seine Exzellenz greift durch

Wien-Währing, am nächsten Tag

14 Männer saßen stumm im Konferenzraum der DDR-Botschaft. Der Raum war groß, der Rauch hing dick in der Luft. Der Botschafter trat schließlich ein, dicht gefolgt von seiner Sekretärin. Ein gemurmeltes „Entschuldigung, wir wurden aufgehalten", klang kaum nach einer Entschuldigung – die Sekretärin war eindeutig zu frisch geschminkt, die Haare zu akribisch frisiert, ein Hauch von Röte hing noch auf ihren Wangen. Der Botschafter, von geschmackloser Eleganz wie immer, trug einen etwas zu violetten Maßanzug, ein etwas zu oranges Hemd und eine etwas zu grüne Krawatte. Seine etwas zu großen goldenen Manschettenknöpfe schienen ihn daran zu hindern, seine Arme auf dem Tisch aufzulegen.

„Silke, bitte kümmern Sie sich um den Kaffee. Die Herren hier scheinen nichts außer Rauch produziert zu haben", sagte er knapp und richtete seine Krawatte. Die elegante junge Frau, eine Wienerin im Dienste der Botschaft, lächelte ihm zu: „Natürlich, Exzellenz", und verschwand Richtung Teeküche.

Der Botschafter wandte sich derweil direkt an die versammelte Runde. „Meine Herren, bevor wir zu der unseligen Geschichte gestern am Westbahnhof kommen, eine Frage: Wer war verantwortlich, dass Frau Schneider vorgestern nach ihrer Befragung einfach in einem Büro vergessen wurde?"

Zwei Männer zuckten zusammen und versuchten gleichzeitig zu sprechen. „Es war Dienstschluss, Exzellenz, und ich dachte, dass er ..." Sie sprachen beinahe gleichzeitig und zeigten mit unsicheren Handbewegungen aufeinander.

„Sie dachten also, dass man eine Frau ohne Wasser, Toilette oder jegliche Information einfach einsperren kann, weil es Feierabend ist?" Der Botschafter lehnte sich zurück, seine Stimme ruhig, fast beiläufig, aber die Worte schnitten. „Und dass das die Methode der Wahl ist, sie höflich zu ersuchen, nach Leipzig zurückzukehren, wo ihre Rückkehr in ihren – Beruf – ohne weitere Konsequenzen zugesichert wurde?" Er ließ seine Worte ein wenig sickern. „Seien Sie froh, dass sie sich nicht den Hals gebrochen hat, als sie über das Gerüst geklettert ist. Das MfS hätte wenig Verständnis dafür. Das nächste Mal überlegen Sie sich gut, ob Sie selbst in einem Raum ohne elementare Verpflegung eingeschlossen sein wollen, zum Beispiel in einer charmanten Haftanstalt wie Bautzen in unserer sozialistischen Heimat." Ein kurzes, peinliches Schweigen folgte, bevor der Botschafter die Hände klatschen ließ. „Ich werde diesmal angesichts des weiteren tragischen Verlaufs der Sache von einer Meldung nach Berlin absehen. Weiter im Programm. Möller, berichten Sie vom Westbahnhof."

Möller trat vor, sichtbar nervös. „Natürlich, Exzellenz." Er räusperte sich und begann stockend zu sprechen: „Also ... gestern gegen Mittag haben wir Frau Schneider beobachtet, wie besprochen. Alles lief nach Plan, bis sie plötzlich völlig ohne Grund weggelaufen ist. Unsere Leute haben sofort reagiert, aber ein Zug fuhr genau in dem Moment ein und blockierte unsere Sicht. Minuten später fanden wir sie ..." Möller schluckte. „... tot. Stromschlag. Sie wollte über das Dach eines Güterwagens fliehen, der unter einer eingeschalteten Oberleitung abgestellt war."

Der Botschafter zog eine Augenbraue hoch, seine Stimme war jetzt messerscharf. „Tot durch einen Stromschlag, sagen Sie?" „15 Kilovolt, ja, Exzellenz." Der Botschafter nickte. „Und wie haben Sie es geschafft, diesen peinlichen Vorfall unentdeckt zu lassen?"

„Unsere Männer haben die Leiche sofort aus dem Sichtfeld gebracht, unter eine Laderampe. Später in der Nacht haben wir sie geborgen. Es gab keine Zeugen, und wir haben sichergestellt, dass keine Verbindung zur Botschaft hergestellt werden kann."

Der Botschafter lächelte kalt. „Wirklich? Keine Verbindung? Und ich nehme an, die unsägliche Jagd durch den Bahnhof war auch Teil dieses perfekten Plans?" Seine Stimme triefte vor Sarkasmus. „Vielleicht haben

Sie gedacht, wir wären noch auf der Friedrichstraße, wo solche Methoden niemanden stören. Aber hier? Im Wiener Westbahnhof?"

Möller stotterte: „Exzellenz, sie muss uns bemerkt haben und in Panik geraten sein. Viele unserer Mitbürger … na ja, sie reagieren so, wenn sie glauben, sie werden beobachtet. Sie muss uns mit Agenten des MfS verwechselt haben."

„Ach ja? Und warum lief sie dann über die Gleise und kletterte auf einen Güterwagen? Warum ist sie nicht einfach den Bahnhof hinausspaziert?" Der Botschafter lehnte sich zurück, sein Tonfall war jetzt tödlich ruhig. „Haben Sie vielleicht eine Hasenjagd veranstaltet, statt es mit einem einfachen ‚Freundschaft, Bürgerin' zu versuchen? Was hätten Sie getan, wären im Bahnhof Friedrichstraße drei offensichtliche Stasi-Agenten auf Sie zugekommen?"

Ein betretenes Schweigen breitete sich aus. Der Botschafter ließ seinen Blick über die schweigenden Männer gleiten. Dann seufzte er und erhob sich langsam. „Meine Herren, auch wenn Ihr Verhalten dort auf dem Bahnhof – sagen wir einmal, nicht ideal war: An dem Tod unserer jungen Mitbürgerin trifft Sie keine Schuld. Was aber nichts daran ändert, dass wir jetzt eine Leiche im Keller haben. Ich hoffe, niemand hat schon Berichte an unsere Zentrale geschickt?"

Zögerliches Kopfschütteln und leises Gemurmel folgte. Der Botschafter nickte leicht, dann richtete sich sein Blick auf Möller. „Ich erteile Ihnen jetzt den Auftrag, die Leiche und alle dazugehörigen Papiere verschwinden zu lassen. Aber keine Dummheiten. Die Donau ist tabu. Wir wollen nicht, dass sie gefischt wird, wie letzte Woche das Mädchen, über das das Westfernsehen berichtet hat." Ein Hauch von Spott lag in seiner Stimme. „Die Wiener Kriminalpolizei ist zu gut. Das wollen wir nicht riskieren, oder?"

Möller schwitzte förmlich unter dem prüfenden Blick des Botschafters und stammelte: „Aber was sonst, Exzellenz?"

Der Botschafter lehnte sich zurück und starrte Möller eindringlich an, bevor er weitersprach: „Sorgen Sie dafür, dass die Leiche – sollte sie doch gefunden werden – an Hanna Beran und ihren dubiosen Geschäften hängen bleibt. Die verdient schon genug an unserer sozialistischen Heimat. Silke wird Ihnen die nötigen Details zukommen lassen." Er hielt inne, seine Stimme wurde schärfer. „Und drohen Sie ihr, dass wir ihr nettes kleines Geschäft mit Ostberlin platzen lassen, sollte sie nicht mitspielen."

Möller nickte hastig. „Ja, Exzellenz."

Der Botschafter setzte mit einem Hauch Sarkasmus fort: „Und sorgen Sie dafür, dass diesmal niemand auf die Idee kommt, über Gleise zu laufen oder über Mauern zu flüchten. Verstanden?"

„Selbstverständlich, Exzellenz", antwortete Möller, immer noch unsicher. „Wir alle sind stets bemüht, im Dienste der sozialistischen Heimat aus unseren Fehlern zu lernen und uns zu verbessern."

Der Botschafter musterte ihn scharf. „Melodramatik macht Frau Schneider auch nicht wieder lebendig. Enttäuschen Sie mich nicht noch einmal, Möller, eine Stationierung in Wien ist kein selbstverständliches Privileg. Die Herren: Wegtreten. Und Möller: Vergessen Sie nicht auf die Papiere."

Als die Herren gegangen waren und der Raum sich geleert hatte, lehnte sich der Botschafter etwas entspannter zurück. „Silke?" Sie trat von hinten an seinen Stuhl, legte ihm die Hände auf die Schultern und massierte ihm ein wenig den Nacken. „Ja, Exzellenz?" „Mach über diese blödsinnige Aktion einen Bericht, in dem nur steht, dass Genossin Schneider in einer Kurzschlusshandlung geflohen ist und durch unglückliche Umstände entkommen konnte. Es ist davon auszugehen, dass sie in der Folge Republikflucht begangen hat und sich bereits im kapitalistischen Ausland jenseits der österreichischen Grenze befindet. Weitere Verfolgungshandlungen von Wien aus scheinen aussichtslos." Er sah Silke mit einem festen Blick an. „Lass Möller das unterschreiben und bring es mir zur Gegenzeichnung. Dann schick es nach Leipzig."

Silke schenkte ihm ein zuckersüßes Lächeln und antwortete gehorsam: „Jawohl, Exzellenz." Bevor sie hinausschwebte, hauchte sie noch ein: „Ich bewundere immer wieder, wie viel Geduld du mit diesen, ähm, nur durchschnittlich begabten Werktätigen deiner sozialistischen Heimat hast."

Lena: Unglaublich, wie banal das gelaufen ist. Aber wer ist jetzt diese Silke?

Verena (lacht): Eine Wienerin, die an der DDR Botschaft als Tippse gearbeitet hat.

Lena: Tippse mit besonderen Vorzügen? Warum hat die sich das angetan?

Verena: Besser als Ehefrau in den Siebzigern? Scheint sehr fesch gewesen zu sein und auch Stil gehabt zu haben (langer Blick auf Lena, der dieser Blick vollkommen entgeht)

Ihre Leiche, Frau Beran

Wien-Währing, ein paar Tage später

Möller saß in einem kleinen, abgenutzten Espresso unweit der DDR-Botschaft und versuchte, nicht wie ein DDR-Agent auszusehen. Doch gerade diese Bemühung ließ ihn erst recht wie einen solchen wirken – seine unauffällige Kleidung wirkte übertrieben sorgfältig ausgewählt, und sein Verhalten war zu kontrolliert, um wirklich unauffällig zu sein. Er sah sich nervös um, obwohl die wenigen Gäste im Café ihm keine Beachtung schenkten. Die Espressomaschine hinter der Theke zischte gelegentlich, und der Geruch von abgestandenem Kaffee und Zigarettenrauch hing schwer in der Luft.

Möller hatte Hanna gebeten, ihn hier zu treffen, und er wartete nun schon eine Weile. Sie verspätete sich, was ihm nur noch mehr Zeit gab, sich in seinem Stuhl zu winden. Das Café, mit seinen einfachen laminatbeschichteten Tischen, dem nicht abgeräumten Geschirr und der verstaubten Jukebox in der Ecke, wirkte so grau und trist wie seine eigenen Gedanken.

Als Hanna schließlich eintrat, zog sie sofort die Aufmerksamkeit auf sich. Sie sah in diesem heruntergekommenen Lokal so deplatziert aus wie ein Kranich in einem Taubenschlag. Ihre teure Garderobe und ihr gepflegtes Auftreten standen im scharfen Kontrast zu der Umgebung. Sie musterte Möller, erkannte ihn sofort und setzte sich mit einer eleganten, fast abwehrenden Bewegung an seinen Tisch. Ihr Gesichtsausdruck verriet, dass sie es am liebsten vermieden hätte, die schäbige Oberfläche des Tisches zu berühren. Sie saß aufrecht, als fürchtete sie, dass die bloße Berührung mit ihrer Umgebung Flecken auf ihrem sorgfältig gewählten Kostüm hinterlassen könnte.

Die Kellnerin, eine Frau in einem einfachen schwarzen Rock und einer weißen Bluse, eilte herbei, ihre Miene versuchte, eilfertige Beflissenheit vorzutäuschen. Hanna würdigte sie kaum eines Blickes, sondern sagte kühl: „Nur einen Espresso. Aber verwechseln Sie das bitte nicht mit Abwaschwasser." Die Kellnerin zuckte kaum merklich mit den Schultern und verschwand hinter der Theke. Eine Minute später stellte sie einen erstaunlich annehmbaren Kaffee vor Hanna hin.

Hanna nahm einen vorsichtigen Schluck, dann wandte sie sich Möller zu, ihre Augen scharf und durchdringend. „So, und was wollen Sie jetzt von mir, Herr – Attaché?"

Möller kam ohne Umschweife zur Sache. „Ich nehme an, Elke Schneider sagt Ihnen etwas?"

„Und wenn?", gab Hanna nonchalant zurück.

„Sie ist tot. Ein bedauerlicher Unfall am Westbahnhof, als sie sich in den Westen absetzen wollte."

„Unfall, soso." Hanna schürzte die Lippen.

„Frau Beran, sie war überhaupt nur wegen einer bestimmten geschäftlichen Angelegenheit in Wien, in die auch Sie verwickelt sind." Hanna schwieg, also sprach er weiter. „Überwachung mit spezifisch weiblichen Methoden, Sie wissen schon."

„Ich weiß, dass sie eine Hure war", entgegnete Hanna ungerührt. „Aber ich sehe immer noch nicht den Zusammenhang."

„Das brauchen Sie auch nicht", sagte Möller, dessen Geduld langsam zu schwinden begann. „Ich sag Ihnen jetzt unverblümt: Wir wollen die Leiche loswerden und haben da an Sie gedacht. Wie und wo wollen Sie sie übernehmen?"

Hanna blieb äußerlich ruhig, aber in ihrem Kopf arbeitete es fieberhaft. Den Rest konnte sie sich denken. „Sonst bin ich aus dem Deal raus, nehme ich an?", fragte sie kühl, um ihm zu zeigen, dass sie viel weniger dumm war, als er vielleicht dachte.

„Darauf läuft es hinaus, ja", gestand Möller und wand sich dabei unbehaglich. „Verzeihen Sie, aber ich überbringe hier nur die Nachricht. Das haben andere entschieden."

„Mir ist gleich, wer das entschieden hat. Ich muss kurz telefonieren." Sie stand auf, sah sich um und entdeckte im hinteren Teil des Cafés einen Münzfernsprecher. Zehn Minuten lang konnte man sie im Gespräch beobachten, bevor sie zurückkehrte. Es war nicht leicht gewesen, Bertram von Eckstein, ihren derzeitigen „Derzeitigen", davon zu überzeugen, sein Palais zur Verfügung zu stellen, aber die Aussicht, seine Million wiederzubekommen, hatte schließlich den Ausschlag gegeben. „Ich werde nicht anwesend sein, aber man wird euch gegen 21 Uhr einlassen", waren seine letzten Worte gewesen.

„Gut", sagte sie schließlich. „Schafft es die ständige Vertretung des Arbeiter- und Bauernstaates, die Leiche heute am späten Abend im Palais Eckstein abzuliefern? Oder müssen wir einen Transport organisieren?"

Möllers Stimmung hob sich augenblicklich. Er hatte nicht damit gerechnet, dass es so einfach gehen würde. Ohne zu zögern, antwortete er: „Ja, sicher geht das." Der große Kombi der Botschaft würde reichen, und seine beiden Mitarbeiter würde er schon dazu bringen, mitzufahren.

„Gut, 22 Uhr. Noch etwas?" Möller, noch immer vollkommen perplex, antwortete nicht. Hanna erhob sich und legte einen Zwanzig-Schilling-Schein auf den Tisch. „Der Cognac, den Sie jetzt gleich brauchen werden, geht auf mich. Aber nehmen's den teuersten, es lohnt sich". Damit drehte sie sich um und verließ das Café. Möller schaute ihr mit offenem Mund nach.

Die Leiche kommt in den Keller

Wien-Zentrum, am späten Abend desselben Tages

Kurz nach 22 Uhr fuhr der schwarze Kombi vor dem Portal des Palais Eckstein vor. Die Scheinwerfer warfen lange Schatten über das Kopfsteinpflaster, als der Wagen rückwärts auf den Gehsteig vor der Einfahrt schob. Hanna trat durch das massive Portal hinaus und spähte in die Dunkelheit. Drei dunkel gekleidete Männer stiegen aus, einer davon war Möller. Der zweite öffnete die Heckklappe. Ohne ein Wort zu verlieren, stemmten sie mit vereinten Kräften einen groben Sack aus dem Kofferraum und schleppten ihn durch die Einfahrt. Hanna hielt die Tür auf, der kalte Nachtwind ließ ihre Haare kurz aufflattern. Der Sack wurde achtlos auf den Fliesen des Eingangs fallen gelassen, ein dumpfer Aufprall hallte im Flur wider. Möller ging noch einmal zurück und stellte stumm eine Schachtel neben den Sack ab.

„Können Sie uns noch helfen ...", setzte Hanna an, doch die drei Herren hatten sich bereits umgedreht, stiegen in den Wagen und fuhren davon. Der Motor heulte auf, und schon verschwand der Kombi in der Dunkelheit.

„Und jetzt?", fragte Hanna in den leeren Hausflur hinein. Aus dem Halbdunkel trat Gitti hervor. Sie trug eine Latzhose aus schwerem Denim und eine leichte Regenjacke, die im Dämmerlicht wie Plastik glänzte.

„Das hast du ja wieder super hingekriegt", ätzte Gitti. Ihre Stimme schnitt scharf durch die Stille. „Warum überlässt du es nicht mir, Männer um den Finger zu wickeln? Sollte nicht jede das tun, was sie am besten kann?"

Hanna ignorierte die Bemerkung und verschränkte die Arme. „Jetzt ist wohl Tragen angesagt. Ich hoffe, du kannst das auch besser als ich, Mausi."

In der Dunkelheit sah Hanna nicht, wie Gitti ihr frech die Zunge herausstreckte. „Weißt du, ob ihr hier irgendwo eine Sackrodel habt? Oder soll ich so anfangen: Weißt du überhaupt, was eine Sackrodel ist?"

„Blödfrau", maulte Hanna, konnte sich aber ein Lächeln nicht verkneifen. Gittis Idee war gut, das musste sie zugeben. Und sie wusste, wo der Hausmeister seine Kammer hatte, der gelegentlich Kisten mit Getränken ins Palais führte. Zum Glück war die Kammer nicht verschlossen, und so kehrte sie kurz darauf mit der Karre in den Flur zurück. Mit vereinten Kräften hievten die beiden Frauen den schweren Sack mit Elkes Leiche auf die Rodel.

Es dauerte fast eine Stunde, bis sie die Last, Stufe für Stufe, in den zweiten Keller geschafft hatten. Die Stille des alten Gemäuers schien schwer auf ihnen zu lasten, während sie den Sack schließlich in den kleinen Raum rollten, den Hanna ausersehen hatte. Der Sack fiel dumpf auf den Boden, und ohne ein weiteres Wort schlossen sie die Tür hinter sich. Eine der beiden Frauen drehte den Schlüssel zweimal um und steckte ihn ein.

„Bertram meint, hier ist sie vorerst sicher", sagte Hanna mit einem Seitenblick auf Gitti. „Wir können uns später noch darum kümmern, sie hier wegzuschaffen. Komm jetzt, Gitti, mir ist dieser Ort unheimlich."

Die beiden Frauen stiegen wieder die Treppen hinauf, ihre Schritte hallten in der Kühle des Treppenhauses wider. „Komm, fahren wir noch zu mir", schlug Hanna vor, als sie den Flur erreichten. Sie ging in den Vorraum des Palais und griff nach dem Telefon, um ein Funktaxi zu rufen. Zehn Minuten später saßen sie in dem rauchenden, knatternden Wagen, der sie nach Heiligenstadt zu Hannas Wohnung brachte. Die Schachtel, die Möller hinterlassen hatte, trug Hanna fest bei sich.

Als sie in Hannas Wohnung ankamen, umfing sie der vertraute Geruch von altem Holz und verblichenem Stoff. Zwischen den Möbeln, die Hanna noch von ihrer Großmutter übernommen hatte, lagen überall Bücher, Kleidungsstücke und Zeitschriften verstreut. Hanna stellte ohne Zögern eine Flasche Likör auf den Tisch und öffnete sie mit einem beiläufigen Schwung.

„Das haben wir uns jetzt verdient, Mausi", sagte sie, als ob gerade nichts Außergewöhnliches passiert wäre.

Gitti schüttelte den Kopf, während sie die Gläser beobachtete, die Hanna einschenkte. „Du bist manchmal so kalt und herzlos, Hanna", maulte sie leise. „Mir geht Elkes Tod schon nahe. So unnötig, auch wenn ich nicht glaube, dass wir ihn hätten verhindern können."

Hanna schaute skeptisch zu ihr hinüber, die Augen leicht zusammengekniffen. „Was du dir immer für einen Kopf machst, Mausi."

Ein kalter Schauer lief Gitti über den Rücken. Die Art, wie Hanna das sagte, so abgebrüht, so emotionslos … sie seufzte, das war eben Hanna. Doch Gitti ließ sich nicht abschrecken. Sie wusste, dass unter Hannas harter Fassade auch eine andere Seite steckte. „Hast du vielleicht eine Kerze da?", fragte sie plötzlich, ihre Stimme ruhiger, fast zärtlich.

Hanna hob eine Augenbraue, stand dann jedoch auf und begann in den Küchenkästen zu kramen. Nach einer Weile kam sie mit einem halb abgebrannten, gelblichen Kerzenstumpen zurück. „So was?" Ihre Stimme klang kalt und gleichgültig, aber sie reichte die Kerze dennoch Gitti.

Gitti sagte nichts. Stattdessen griff sie in ihre Tasche, holte ihr Feuerzeug hervor und zündete die Kerze an. Das kleine Licht flackerte in der stillen Wohnung. Sie faltete ihre Hände, fast wie ein Schulmädchen beim Abendgebet.

„Ich bete für die Seele dieser mutigen Kämpferin", flüsterte sie, ihre Augen fest auf die Kerze gerichtet. „Sie soll es im Jenseits besser treffen als in diesem unseligen Staat, in den sie hineingeboren wurde."

Dann sah sie Hanna direkt an. „Komm schon, es fällt dir kein Zacken aus der Krone, wenn du ihr auch einen letzten stillen Gruß entbietest."

Hanna blieb erst regungslos stehen, sichtbar konsterniert von Gittis ungewöhnlicher Bitte. Doch dann, nach einem Moment des Zögerns, setzte sie sich. Ihre Hände legten sich langsam ineinander, und sie starrte auf die flackernde Flamme. Die beiden Frauen schwiegen, jede in ihre Gedanken vertieft, während die Zeit in der kleinen Wohnung stillzustehen schien. Nur das sanfte Knistern der brennenden Kerze war zu hören.

Verena: Gitti hatte schon einen guten Kern.

Lena: Mama auch? Wie siehst du das?

Verena: Sie trägt im eigentlichen Sinn keine Schuld. Aber ich habe Zweifel, dass diese Geschichte vor ihrer eigenen Unerbittlichkeit bestehen kann.

Lena (sagt nichts, bekommt feuchte Augen)

Verena: Da schau, bei dem hier frag ich mich schon, wie das in den Akt gekommen ist. Die Ossis haben damals jeden Schmarrn dokumentiert, wohl ohne selber zu wissen, wozu.

Lena (ungläubig): Das ist nicht von den Ossis, das ist auf Mamas Remington getippt, das fliegende e und das schräg stehende t sind eindeutig. Und es spielt zehn Jahre später. (Sie denkt eine Weile nach) Mama schreibt bisweilen gern kleine Geschichten. Hält sie mich gar für zu dumm, den Rest auch so zu verstehen?

Zwei Generäle

General Vogel, der die letzten Monate seiner aktiven Dienstzeit in einer Stabsstelle der Nationalen Volksarmee diente, saß in einem der breiten Clubsessel, die im Offizierscasino der Kaserne bereitstanden und nach den ungeschriebenen Regeln des Corps für verdiente, hochrangige Kameraden freigehalten wurden. Er brütete versonnen vor sich hin, als er einen vielleicht fünfzehn Jahre jüngeren Kameraden auf sich zukommen sah. Das Rangabzeichen auf seiner Uniform wirkte, als wäre es erst jüngst ausgetauscht worden. Er sah genauer hin, dann zog ein breites Lächeln auf: „Müller?", fragte er. „Aus Leipzig, seinerzeit?"

„Ja, genau der. Ich hörte, dass Sie hier stationiert sind, General, und hoffte, Sie hier anzutreffen. Ich bin auf der Durchreise, ich trete mein Kommando in Rostock nächste Woche an."

„Gratuliere, setzen Sie sich doch, Müller. Nutzen wir die Zeit, die uns unsere Dienstpflichten für das Aufwärmen der alten Zeiten lassen." Er winkte der Ordonnanz. „Soldat, bringen Sie eine Flasche Cognac aus der Repräsentationsreserve." Der junge Mann stutzte.

„Sagen Sie, General Vogel hat einen auswärtigen Gast zu bewirten. Man wird Ihnen keine Schwierigkeiten machen. Aber jetzt gehen Sie, Soldat." Der junge Mann salutierte und kehrte alsbald mit dem Gewünschten zurück, immerhin eine Flasche armenischen Weinbrand.

„Danke, Soldat. Sie können wegtreten."

Er ließ es sich nicht nehmen, die Flasche persönlich zu öffnen und zwei Gläser einzuschenken. „Prost, Kamerad", sagte er und blickte Müller freundlich an. „Auf die alten Zeiten, und aufs Du. Ich bin Jürgen." Der andere hob sein Glas ebenfalls. „Auf die alten Zeiten, Kamerad. Ich bin Kurt."

Die beiden plauderten eine Weile, bis sie auf ihre gemeinsame Zeit in Leipzig zurückkamen. „Erinnerst du dich noch an die unglaubliche Geschichte um diesen Oberleutnant und das Mädchen, das er nach Wien schickte?"

Müller stutzte. „Jetzt, wo du es sagst, das muss auch schon wieder zehn Jahre her sein. Das waren Monate Arbeit, das alles aufzuarbeiten. Aber das Mädchen hatte Glück, zumindest wurde sie als ,vollendete Republikflucht' aus der Staatsbürgerschaft entlassen."

„Na, mit dem Dienstpass, den ihr Werner da ausstellen ließ … Obwohl: Die, die das bei der Passbehörde einfach gemacht haben, waren auch ziemliche – hmm, wie sagt man da?"

Müller seufzte. „Wir hatten damals nicht nur bei der Bevölkerung einen sehr schlechten Ruf. Auch bei den zivilen Behörden. Ein Nachteil, wenn man zu viel Macht hat, ist das mangelnde Korrektiv von unten."

„Wohl wahr", sinnierte Vogel weiter. „Dennoch, ich glaube auch heute noch nicht, dass sie entkommen ist."

„Warum, wenn ich fragen darf?"

„Ich habe einiges an Verbindungen, auch in den Westen", sinnierte Vogel weiter. „Sie muss sich schon an einen sehr speziellen Ort begeben haben, dass meine Freunde so gar nichts über sie haben."

„MI6? CIA?" Vogel lächelte nur und überging die Frage.

„Außerdem, der Mann, der damals in Wien Botschafter war … und die Geschichte, die sie uns da aufgetischt haben, mit der Verfolgung über die Bahngeleise des Westbahnhofs, der Zug, der ihnen angeblich die Sicht genommen hat …" Vogel zögerte.

„Das ist zu glatt. Ich sage nicht einmal, dass sie sie absichtlich getötet haben, aber auf einem viel befahrenen Bahnhof …" Vogel schwieg eine Weile. „Und wenn es so war", fuhr er fort, „dann würde es sehr gut zu seiner damaligen Exzellenz gepasst haben, den Vorfall einfach zu vertuschen. Vielleicht liegt die Leiche ja immer noch in irgendeinem Wiener Keller. Gefunden wurde sie allerdings noch nicht, das weiß ich von einem Kontakt bei der Wiener Stapo."

„Jedenfalls war sie eine Kämpferin", ergänzte Müller. „Hast du den Bericht gelesen, den der Leiter von Probstzella über ihren Grenzübertritt dort verfasst hat? Du musst dir vorstellen, da standen vierzig schwer bewaffnete Männer am Bahnsteig, das Kontrollgebäude proppenvoll, und die marschiert einfach auf einen von den vierzig zu, hält ihm diesen Dienstpass unter die Nase und pflaumt ihn an, dass er sie gefälligst zu jemandem bringen soll, der weiß, wie eine SP-Abfertigung geht. Die Männer hatten alle einen Schießbefehl. Ich hätte mich das nicht getraut. Und dann hat sie einen Stasi-Leutnant dazu gebracht, ihr die Koffer in den Westzug nachzutragen."

Vogel nickte. „Mut und Naivität. Und hübsch war sie natürlich auch, das muss man ihr lassen. Komm, Kurt, trinken wir einen auf sie." Er schenkte nach, die beiden hoben stumm ihre Gläser, verharrten eine Weile und leerten sie dann.

„Falls sie wirklich ums Leben gekommen ist: Ihr Tod wird nicht umsonst gewesen sein. Er wird uns nur noch mehr anspornen."

Vogel sah Müller an. „Du schaust wohl zu viele Westfilme, Kamerad. So etwas mag Barbara Bach als Major Amasova zu General Gogol gesagt haben, in *Der Spion, der mich liebte,* wenn ich mich recht erinnere. Aber dieser alberne Pathos ist wohl doch eine Erfindung von Ian Fleming. Als Leutnant hätte ich dich vielleicht auf eine Nachschulung in sozialistischem Kulturbewusstsein geschickt."

Müller lächelte. „Ja, das hätte zu dir genauso gepasst wie dein Tick mit der Pendeluhr. Ich hätte dir allerdings geantwortet: ‚Wie Sie befehlen, Major, aber es erfüllt mich mit Stolz, dass ich in dieser Disziplin mit Ihrem umfangreichen Fachwissen einigermaßen gleichziehen konnte.'"

„Wegtreten, Leutnant", sagte Vogel darauf. Beide lachten und füllten ihre Gläser nach.

Abschluss

Zwischenwelt

Wien-Zentrum, früh am nächsten Morgen

Es ist kurz nach vier Uhr morgens, als Lena und ich uns aus der Schwere der letzten Stunden lösen. Die Luft ist dicht, fast greifbar, und in dieser Stille scheint selbst das Atmen schwerzufallen. Lena steht neben mir, verloren in der Leere, die der Rückblick hinterlassen hat. Ihre Stimme zittert, als sie mich ansieht. „Verena, bitte … lass mich jetzt nicht allein."

Ich folge ihr ins Schlafzimmer, ohne zu zögern. Dort beginnt sie, sich stumm zu entkleiden, mit der Selbstverständlichkeit einer Herrin, die vor ihrem Kammermädchen keine Scham empfindet, da sie eine Vertraute sein mag, aber keine gesellschaftlich relevante Person. Ihre Bewegungen sind mechanisch, abwesend, als wäre ich nicht wirklich da. Sie legt ihre Kleidung achtlos beiseite, geht kurz ins Badezimmer und schlüpft dann ins Bett, während ich mich leise neben sie setze. Ich nehme ihre kalte, zitternde Hand in meine, versuche, ihr etwas Ruhe zu geben.

Lena atmet unregelmäßig, flach. Sie ist noch nicht ganz weg, schwebt irgendwo zwischen Erschöpfung und Schlaf. Ich warte geduldig, bis ihre Hand in meiner erschlafft und sie langsam hinübergleitet. Dann stehe ich auf und verlasse den Raum mit der leisen Entschuldigung. Sie schreckt wieder auf. „Ich bin gleich wieder da", versichere ich ihr.

Neben dem Türrahmen fällt mir ein Wandschalter auf, der mit „Marie" beschriftet ist. Ohne nachzudenken, drücke ich ihn, bevor ich kurz die Toilette aufsuche und mich ein wenig frisch mache. Keine fünf Minuten später steht Marie im Türrahmen – tadellos gekleidet, als wäre es mitten am Tag, obwohl der Morgen kaum begonnen hat.

„Marie", flüstere ich, „Lena braucht deine Hilfe. Sie kommt nicht zur Ruhe."

Marie blickt in Lenas Richtung, nickt nur stumm. Keine Fragen, keine Diskussion. Sie verschwindet in die Küche und kehrt mit einer dampfenden Tasse Tee zurück. Zusammen gehen wir zu dem breiten Doppelbett, wo Lena auf den Laken liegt, halb zwischen Traum und Wachen. Marie setzt sich ruhig an ihr Bett, reicht ihr den Tee. Lena trinkt, kaum bei Bewusstsein, und ich halte ihre Hand, bis sie schließlich in einen tiefen, ruhigen Schlaf fällt.

Ich verlasse Lena und will eigentlich nur noch heim. Doch als ich den Salon durchquere, bleibe ich stehen. Im schwachen Licht, das nur die Umrisse der alten Möbel beleuchtet, sitzt Marie. Unbewegt, wie eine Statue. Eine Weile zögere ich, unsicher, ob ich sie ansprechen soll. Schließlich fasse ich mir ein Herz. „Marie", beginne ich leise.

„Gnädige Frau", antwortet sie mit einer Stimme, die so ruhig ist wie die Stille um uns herum.

„Ich weiß, ich bin aufdringlich und neugierig", sage ich vorsichtig, „aber darf ich Sie einmal fragen, was genau Ihre Rolle hier im Haus ist?"

Marie sieht mich lange an, als würde sie meine Frage abwägen. „Sie sind seit vielen Jahren die erste Person in diesem Haus, die Lena ehrliche Empathie entgegenbringt. Ja, ich werde Ihnen gern von mir erzählen, wenn Ihnen das nicht zu langweilig ist." Sie deutet auf einen Stuhl. „Geben Sie mir nur noch einen Augenblick."

Ich setze mich und höre, wie sie sich in der Küche bewegt. Ein paar Minuten später kommt sie mit einer Kanne dampfenden Kaffees und zwei Tassen zurück. Sie stellt alles ab, setzt sich mir gegenüber und räuspert sich kurz.

„Darf ich ebenso unverschämt sein?", fragt sie leise. „Es ist leichter, wenn ich dich Verena nenne. Du kannst natürlich auch du zu mir sagen."

„Gern", antworte ich. Ihre Hand ist nirgendwo zu sehen, also bleibt der formelle Händedruck aus. Es scheint auch so zu passen.

Marie lächelt sanft und beginnt zu erzählen: „Ich bin die einzige Tochter von Franz, dem langjährigen Butler von Bertram von Eckstein. Ich wurde nicht ehelich geboren, aber die Familie hat mich sofort hier im Haus aufgenommen. Ich bin in diesen Mauern groß geworden." Sie macht eine kurze Pause, als würden die Worte die Vergangenheit zurückholen.

Marie erzählt mir, dass ihre Mutter noch im Kindbett verstorben ist, und die von Ecksteins sie daraufhin wie eine eigene Tochter großgezogen haben. Sie erhielt die beste Schulbildung und besuchte später die Universität, wo sie ihren Doktor in Philosophie erwarb. Doch trotz ihrer akademischen Erfolge hatte sie nie einen klaren Berufswunsch. Als schließlich die Frage ihrer Zukunft aufkam, bat sie die von Ecksteins, sie einfach in ihren Dienst zu nehmen. Es gab lange Diskussionen, da sie diese Idee für eine Absurdität hielten, doch schließlich gaben sie nach, und Marie trat als Zofe in ihre Dienste ein. Seitdem lebt sie auf diese Weise, ohne je den Wunsch gehabt zu haben, etwas anderes zu tun.

Ich zögere, bevor ich frage: „Und wie passt das zu … einem Freund oder einer Beziehung?"

Marie sieht mich an, als wäre das eine absurde Frage. „Ein Freund?" Sie schüttelt den Kopf, fast belustigt. „Ich ruhe in mir selbst, Verena. Ich hatte nie das Bedürfnis, mich einem anderen Menschen zu öffnen. Ich lebe mein Leben im Dienst der von Ecksteins, und das genügt mir vollkommen."

„Wie eine Klosterschwester?", frage ich sanft nach.

Marie schüttelt den Kopf, ein leichtes Lächeln spielt um ihre Lippen. „Es ist naheliegend, dass du das so verstehst, aber das ist es nicht. Ich bin nicht gläubig, ich habe keine Gelübde abgelegt, ich unterwerfe mich keinem Bischof oder sonst jemandem. Ich mache das, weil ich fühle, dass das meine Bestimmung ist."

„Und Lena?", frage ich noch. „Ihr müsst ja – hmm – gemeinsam aufgewachsen sein?" Maries Blick verändert sich, sie wirkt plötzlich scheu wie ein Reh. „Ich habe meine Gedanken zu Lena noch nie mit einem Menschen geteilt. Geh bitte sorgsam damit um, Verena." Ich kann nur nicken. „Sie ist zehn Jahre älter als ich, sie war mir als Kind gleichzeitig Schwester und Mutter. Sie hat mich nachts getröstet, sie hat mich gelehrt, eine Frau zu sein, sie hat meine Pubertät ertragen. Und vertraute Freundin ist sie mir bis heute. Urteile bitte nicht nach dem Anschein, nach der äußeren Form. Sie hat auch lang mit mir über dich gesprochen." Ihre Worte verhallen in dem stillen Raum, sie hat sie sorgfältig gewählt und nichts mehr hinzuzufügen.

Ich betrachte Marie noch eine Weile. Sie sitzt vollkommen ruhig da, und ihr Ausdruck lässt keinen Zweifel daran, dass sie jedes Wort so meint, wie sie es sagt. „Danke für dein Vertrauen, Marie. Lena und Hanna haben Glück, einen Menschen wie dich um sich zu haben."

Für einen Moment schaut Marie verlegen zu Boden. Es wirkt fast, als würde sie gleich weinen. „Ich bin es nicht gewohnt, so nette Worte anzunehmen", sagt sie leise, fast entschuldigend. Dann hebt sie den Blick, gefasst, und ihre Augen haben wieder diesen festen Ausdruck. „Ist es vermessen, dich zu bitten, jetzt zu gehen, Verena? Ich besorge dir ein Taxi."

Eine kleine Pause entsteht, fast wie ein Atemzug, dann fügt sie sanft hinzu: „Oder möchtest du lieber hier bleiben? Ich kann dir rasch ein Zimmer herrichten. Platz haben wir hier genug."

Ich zögere, spüre jedoch die Müdigkeit, die mich einhüllt wie ein schwerer, unsichtbarer Schleier. „Ja, das wäre schön, aber ich will dir nicht zur Last fallen."

Marie lächelt sanft, und ihr Lächeln ist ruhig und voller Verständnis. „Ich mache das nicht nur für dich, Verena. Ich glaube, auch Lena wird dich brauchen, wenn sie gegen Mittag wieder aufwacht."

Eine Viertelstunde später stehe ich in einem kleinen, aber sehr geschmackvoll eingerichteten Zimmer mit eigenem Bad. Das Licht ist weich, gedämpft, und das Einzelbett wirkt einladend in seiner Schlichtheit. Ich frage mich kurz, ob dieses Zimmer früher für ein Kind oder eine Hausangestellte gedacht war, doch diese Gedanken zerfließen schnell. Ich gehe ins Bad, das in zarten Pastelltönen gehalten ist, und erledige das Nötigste. Auf dem kleinen Nachttisch liegt eine Tablette. „Vertrau mir einfach", hat Marie gesagt.

Dankbar nehme ich sie und schlüpfe unter die Decke. Wenige Minuten später sinke ich in einen tiefen, traumlosen Schlaf, und das Haus hüllt mich ein, wie eine schützende Hülle, die alles Dunkle draußen hält.

Der letzte Vorhang einer Dame

später

Als ich am Morgen erwache, sehe ich Marie im Zimmer. Sie ist vollkommen ruhig, bewegt sich wie ein Schatten, während sie frische Wäsche auf einem Sessel bereitlegt. Eine Weile beobachte ich sie stumm, während meine Gedanken abschweifen. Wie muss es sich wohl anfühlen, ständig Personal um sich zu haben, das selbst in den intimsten Bereichen deines Lebens arbeitet? Doch Marie macht das mit einer solchen Selbstverständlichkeit, dass ihre Anwesenheit fast unsichtbar scheint. Sie bewegt sich mit einer Kunstfertigkeit, die mir plötzlich klarmacht, dass dieser Job weit mehr ist als bloße Dienerschaft. Gut gemacht, ist es eine Herausforderung, die sicher nicht jeder bewältigen könnte.

Marie blickt schließlich auf und sieht, dass ich wach bin. Für einen Moment begegnen sich unsere Blicke, und ich spüre, dass sie weiß, was ich gerade verstanden habe. Ein leichtes Lächeln umspielt ihre Lippen.

„Guten Morgen, Verena", sagt sie in ihrer ruhigen, klaren Stimme. „Wenn du dann so weit bist: Lena lässt dich zum Frühstück bitten. Du kannst dir noch Zeit nehmen, so in einer halben Stunde."

Damit dreht sie sich um und verschwindet, wie sie es immer tut. Ich bewundere ihre Fähigkeit, einfach zu gehen, ohne dass man genau sagen kann, wann oder wohin.

Ich bleibe noch einen Moment liegen, trödle herum, lasse den Morgen auf mich wirken, bevor ich mich schließlich aufraffe. Ich gehe duschen, wasche meine Haare und trockne sie. Die frische Wäsche, die Marie mir hingelegt hat, passt wie angegossen – aber das habe ich auch nicht anders von ihr erwartet. Als ich fertig bin und mich frage, wie ich wohl den Weg zum Salon finden soll, taucht Marie plötzlich auf, wie aus dem Nichts, und führt mich hinunter.

*

Lena wirkt erstaunlich aufgeräumt, als ich den Salon betrete. Sie ist frisch frisiert, dezent geschminkt, und im Hintergrund läuft leise, unaufdringliche Musik. Das Frühstück ist reichlich aufgedeckt, und ich merke plötzlich, wie hungrig ich bin. Lena lächelt mich an, als hätte sie meine Gedanken gelesen.

„Du musst dich hier nicht zurückhalten, um irgendwie damenhaft rüberzukommen", sagt sie mit einem schelmischen Glanz in den Augen. „Ich hoffe doch, dass wir über diese Phase schon hinweg sind."

Gut, denke ich mir, und greife herzhaft zu, so wie ich es zu Hause getan hätte. Wir plaudern über Belanglosigkeiten, und ich bewundere Lenas Fähigkeit, so viele davon aufzubringen. Sie spricht leicht, scheinbar ohne Anstrengung, als ob es ihre zweite Natur wäre. Ich funktioniere in diesem Moment fast wie Kriton in Platos Sokrates-Dialog – stumm zuhörend, ohne viel beizutragen, aber dennoch Teil eines feinen Tanzes der Worte. Lena scheint das zu genießen.

Nach einer Weile legt Lena ihre Gabel ab und läutet nach Marie. Ihre Stimme klingt entspannt, als sie fragt: „Marie, hast du Hanna heute schon gesehen? Ungewöhnlich, dass sie noch nicht auf ist."

Marie erscheint wie gewohnt ruhig und gefasst, doch sie braucht einen Augenblick, bevor sie antwortet. „Lena, ich glaube, es ist besser, wenn wir sie in ihrem Zimmer aufsuchen. Verena könnte auch mitkommen, wenn du es gestattest."

Lenas Gesichtsausdruck wechselt, die Leichtigkeit verschwindet in einem Atemzug. Sorge huscht über ihr Gesicht. „Ist etwas passiert?" Ihre Stimme ist plötzlich angespannt, als hätte sie die Stimmung, die in der Luft hängt, aufgesogen. Ich bemerke plötzlich, dass die Musik verstummt ist. Marie? Oder zufällig zu Ende? Es gibt in diesem Haus keine Zufälle, denke ich.

Marie antwortet ausweichend, doch in ihrer Stimme liegt eine feste Entschlossenheit. „Manchmal ist es besser, keine Worte zu verlieren. Kommt bitte mit."

Lena und ich tauschen einen Blick, und ohne dass es jemand aussprechen muss, wissen wir beide: Das hier ist keine bloße Einladung. Marie fordert uns auf, ihr zu folgen, und wir gehorchen. Langsam, fast mechanisch, stehen wir auf und treten hinter Marie in den Flur, während die vertraute Atmosphäre des Salons plötzlich seltsam fern wirkt, wie eine längst vergangene Erinnerung.

Als wir das Zimmer betreten, schlägt uns ein Hauch von Kälte entgegen – der Hauch des Todes. Hanna liegt reglos im Bett, die Augen offen, aber ohne Leben. Ihr Körper ist noch immer von einer leisen Eleganz umgeben, doch die Schwere des Augenblicks füllt den Raum. Es ist, als hätte der Tod bereits lange auf sie gewartet. Der Anblick trifft uns alle unterschiedlich, doch niemand spricht. Lena tritt näher, während Marie und ich einen Schritt zurückbleiben. Das hier ist Lenas Moment.

Lena stutzt, als sie sich langsam über den Kopf ihrer toten Mutter beugt. Sie verharrt einen Augenblick länger, als ob sie etwas wahrnimmt, das nur für sie spürbar ist. Ein kurzer, kaum merklicher Schmerz huscht über ihr Gesicht, bevor sie zu sprechen beginnt, ihre Stimme leise, fast wie ein Flüstern.

„Ich frage mich, ob du wusstest, dass dich an Elkes Tod keine direkte Schuld trifft", sagt sie sanft und hält inne. Die Stille drückt schwer auf den Raum. „Aber es war wohl dieses ‚direkt', das dich gestört hat. Du warst zu dir noch unerbittlicher als zu allen anderen."

Lena bleibt noch eine Weile stehen, ihre Hand zittert leicht, als sie ihrer Mutter die Augen schließt. Ein leises Murmeln entfährt ihr, Worte, die nur für die Tote bestimmt sind und die Marie und ich nicht verstehen können. Es ist ein Moment der Intimität, der uns ausschließt, und wir akzeptieren es stumm.

Als Lena sich vom Bett abwendet, streicht Marie ihr sanft über die Hand. Ich öffne den Mund, um ein „Mein Beileid" auszusprechen, doch bevor die Worte herauskommen, hebt Lena abwehrend die Hand.

„Lass das, Verena", sagt sie ruhig, aber bestimmt. „Das ist doch alles nur platte Konvention. Du bist in diesem Augenblick für mich da, nur das zählt. Und du natürlich auch, Marie. Wenn ich sage, wie immer, nimm es bitte als Kompliment."

Ich sehe, wie Marie den Tränen nahe ist, ihre Augen glänzen feucht, doch sie behält ihre Fassung. Der Raum scheint für einen Moment zu atmen, schwer und ruhig zugleich, während wir schweigend dastehen, die Bedeutung des Moments in uns aufnehmend.

Marie bricht das bedrückende Schweigen: „Ich habe Dr. Sternberg bereits informiert, er sollte jeden Augenblick hier sein." Lena erwacht aus ihrer stillen Lethargie und gibt leise Anweisungen: „Stell die Flasche Amaretto aus ihrem Schrank auf den Nachttisch. Schenk ein Glas halb voll ein und nimm einen Schluck, damit es benutzt aussieht."

Ich bin kurz irritiert, frage mich, was sie bezweckt, doch Marie scheint sofort zu begreifen. Sie tut, worum sie gebeten wurde, mit jener selbstverständlichen Präzision, die mir schon oft aufgefallen ist. Die Flasche wird geöffnet, das Glas halb voll eingeschenkt, ein Schluck genommen.

Keinen Augenblick zu früh. Es läutet irgendwo leise in der Ferne, und Marie geht, um den Arzt hereinzulassen. Dr. Sternberg betritt den Raum und bleibt für einen Moment stehen, als sein Blick auf die tote Hanna fällt. Er nimmt seinen Hut ab, hält ihn in der Hand und verharrt in einer stillen, beinahe ehrfurchtsvollen Andacht. Dann tritt er auf die Tote zu, untersucht sie kurz, routiniert und doch mit einer gewissen Zärtlichkeit, die einen Mann zeigt, der die Verstorbene lange gekannt hat.

Auch er beugt sich über Hannas Mund und bleibt für einen Moment reglos, als ob er etwas bemerkt hätte. Ein kurzes Zögern. Dann will er gerade etwas sagen, als sein Blick auf die Flasche Amaretto und das benutzte Glas fällt. Er stutzt wieder, scheint zu überlegen, dann nickt er leise. „Ich war schon einen Augenblick irritiert wegen des Mandelgeruchs", sagt er ruhig, „aber sie hat wohl kurz vor ihrem Tod noch einen Schluck hiervon genommen." Er hebt das Glas leicht an und stellt es wieder ab. Der Raum scheint die unausgesprochene Lüge geradezu in sich aufzunehmen, als wäre sie greifbar. Lena nickt unmerklich.

„Altersschwäche", sagt Dr. Sternberg schließlich mit ruhiger Stimme. „Es fehlte ihr ja nichts." Er kramt in seiner Tasche und holt ein Klemmbrett hervor, auf dem ein einzelner Zettel befestigt ist. Behutsam füllt er die entsprechenden Felder handschriftlich aus. „Hier ist der Totenschein. Damit bekommen Sie die Freigabe für die Bestattung." Dann blickt er Lena in die Augen. „Mein tief empfundenes Beileid, Frau von Eckstein."

Lena nickt und antwortet ruhig: „Danke, Dr. Sternberg, und danke für Ihr Verständnis."

Der Arzt greift nach seinem Hut und seiner Tasche, verbeugt sich leicht. „Frau von Eckstein. Die Dame. Marie." Mit diesen Worten dreht er sich um und verlässt das Zimmer ohne einen weiteren Blick zurück.

Der Raum scheint leerer zu wirken, jetzt, da er gegangen ist, und für einen Moment stehen wir still. Lena bleibt am Fußende des Bettes stehen, ihre Finger streichen über die Tagesdecke, als suche sie nach etwas Verlorenem. „Du hast deine Entscheidung getroffen, alte Dame. Aber das muss ja nicht die ganze Welt wissen."

Marie tritt leise an meine Seite. Wir tauschen keine Worte, nur Blicke. Es ist, als hätten wir alle in diesem Moment stillschweigend akzeptiert, dass manche Dinge besser unausgesprochen bleiben.

Schließlich dreht sich Lena zu uns um. „Es ist vorbei", sagt sie leise, wie zu sich selbst.

Wir gehen gemeinsam aus dem Zimmer, und mit jedem Schritt wird die Last leichter. Es ist, als hätte das Zimmer einen Teil von dem, was geschehen ist, für sich behalten. Ich bin ein paar Schritte hinter Lena, es ist nicht zu übersehen, wie sie sich immer mehr aufrichtet und ihren Körper strafft. Sie ist jetzt ihren Schatten los, sie ist jetzt die Baronin von Eckstein.

Beim Heurigen

Wien-Oberlaa, ein paar Tage später

Lena und ich sitzen schon eine ganze Weile im Innenhof eines kleinen Heurigen in Wien-Oberlaa. Die Stimmung ist ruhig, entspannt. Im Hof stehen einige uralte schattenspendende Bäume, die kleinen Holztische und Sessel dazu wirken bescheiden, aber einladend. Am hinteren Ende liegt der Eingang zum Buffet, wo sich die Gäste ihre Speisen selbst holen können, während der Wein an den Tischen serviert wird. Seitlich unter einem Holzdach stehen ein paar komfortablere Tische, einen dieser Tische haben wir beide uns ausgesucht.

Wir plaudern über Belangloses, während die Zeit vergeht. Auf dem Tisch vor uns steht ein großer Krug mit Weißwein und ein anderer mit Wasser, wir haben uns dazu eine kleine Schüssel Liptauer und eine Packung Salzstangerl am Buffet geholt. Der Abend ist angenehm kühl, und die Atmosphäre im Hof passt perfekt zu unserer Stimmung – eine seltsame Mischung aus Erleichterung und Nachdenklichkeit.

Markus lässt etwas auf sich warten, und schließlich kommt er mit schnellen Schritten auf uns zu. „Verzeiht, ich wusste nicht, dass es von der U-Bahn hierher noch eine kleine Wanderung ist", entschuldigt er sich.

„Setz dich, kein Problem", sagt Lena, und Markus lässt sich auf dem freien Stuhl nieder. „Du?", frage ich mich. Kennen die beiden einander? Woher? Der Augenblick geht vorbei, die aufmerksame Kellnerin bringt ein zusätzliches Glas für Markus. „Noch mehr Wein?", fragt sie, die Karaffe ist schon fast leer. Lena nickt nur. Markus wirkt leicht außer Atem, doch sein Lächeln zeigt, dass er die entspannte Atmosphäre hier genießt.

Endlich hat auch Markus zu trinken, er nimmt einen großen Schluck. Lena beginnt mit der Erzählung der restlichen Geschichte. Es dauert eine Weile, und sie verliert sich immer wieder in Details. Ich kann spüren, wie wichtig es ihr ist, alles genau zu schildern, wir ermutigen sie immer wieder, weiterzusprechen. Es dauert den besseren Teil einer Stunde, bis sie alle Fäden ihrer Geschichte fertig gesponnen hat. Markus und ich sind bereit, ihr aufmerksam zuzuhören. Es geht nicht nur um das, was sie sagt, sondern auch darum, dass sie sich die intensiven Erfahrungen der letzten Tage von der Seele reden kann, den Schmerz über den Tod ihrer Mutter in Worte fassen, damit abschließen.

Schließlich endet ihre Erzählung, und für einen Moment ist es still zwischen uns. Markus und ich schauen uns an, während Lena mit ihren Gedanken noch irgendwo zwischen 1973 und gestern im Zimmer ihrer Mutter verloren ist. Ich spüre ein leises Kribbeln, Markus weiß genau, wie er das bei mir anstellen muss. Frau sollte mit ihrem Ex nicht einmal mehr beruflich etwas anfangen, denke ich mir wieder einmal. Nur, dass das nicht so einfach ist. Weder beruflich noch privat. Trotzdem: Nicht jetzt, Markus.

„Aber jetzt habe ich Hunger. Warum holen wir uns nicht erst mal etwas zu essen?", frage ich in die Runde. Lenas Miene hellt sich auf, meine Worte brechen die konzentrierte, elegische Atmosphäre, beide wirken erleichtert, wieder in der Wirklichkeit anzukommen. Markus weiß verdammt genau, warum ich den Vorschlag gemacht habe, doch was kann er jetzt sagen?

Gemeinsam stehen wir auf und gehen zum Buffet, wo wir uns unsere Speisen aussuchen. Es ist nicht viel los, und die Kellnerin, die uns bereits vorher bedient hat, bietet uns an, die angerichteten Teller zum Tisch zu bringen, sobald sie fertig sind. Wir nehmen das Angebot gerne an, zahlen an der Kassa und schlendern dann entspannt zurück zu unserem Tisch.

Die nächste halbe Stunde genießen wir einfach unser Essen. Der Duft von paniertem Fleisch und frischem Salat hängt in der Luft, und der herbe Geschmack des Weißweins gleicht die Schwere der Speisen aus und macht uns drei auch leicht im Kopf, die Stimmung entwickelt sich immer deutlicher weg von der Schwere von Lenas Bericht.

Markus fängt an, beiläufig mit mir zu flirten, seine Blicke verweilen einen Moment zu lang, aus einer netten Geste wird eine Berührung, und seine Kommentare klingen viel zu locker. Lena beobachtet mich ihrerseits mit einem sanften Lächeln, das mehr als nur freundliche Gesellschaft signalisiert. Beide wirken auf ihre Art interessiert, jeder auf eine Weise, die sich kaum übersehen lässt.

Ein leichter Kontakt, ein flüchtiger Blick – sie geben sich Mühe, nichts Offensichtliches daraus zu machen, doch es reicht, um eine leise Unruhe in mir zu wecken. Sie balzen beide, mal spielerisch, mal auf subtile Weise. Ein Teil von mir genießt die Aufmerksamkeit, es fühlt sich schmeichelhaft an, auch wenn ich noch nicht weiß, was ich damit anfangen soll. Eigentlich bin ich emotional von dem Fall ausgelaugt, eigentlich brauche ich jetzt mal Zeit für mich. Eigentlich.

Ich frage mich unwillkürlich, wie das wohl wäre, wenn ich mich auf beide einlassen würde. Der Gedanke ist absurd, aber trotzdem spukt er kurz durch meinen Kopf. Wie komme ich überhaupt darauf? Ich komme zu dem Schluss, dass mein Nervenkostüm für so ein Experiment sicher nicht ausreichen würde. Für den Moment lasse ich das belanglose Geplänkel und die sanften Sticheleien einfach weiterlaufen und spiele mit. Den Augenblick genießen, das kann ich ja trotzdem.

„Jedenfalls hast du das gut hinbekommen, meinen Respekt, Frau Ex-Kollegin", sagt Markus schließlich, als die Teller gerade abgeräumt sind. Lena beeilt sich, beizupflichten. „Auch wenn einiges mehr geschmerzt hat, als ich erwartet hatte, Verena: Meinen aufrichtigen Dank dafür, du hast das grandios hinbekommen."

Einen Augenblick schweifen meine Gedanken zum eher unerfreulichen Stand meines Kontos ab, aber mein Stolz verbietet mir, das Thema jetzt und hier anzusprechen. Außerdem bin ich überzeugt, dass Lena das auf ihre Weise erledigen wird. Auch sie ist eine stolze Frau.

„Gern, Lena, aber ohne eine kleine Starthilfe wäre das alles nicht möglich gewesen. Ein kleiner USB-Stick, der plötzlich in meiner Tasche aufgetaucht ist. Apropos", ich lächle Markus zuckersüß an, „hast du Erinnerungen an einen USB-Stick?" Markus lächelt, und ich hasse mich gerade dafür, dass ich dieses Lächeln unwiderstehlich finde. „USB-Stick? Ich? Keine Ahnung, wovon du sprichst."

„Als ich das erste Mal von dir wegging, hatte ich plötzlich einen USB-Stick in der Handtasche, auf dem sich eine erstaunliche Menge Material zu dem Fall befindet. Wenn wir mal ausschließen, dass ihn mir ein Besoffener oder der Heilige Geist persönlich in die Tasche getan hat …" Markus hebt die Hände. „Also gut. Schuldig. Und bevor du fragst: Das Material stammt von der Gauck-Behörde."

Lena runzelt die Stirn und mischt sich ein, ihre Augen funkeln im schwindenden Tageslicht. „Gauck-Behörde? Was ist das?" Markus nimmt einen Schluck von seinem Glas und erklärt: „Die Gauck-Behörde – offiziell die ehemalige Stasi-Unterlagenbehörde, heute ein Teil des deutschen Bundesarchivs. Sie verwaltet die Akten der Staatssicherheit der DDR. Man kann Anfragen stellen, um bestimmte Informationen zu erhalten, vorausgesetzt, man weiß genau, wonach man sucht."

Ich nicke nachdenklich, die Gläser auf dem Tisch spiegeln den goldenen Schein der Lampen wider. „Und warum hast du dort überhaupt angefragt?", frage ich und halte seinen Blick fest. Er lehnt sich zurück, verschränkt die Arme, und für einen Moment scheint er zu überlegen, wie viel er preisgeben will. „Gute Frage. Wir haben das im Zuge der Ermittlungen gemacht, bevor interveniert wurde. Und dann war das Material schon da. Ich hätte es schade gefunden, wenn es niemand auswertet."

Ich lasse diese Antwort einen Moment in der Luft hängen, bevor ich fortfahre. „Aber wo hattest du den Ansatzpunkt, um überhaupt auf die DDR zu kommen? Außer einer Leiche und einem groben Sack hattest du doch nichts?" Markus schmunzelt, seine Augen glänzen im Lampenlicht.

„Ja, das glaubten die DDR-Agenten wohl auch, aber sie waren nicht gründlich genug. In der Kleidung der Leiche fanden sich noch zwei kleine, aber entscheidende Hinweise: Elkes interner Personalausweis der DDR und der Brief, mit dem David sie nach Wien eingeladen hat. Damit es noch ein bisschen einfacher wurde, war der im Originalkuvert, wo auch Davids Nachname im Absender stand."

„Du Schuft hast also die ganze Zeit gewusst, dass die Leiche Elke Schneider ist? Warum hast du mir das nicht gesagt?" Wieder dieses unwiderstehliche Lächeln. Hör auf damit, Markus. „Du hast mich nicht danach gefragt", antwortet er. „Und außerdem: Ich war fest davon überzeugt, dass du es herausfinden würdest, Der Weg ist das Ziel. Aber du kennst mich gut genug: Ich hätte dich auch nicht in die falsche Richtung rennen lassen, auch wenn du in dieser Nacht nicht zu mir gekommen wärst." Er grinst weiter unverschämt. Warum ist es so schwer, das zu ignorieren? Und muss mir das vor Lena jetzt peinlich sein?

Ich lehne mich leicht nach hinten und spiele mit meinem Glas. „Wie im Film", sage ich, meine Stimme fast ein Flüstern. „Aber ich muss anerkennen: Da musst du bei der Gauck-Behörde ordentlich nachgebohrt haben, um mit den zwei Hinweisen all das zu bekommen, was auf dem Stick war." Markus lehnt sich genüsslich in seinem Sessel zurück, ein leises Lächeln auf den Lippen. „Ja, man muss bei der Polizeiarbeit schon wissen, was man tut. Genau wie als Detektivin."

Ich setze nach: „Aber eins frag ich mich. Wer konnte so überzeugend intervenieren, dass die Staatspolizei den Fall nach ein paar Wochen niederschlug? Wer hätte überhaupt Interesse daran gehabt?"

Lena wird ebenfalls wachsam, ihre Augen auf Markus gerichtet. „Das kann ich dir nicht sagen, Datenschutz. Aber überlege, wer überhaupt von dem Fund wusste. Nachdem man Marie, Lena und dich als Intervenierende ausschließen kann, wird es nicht so schwer zu erraten sein."

„Hanna", sagen Lena und ich fast gleichzeitig, doch Markus wiegt nur lächelnd den Kopf. „Verbindungen dorthin hatte sie jedenfalls genug", ergänzt Lena nachdenklich. „Gehabt", setzt sie nach, und ein Anflug von Trauer huscht für einen kurzen Moment über ihr Gesicht, bevor sie es wieder unter Kontrolle bringt.

Ich spüre, wie alles langsam zu viel wird – der Wein, die Flirts, die letzten Tage. Ich fühle mich müde und ausgelaugt, und ich beginne, mein Fluchtmanöver zu planen. Während ich in mich hineinhorche, frage ich mich, ob mein Gehen vielleicht dazu führen könnte, dass Markus und Lena ...? Ein kurzer Gedanke blitzt auf. Doch ich spüre nach: Und wenn? Es ist mir nicht wichtig. Nichts davon könnte meine – noch unklare – Beziehung zu den beiden wirklich berühren.

Ich lächle leicht, strecke mich ein wenig und sage: „Seid mir nicht böse, für mich war es ein sehr langer Tag. Ihr könnt gerne hier noch sitzen bleiben und euch weiter ... austauschen." Ich werfe ein subtiles Lächeln in die Runde. Lena fängt es auf, und ich sehe ihr nonverbales Signal: Danke für die Geste, aber nein, Markus wird es nicht. Ich will dich, Schatz, wann immer du bereit bist. Ein kurzer Schauer läuft mir über den Rücken. „Ich mach es kurz. Ciao, ihr beiden." Ich gehe hinaus in die kühle Nacht und bleibe einen Moment stehen, um mich zu orientieren. Wie komme ich jetzt zur U-Bahn? Markus hat recht – es ist tatsächlich eine kleine Wanderung. Aber sie tut mir gut. Ich merke, wie mein Kopf langsam wieder freier wird.

Zur letzten Ruhe

Wien-Simmering, Krematorium, ein paar Wochen später

Die Räume des Wiener Krematoriums sind lichtdurchflutet und voller Jugendstil-Elemente, die einen seltsamen Kontrast zu dem Zweck dieses Ortes bilden. Alles hier strahlt eine kühle Eleganz aus, eine Art von Ruhe, die nicht bedrückend ist, sondern eine stille Würde vermittelt. In diesem kleinen Raum, den wir ausgewählt haben, herrscht eine besondere Atmosphäre. Es ist kein Ort der Trauer, sondern einer des Respekts.

Elke liegt in einem schlichten Holzsarg aufgebahrt. Darauf ruht ein einzelner Kranz, die Schleife trägt die ungewöhnliche Aufschrift „Einer Heldin, die an ihre Sache glaubte." Die Schleife ist schwarz, die Blumen auf dem Kranz sind rot und gelb – Farben, die man, wenn man will, als Anspielung auf die DDR deuten kann.

Nur drei Personen nehmen als Gäste an der Bestattung teil: Markus, Lena und ich. Der Beamte, der die Kremation leitet, spricht kurz und allgemein, so wie es seine Anweisungen vorsehen. Es gibt keinen Geistlichen, keine lange Rede – nur wenige Worte, die das Geschehene zusammenfassen.

Am Ende seiner Rede wird der Sarg traditionell abgesenkt. In diesem Moment tritt Lena nach vorne und setzt sich an das Harmonium, das in der Ecke steht. Als sie zu spielen beginnt, erfüllt eine Melodie den Raum, die uns allen irgendwie vertraut klingt, aber keiner kann sie so recht zuordnen. Es ist ein melancholisches, ergreifendes Stück, das den Moment perfekt einfängt.

Nachdem der Sarg endgültig verschwunden ist, übergibt Lena eine schlichte Tafel an den Begräbnisleiter, mit der Bitte, diese bei der späteren Urnenbeisetzung anzubringen. Sie trägt keine Namen, nur eine Widmung, die in schlichten Lettern eingraviert ist.

Der Beamte fragt schließlich: „Wird jemand zur Urnenbeisetzung kommen?"

Lena antwortet ruhig: „Nein, warum?"

„Wenn niemand kommt, erledigt das einfach ein Arbeiter des Friedhofs."

Lena nickt. „Dann soll es so sein."

Wir bleiben zu dritt im Krematorium zurück. Eine Stille umhüllt uns, als hätten wir uns in der Tiefe dieses Moments verloren. Keiner von uns wagt es, den ersten Schritt zu machen, die Unschuld dieses Augenblicks stillen Gedenkens zu brechen, der nicht von Trauer getragen ist, sondern von Respekt dieser jungen Frau gegenüber, die uns in den Ermittlungen vertraut geworden und doch gleichzeitig so fremd geblieben ist.

Bevor ich etwas sagen kann, spricht Markus: „Du erstaunst mich immer wieder, Lena. Du kannst auch Orgel spielen? Sehr stimmig, aber was war das für ein Lied?"

Lena lächelt sanft und erwidert: „Danke für die Blumen, Markus. Das war die Hymne des Staates, für den Elke gelebt hat und gestorben ist. Es ist über dreißig Jahre her, dass sie das letzte Mal offiziell gespielt wurde, und heute kennt sie kaum noch jemand."

Sie überlegt einen Moment, zieht dann ein paar Zettel heraus, auf denen die erste Strophe abgedruckt ist. „Möchtet ihr sie noch einmal hören und dazu den Text lesen?" Lena wartet nicht auf eine Antwort und setzt sich wieder an die Orgel. Die Melodie der DDR-Hymne erfüllt erneut den Raum, und diesmal höre ich genauer hin, lasse die Worte auf mich wirken. Es ist eine seltsame Schönheit in diesem Lied, doch es gelingt mir nicht, in Worte zu fassen, was mich daran so berührt.

Als der letzte Ton verklungen ist, sagt Lena leise: „Es ist unglaublich, in welchem Widerspruch dieses Lied zu der brutalen Realität der Stasi-Herrschaft steht, nicht wahr? Es stammt übrigens von Hanns Eisler, einem in Leipzig geborenen österreichischen Komponisten, der an den Sozialismus geglaubt hat, nach dem Krieg deswegen aus den USA ausgewiesen wurde und sich in der DDR niedergelassen hat."

Es entsteht erneut eine Stille, die uns alle umhüllt. Keiner von uns dreien scheint den Anfang machen zu wollen, um die Stille zu brechen.

Ich spüre plötzlich den Blick von Markus auf mir. Etwas, was aus einer Ex-Beziehung bleibt, ist die Fähigkeit, den ehemals geliebten Menschen zu lesen und zu verstehen. Ich weiß, was er jetzt möchte. Doch es tut mir leid für ihn, es ist der falsche Zeitpunkt. Ich antworte ihm nur mit dem Ausdruck meiner Augen, seine Miene zeigt kurz Enttäuschung, aber er respektiert mich.

„Lena, Verena, ich darf euch jetzt hier allein lassen? Meine Dienstpflichten rufen mich", sagt Markus schließlich. Wir verabschieden ihn kurz, und ich bin nicht sicher, ob Lena die nonverbale Kommunikation durchschaut hat.

Jedenfalls kommt sie auf mich zu und reicht mir ein Kuvert. „Dein Honorar, Verena", sagt sie sanft. „Ich weiß, es fällt dir vielleicht schwer, es nach all dem zu nehmen, aber du hast hier auch deinen Beruf ausgeübt, du lebst davon, dass du das tust, und du hast es dir mehr als verdient." Das Kuvert duftet nach ihrem Parfum, sie kann das wohl nicht lassen.

„Danke", sage ich. Ich schaue sie eine Weile an. „Ja, ich denke, ich kann es von dir annehmen." Ich stecke das Kuvert in meine Handtasche.

Ich weiß nicht recht, wie ich den Abschied anfangen soll. „War es das jetzt?", frage ich sie, ich habe kein Gen für Inszenierung. Lena lächelt. „Das weiß ich nicht. Aber da du Markus gerade hast abblitzen lassen …" Sie zögert eine Weile, es ist das erste Mal, dass ich sie unsicher sehe. Ihre Stimme zittert leicht, als sie weiterspricht. „Meine Hand ist noch da, falls du sie nehmen möchtest. Es wäre ein Anfang, ein Versuch, nicht mehr als das", sagt sie schließlich.

Ich nehme ihre Hand nicht, schenke ihr aber ein Lächeln. „Gehen wir mal. Im Gehen ist manches einfacher." Ich gehe voran, über die Straße und auf das riesige Areal des Wiener Zentralfriedhofs. Wir reden nicht, aber als wir das mächtige Tor durchschreiten, schiebt sich zaghaft, schüchtern, eine leicht zitternde Hand in die meine. Diesmal weise ich sie nicht ab.

Wir gehen weiter, Hand in Hand, und ich denke mir: Schauen wir mal.

Epilog

Der Computerdeal, der zur Zeit von Elkes tragischem Tod gerade in vollem Gange war, wurde schließlich rasch und reibungslos abgewickelt. Innerhalb weniger Wochen war alles verladen, geliefert und abgenommen. Die Herren in Bielefeld bekamen ihr Geld, und Hanna erhielt ihren Anteil – zehn Millionen Schilling, die sie mit Gitti Novak teilte. Bertram von Eckstein, der spätere Ehemann Hannas, bekam ebenfalls seinen Vorschuss zurück, den er ihr während ihrer kleinen Liaison gewährt hatte. Hanna hatte mehr als genug, um sich bequem zur Ruhe zu setzen und sich voll und ganz darauf zu konzentrieren, den Adeligen Bertram endgültig an Land zu ziehen.

Und so wurde sie schließlich die Baronin von Eckstein und widmete den Rest ihres Lebens einem standesgemäßen Dasein. Von den Abenteuern der Vergangenheit wollte sie nichts mehr wissen. Doch Geschichte hatte ihren eigenen Plan – und es sollte die Einleitung der Fernwärme ins Palais sein, die die Schatten der Vergangenheit wieder ans Licht brachte.

Gitti Novak, die in all diesen Geschäften als unentbehrliche Mittlerin fungiert hatte, zog sich ebenfalls aus den „internationalen Geschäften" zurück. Dass ein junges Mädchen schließlich in einem groben Jutesack im Keller des Palais Eckstein endete, hatte ihr die Augen geöffnet: Die Wirklichkeit war kein Groschenroman. Auch Gitti hatte ihren Anteil auf sicherer Seite. Es dauerte nicht lange, bis sie sich in Wandlitz niederließ, wo sie sich einen der mächtigen ZK-Funktionäre geangelt hatte und ein bequemes Leben führte. Sie war keine Gefangene ihrer neuen Umgebung; mit ihrer österreichischen Staatsbürgerschaft konnte sie weiterhin frei reisen. Oft sah man sie in Wien, wo sie ihren Vater besuchte. In Wandlitz pflanzte sie Blumenzwiebeln und glänzte mit ihrem offenherzigen Wiener Charme auf gesellschaftlichen Veranstaltungen.

Elke Schneider hingegen wurde offiziell als „vollendete Republikflucht" gemeldet und nach Ablauf der vorgeschriebenen Frist aus der DDR ausgebürgert. Die routinemäßige Anzeige ihres Todes durch die österreichische Staatspolizei löste allerdings einige bürokratische Verwicklungen in Berlin aus, bis der Fall auf dem Schreibtisch eines höheren Beamten im rechtskundigen Dienst landete. Der sann eine Weile über die rentenrechtlichen Implikationen des Vorganges für den Fall nach, dass illegitime Nachfahren der Schneider Ansprüche erheben würden. Er entschied sich aber dann, einfach „verjährt. Ablage" auf den Aktendeckel zu schreiben und sich den Nachmittag lang lieber Gedanken über seine neueste Buchidee zu machen, die er bald intensiv mit der künstlichen Intelligenz seines Vertrauens diskutierte.

Und unsere drei Helden? Wer weiß, vielleicht erzählt uns ja Verena mit der Zeit noch mehr von ihren Geschichten, bis dahin müssen wir uns wohl gedulden.

Von Hubert Anders bisher erschienen

Hubert Anders, Die siebte Vestalin
BoD 2020, ISBN 9783751944557

2028

Liebe, Macht und Bürgergeld
Eine utopische Farce von Hubert Anders

Hubert Anders, 2028: Liebe, Macht und Bürgergeld

BoD 2017, ISBN 9783744887403

2029

Sissi und die Dritte Republik

Der zweite Roman von Hubert Anders

Hubert Anders, 2029: Sissi und die Dritte Republik
BoD 2019, ISBN: 9783734751950